Christa Grasmeyer

Ein Fingerhut voll Zuversicht

Christa Grasmeyer

Ein Fingerhut voll Zuversicht

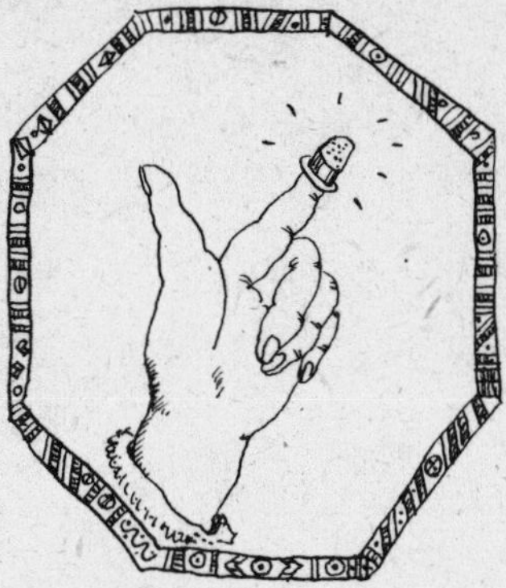

Verlag Neues Leben Berlin

Illustrationen von Regine Schulz

ISBN 3-355-00750-1

1

Ein Spatz kam geflogen und setzte sich auf die Regenrinne. Leute stiegen in Busse ein, Kinder liefen zur Schule.

Seufzend wandte Fanny sich vom Fenster ab. An den Wänden ihrer Mansarde hingen Fotografien, die besten, die sie bisher gemacht hatte. Da war der Baum am Ufer, eine Gegenlichtaufnahme, hängende Zweige vor flimmernder Wasserfläche. Da waren ihre Eltern an einem Sommertag auf sandigem Weg, Hand in Hand gehend, über ihnen ein hoher Himmel mit Wolken. Als der Fotozirkel der Schule seine besten Arbeiten ausstellte, war diese Aufnahme dabeigewesen.

Heute war der erste September, heute sollte Fanny die Lehre beginnen, nicht als Fotografin, sondern als Kleidungsfacharbeiter. Alle hatten ihr zugeredet, die Eltern, die Lehrer, sogar Herr Kühn, der den Fotozirkel leitete und sie so oft gelobt hatte. Auf einmal hieß es: „Fanny, nimm Vernunft an. Fanny, versteife dich nicht. Das Fotografieren bleibt dir ja, auch wenn es nicht dein Beruf wird. Begreife endlich, die wenigen Lehrstellen sind vergeben!“

Fanny wollte es nicht begreifen. Vielleicht trat einer zurück, vielleicht gab es im letzten Augenblick doch eine Chance. Sie füllte die Bewerbungskarte nicht aus. Erst als gar keine Hoffnung mehr war, als alle Schüler schon Lehrstellen hatten, erst da gab sie auf und nahm, was sich bot. Der VEB Mädchenmode suchte Lehrlinge. Fanny schickte die Bewerbungskarte hin. Sie hatte eigentlich den Abschluß der zehnten Klasse mit „gut“ machen wollen. Daran hatte sie kein Interesse mehr. Fanny schloß mit „befriedigend“ ab.

Sie setzte sich aufs Bett und neigte den Kopf. Ein Pechvogel war sie. Besser, sie dachte nicht darüber nach. Besser, sie nahm es leicht wie ihre Freundin Bettina. Die ging heute zum erstenmal als Lehrling in die große Kaufhalle West, auch nicht freudig. Gestern hatte sie zu Fanny gesagt: „Du bist viel zu grüblerisch. Du erwartest immer wer weiß was! Von den Jungs, vom Beruf, vom Leben überhaupt, und wirst natürlich dauernd enttäuscht. Nimm's doch, wie's kommt!“

Hatte Fanny kein Recht, was zu erwarten? Sie warf das Haar zurück und stand auf. Wehleidigkeit nützte gar nichts. Man mußte den Rücken steif machen. Es gab Dinge, die ließen sich nicht umgehen. Jetzt war's die Nähmaschine. Aber ein Recht, mehr zu erwarten als die Nähmaschine, hatte Fanny trotzdem, und bis ans Ende ihrer Tage würde sie bestimmt nicht an der Nähmaschine sitzen. Achtzehn Monate Lehrzeit bedeuteten schließlich keine Ewigkeit.

Sie schloß die Mansarde ab und ging die Treppen hinunter zur Wohnung ihrer Eltern in der ersten Etage. Als sie den Vater in der Küche sah, lächelte sie. Er hatte Spätschicht gehabt. Normalerweise müßte er um diese Zeit noch schlafen. Heute war aber kein normaler Tag. Nicht nur, daß ein neues Schuljahr begann, für Volker das achte, für Rüdiger das siebte. Rainer, der Jüngste, erlebte heute seinen ersten Schultag, und Fanny, die Älteste, gehörte ab heute zu den Werktätigen. Grund genug für die Eltern, normale Gewohnheiten zu durchbrechen.

Der größte Frühstückstrubel war schon vorbei. Den hatte natürlich die Mutter bewältigt, bevor sie selber zur Arbeit gegangen war. Sich um Fanny zu kümmern war nun Sache des Vaters. Er tat es, indem er auf seine rührend unbeholfene Weise Brot röstete und Eier kochte. Er wischte mit einem Lappen auf dem Tisch herum. Wieder war ihm irgendein Malheur passiert. Entweder verschüttete er sprudelndes Wasser beim Teeaufgießen, oder er zerbrach die zartschaligen Eier, wenn er sie vor dem Kochen mit dem Eierpick anstach, oder er riß ein Loch in die Milchtüte.

Fanny, die wußte, daß ihm Pannen in der Küche peinlich waren, übersah sein Mißgeschick. Sie rief ihm einen Morgengruß zu und ging ins Bad. Als sie zurückkehrte, hatte er den Frühstückstisch leidlich hergerichtet. Es roch nach verbranntem Toast.

Mit betonter Munterkeit sang der Vater: „Spinn, spinn, meine liebe Tochter, ich kauf dir ein Kleid..."

„Ach ja, lieber, lieber Vater, nicht zu eng und nicht zu weit...", sang Fanny und hoffte, er würde diesen Ton beibehalten.

Aber da sagte er: „Wenn wir heute noch spinnen würden oder die Zeitungen im Handsatz herstellen..."

„Du hast recht, Vati."

„Überall geht's heutzutage nach der Norm, oder es wird am Band gearbeitet. Wenn das keiner machen wollte..."

„Du machst es, und ich werd's auch machen."

Er fuhr sich mit der Hand durch das dichte Haar, das zu ergrauen begann. „Vielleicht hätte ich mal mit Leuten sprechen sollen, die Einfluß haben."

„Kennst du denn solche Leute?"

„Nicht direkt. Aber es sind doch immer Redakteure in der Setzerei, und die kennen solche Leute. Durch Beziehungen wären wir vielleicht an eine Fotografenlehrstelle rangekommen."

„Wär dir das nicht peinlich gewesen?"

„Was heißt ‚peinlich', wenn's um die Kinder geht. Viele Eltern rennen umher, bloß um die Kinder an die richtigen Stellen zu bringen. Der Start ist so verdammt wichtig. Rainer ist vorhin losgezogen... Hurra, ich bin ein Schulkind! Der lacht und singt. Und du bist geknickt."

Fanny schüttelte den Kopf. Bestimmt hatte die Mutter ihm

eingeschärft, Fanny an diesem Morgen aufzuheitern, ihr den ersten Tag etwas leichter zu machen, und das hatte er auch redlich versucht mit seinem Lied von der spinnenden Tochter. Aber nun war er es wieder, der getröstet werden mußte.

„Ich bin nicht geknickt", beteuerte sie, „ich hab mich mit der Nähmaschine abgefunden."

„Abgefunden! Das ist nicht gut. Mein Vater, dein Opa, wollte mich als Nachfolger für seine Gaststätte, und ich mochte nicht. Ich bin geworden, was ich mir vorgenommen hatte: Schriftsetzer. Hinter dem Bierhahn hätte ich nie was getaugt. Und jetzt sollst du hinter die Nähmaschine und magst nicht."

„Ach, Vati, wenn sie bei den Fotografen nun mal so wenig Nachwuchs brauchen? Später kann ich immer noch Fotografin werden."

„Später ... und jetzt?"

„Du bringst mich fast zum Heulen, Vati."

„Weißt du was?" fragte er schnell, „wir bummeln durch die Stadt. Wir gucken ein bißchen in die Geschäfte, und dann gehe ich zur Schicht, und du gehst auch zur Schicht, wir zwei Schichtarbeiter."

Fanny bummelte gern durch die Stadt, und sie ging lieber mit dem Vater als mit der Mutter, weil er dazu neigte, seiner Tochter diesen oder jenen Wunsch zu erfüllen, während die Mutter jede Ausgabe genau berechnete.

„Hast du denn Zeit?" fragte sie. „Hat Mutti gar nichts aufgeschrieben zum Einholen?"

„Nein, nein. Heute bin ich nur für dich da."

Fanny blickte auf die Uhr und entschied: „Dann setzen wir uns zusammen auf den Balkon. Ein Stadtbummel lohnt sich nicht mehr. Wir müssen früh Mittag essen."

Der Balkon ging vom Zimmer der Jungen nach hinten hinaus. Man sah auf Höfe und Spielplätze und kleine Gärten. Die Blumen in den Balkonkästen blühten, auf den Höfen hing Wäsche, eine Katze strich vorbei, und der Verkehrslärm vom Wendenring war nur gedämpft zu hören.

„Das ist der Vorteil der Schichtarbeit", sagte der Vater behaglich. „Im Winter zum Beispiel kommen normal arbeitende Menschen fast gar nicht ans Tageslicht. Natürlich muß man sich an die Schicht erst gewöhnen. Dann wirst du merken, daß das Leben irgendwie mehr Abwechslung hat. Mal hast du morgens frei, mal nachmittags und mal abends zum Ausgehen und Fernsehen."

Fanny schwieg.

„Oder hätten wir nicht zustimmen sollen?" fragte der Vater. „Aber alle Eltern haben zugestimmt. Dein Betrieb hat eine Sondergenehmigung vom Ministerium, daß die Lehrlinge in Schicht arbeiten dürfen."

„Es ist ganz egal, wann ich acht Stunden an der Nähmaschine hocke, früh oder spät. Und dann hab ich auch noch Schule, im ersten Lehrjahr immer zwei Wochen Schule und eine Woche Frühschicht und eine Woche Spätschicht. Da sind unheimlich viele Lehrlinge."

„Neulich stand in der Zeitung, das Durchschnittsalter im VEB Mädchenmode beträgt neunzehn Jahre. So was hab ich überhaupt noch nicht gehört. Wie wollen die bloß in den Kindergarten ohne einen Stamm von Facharbeitern Disziplin und Arbeitsmoral reinbringen? Ihr habt eine echte Aufgabe, ihr baut einen großen Betrieb auf, und später könnt ihr mal sagen: Wir sind hier die erste Generation gewesen! Dann richten sich die Lehrlinge nach euch. Aber jetzt sind es Lehrlinge und eben Ausgelernte, die den Ton angeben."

Er lachte. Er konnte sich wohl nicht recht vorstellen, wie das funktionieren sollte.

„Meinst du, daß man davon was merkt, wenn man am Band sitzt, als Schräubchen im Getriebe?"

Der Vater reckte sich im Klappstuhl auf. „Ich zum Beispiel fühle mich nicht als Schräubchen. Ohne mich steht die Linotype still."

„Die Linotype wird doch sowieso bald ausrangiert. Die Zukunft gehört dem computergesteuerten Lichtsatz. Das sagst du oft genug."

„Neue Technik schreckt uns nicht. Menschen lernen, sie stellen sich immer wieder um. In Frankreich haben die Drukkereiarbeiter auch nicht gegen die Technik protestiert, sondern gegen die Art und Weise, wie man mit ihnen umspringt."

„Ja, ich weiß, Vati", warf Fanny schnell ein, damit er nicht, einmal ins politische Gleis geraten, einen Vortrag über die Macht der Arbeiterklasse hier und anderswo hielt. „Du magst eben deinen Beruf. Mutti schimpft eher mal über die Reklamationsabteilung im Möbelkaufhaus, wo sie sich dauernd mit unzufriedenen Kunden rumärgern muß."

„Trotzdem bleibt sie da, allein schon wegen der Kollegen. Weißt du, Fanny, man braucht die Kollegen."

„Wozu?"

„Man braucht sie eben."

„Und die Kollegen können einen mit dem Beruf aussöhnen?"

Er legte den Kopf in den Nacken und seufzte. Dann sagte er: „Fang erst mal an, Fanny. Fang an und schau dich um, und setz keine schwarze Brille auf."

„Eine rosarote?"

„Gar keine. Manch einer verspricht sich wer weiß was von seinem Traumberuf und wird enttäuscht. Vielleicht ergeht es dir umgekehrt."

Fanny glaubte es nicht. Aber der Vater hatte sie doch etwas zuversichtlich gestimmt. Das war ihm gelungen, obwohl sie wußte, daß er nicht anders gesprochen hätte, selbst wenn sie in ein Kohlebergwerk hätte einfahren sollen.

Sie hörte ihn gern „wir zwei Schichtarbeiter" sagen. Eine Sonderstellung nahm sie als Älteste und als einziges Mädchen in der Familie ohnehin ein. Für sie war die Mansarde eingerichtet worden, während die drei Brüder ein gemeinsames Zimmer hatten. Schwere Arbeiten wie Fensterputzen oder Kohlen aus dem Keller holen wurden ihr nie zugemutet. Pflichten hatte sie natürlich, aber auch Rechte. Die Mutter meinte, Jungen dürften sich gar nicht erst angewöhnen, im Mädchen die willige Arbeitskraft zu sehen, sonst würden sie später mit ihren Frauen ebenso verfahren. Höchstens Rainer erfreute sich ähnlicher Privilegien, er war ja der Kleine, der erst geboren wurde, als die drei Älteren schon die Großen waren. Und nun hatte Fanny die Schule beendet, nun ging sie arbeiten, und der Vater stellte sie sich selber gleich. Sie durchschaute zwar seine Absicht, aber stolz machte es sie trotzdem.

Sie mußte eine halbe Stunde mit der Straßenbahn fahren, und je näher sie ihrem Ziel, der Südstadt, kam, desto mehr sank ihre Stimmung. Zum Trost hatte sie, versteckt in der Schultertasche, ihre Exa mitgenommen. Sie führte eine Art Fototagebuch, ein Album mit viel mehr Bildern als Texten. Die letzten Aufnahmen stammten aus den Ferien und zeigten die Eltern und Brüder auf einem Fahrgastschiff und Bettina mit dem Fahrrad. Diese Aufnahmen hatte Fanny nicht selbst entwickeln und vergrößern können, weil der Fotozirkel bei Herrn Kühn wärend der Ferien ausgefallen war. Zu Fannys Ärger waren sie in einem Fotogeschäft ohne besondere Kunstfertigkeit hergestellt worden, Abzüge, die gar keinen Vergleich aushielten mit den sorgfältigen Ausschnittvergrößerungen, wie Herr Kühn sie Fanny gezeigt hatte. Sie wußte nicht, wo sie in Zukunft selbst entwickeln könnte. Herr Kühn hatte ihr angeboten, bei ihm im Zirkel der Schule zu bleiben, aber die Zirkelnachmittage fielen möglicherweise mit ihrer Schicht zusammen, und schließlich konnte sie doch nicht bis in alle Ewigkeit in einem Schulzirkel mitarbeiten.

Fanny stieg aus und ging langsam durch die besonnten breiten Straßen im Neubaustadtteil. Sie war extra früh losgefahren, um Zeit zu haben für Aufnahmen. Eine Gruppe von Schulkindern kam ihr entgegen. Ein kleines Mädchen hielt sich abseits. Wenn die anderen stehenblieben, blieb es ebenfalls stehen, den Kopf zur Seite geneigt. Die Kinder riefen Schmähworte und drohten.

Fanny hatte die Exa schon zur Hand. Aufregung befiel sie wie immer, wenn sie eine Momentaufnahme machen wollte. Sie konzentrierte sich, sie stellte die Entfernung ein, wählte die Blende und hielt die Kamera schußbereit. Sie wußte sogar schon einen Titel für das Foto: „Die Petze". Aber sie mußte das Gesicht des Mädchens erwischen, sonst sagte das Foto gar nichts aus. Und da machte die Kleine plötzlich eine Kehrtwendung und rannte weinend die Straße entlang, weg von Fanny und weg von den Kindern.

Enttäuscht ließ Fanny die Kamera sinken. Es war schwer, solche Fotos zu verwirklichen, wie sie ihr vorschwebten. Man brauchte Phantasie und einen Blick für die besondere Situation, und schnell mußte man sein und sicher in der Handhabung der Kamera. Gerade damit haperte es. Ich muß mehr üben, dachte Fanny, viel mehr in den Straßen unterwegs sein und üben. Besäße ich ein eigenes Vergrößerungsgerät, wären die Kosten auch nicht so groß. Vom Lehrlingsgeld werde ich mir wohl kaum eine Ausstattung zusammensparen können.

Sie ging weiter, noch immer gespannt und aufgeregt unter dem Eindruck der Aufnahme, die ihr eben entgangen war. Wäre ihr das Bild gelungen, hätte es sogar für die Zeitung getaugt. Ja, ganz bestimmt!

An einer Kreuzung, wo die Straße einmündete, stand auf freier Fläche die Berufsschule des VEB Mädchenmode, ein zweistöckiger heller Typenbau mit großen Fenstern. Breite Zufahrtswege umgaben einen Rasenplatz und Blumenrabatten vor der Frontseite. Hinter dem Schulgebäude befanden sich ein gepflasterter Hof und Flachbauten, in denen die Verwaltungsräume des Betriebes untergebracht waren. Fanny stand still und betrachtete die Anlage. Von hier aus aufgenommen, mit der Grünfläche im Vordergrund, würde die Schule, die nun ihre Ausbildungsstätte sein sollte, freundlich und optimistisch wirken. Fanny überlegte, wie sie Grauen und Bedrohung zum Ausdruck bringen könnte. Sie ging um das Gebäude herum auf den Hof. Leider war hier ebenfalls kein finsterer Blickwinkel auszumachen. Alles war sauber und gepflegt, die großen Fensterscheiben blank geputzt, zum Teil, besonders im Obergeschoß, mit orangefarbenen Vorhängen gegen die Sonneneinstrahlung versehen. Fanny machte zwei Aufnahmen, eine vom Hof und eine von der Frontseite. Sie nahm sich vor, eine Bildunterschrift zu wählen, die von zwiespältiger Bedeutung war und im Betrachter Mißtrauen auslöste, zum Beispiel „Die schöne Fassade“.

Vor der Eingangstür hatten sich inzwischen einige Mädchen eingefunden. Es kamen immer mehr. Fanny steckte die Kamera in die Schultertasche und gesellte sich zu ihnen. Bereits vor zwei Tagen, am Sonnabend, hatten eine Begrüßung und Einführung durch den Betriebsleiter und den Direktor der Betriebsberufsschule für alle zweihundert Lehrlinge stattgefunden. Da hatten sie unter anderem erfahren, daß jeweils hundert Mädchen zum Unterricht und hundert zur berufspraktischen Ausbildung in zwei Schichten eingeteilt worden waren, und auch, daß der Wechsel wochenweise vonstatten ging. Jede wußte, zu welcher Klasse und zu welchem Lernaktiv sie gehörte, und kannte die Namen der Klassenleiterin und der Lehrausbilderin. Untereinander kannten sie sich noch nicht. Das nutzten einige, um sich gleich ins rechte Licht zu setzen.

Ein Mädchen fiel Fanny besonders auf, eine Große von kräftiger Statur, die sich unter den etwa fünfzig zur Spätschicht erschienenen Mädchen prüfend umsah und laut verkündete, sie heiße Dan, ja Dan wie ein Junge, und gehöre zum Lernaktiv 5c. „Wer außerdem?“

Zehn Mädchen meldeten sich, manche zögernd, andere bereitwillig, als letzte Fanny, weil sie in Gedanken schon wieder fotografierte. Menschen regten ihre Phantasie am meisten an, mehr als Landschaften oder Blumen oder Tiere.

Pünktlich drei Viertel zwei betraten die Mädchen das Schulgebäude. Auf dem Flur im Erdgeschoß wurden sie von Lehrausbilderinnen in Empfang genommen. Ein kurzes Gedränge entstand, als sie sich zu den fünf Lernaktivs gruppierten. Dann sahen sie von oben die Mädchen der Frühschicht kommen, alle erhitzt und abgespannt und erleichtert.

Die Lehrausbilderin des Aktivs 5c hieß Elsa Zickhus. Sie war eine Frau in mittlerem Alter, untersetzt, etwas füllig. Ihre Aussprache verriet sie sofort als Fremde. Die Mädchen wußten bereits, daß der Betrieb fast alle Facharbeiter erst ausbilden

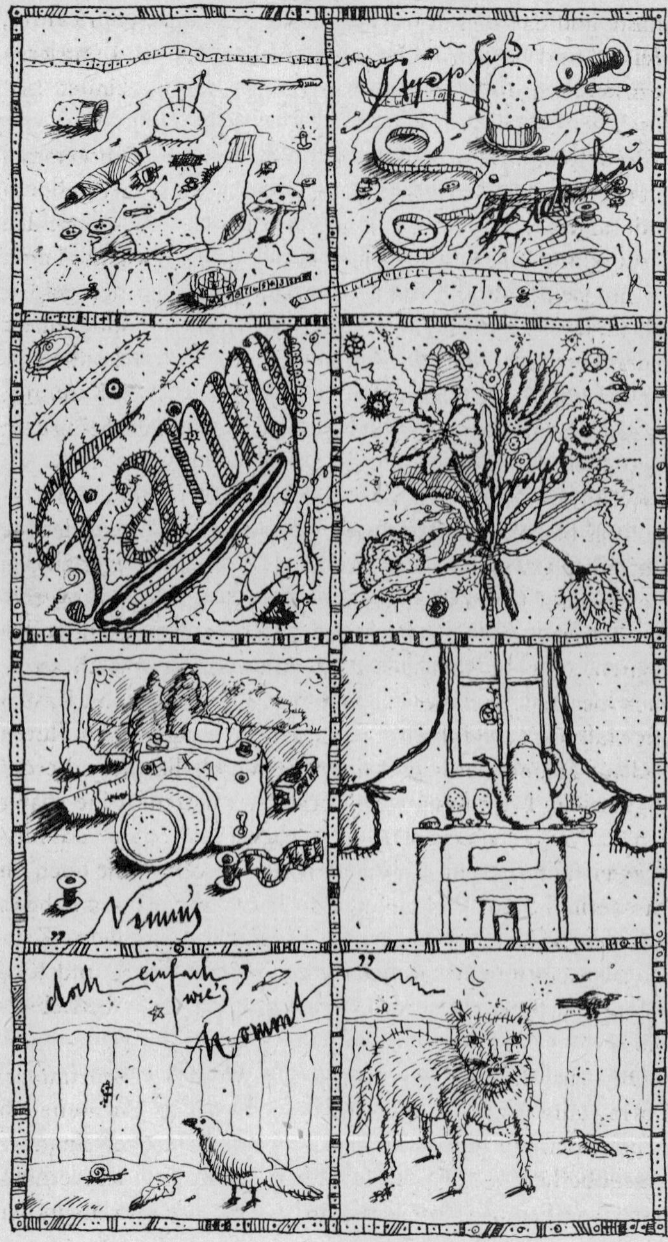
Fanny
„Nimm's
doch einfach wie's
kommt"

mußte und daß dies durch Zugereiste geschah, durch Lehrer, Meister und Lehrausbilder aus den südlichen und mittleren Bezirken, wo die Konfektionsindustrie seit Jahrzehnten heimisch war.

Frau Zickhus begann, als sie sich vorstellte, zunächst einmal mit einem Loblied auf diese Stadt, in der die Mädchen geboren und aufgewachsen waren. Frau Zickhus erzählte, wo sie den Beruf erlernt und in welchen Betrieben sie ihn ausgeübt hatte, warum sie mit ihrer Familie dem Ruf in den Norden gefolgt war und wie sie nun hier lebte, in einer neuen Wohnung, einem neuen Betrieb und in einem Landstrich, dessen Schönheit sie entzückte. Die Mädchen nahmen es wohlgefällig zur Kenntnis. Daß ihre heimischen Gefilde für andere ein Land der Sehnsucht darstellten, fanden sie völlig einleuchtend.

Sie folgten Frau Zickhus durch das Schulgebäude. Im Erdgeschoß befanden sich die Unterrichtsräume, die würden sie später kennenlernen. Jetzt ging es eine Treppe hinauf zu den Wasch- und Umkleideräumen und zu den Lehrwerkstätten. Der Betrieb, sagte Frau Zickhus, produziere bereits auf vollen Touren, obwohl noch alle Bedingungen provisorisch seien, auch hier in der Schule. Die Stauräume reichten nicht. Kästen mit Halbfertigprodukten und Zuschnitten lagerten in Fluren und auf Treppenabsätzen. Die große Werkhalle, die sie bei der allgemeinen Begrüßung schon besichtigt hatten, sollte später den Nahverkehrsbetrieben übergeben werden. Später, das hieß in zwei Jahren, wenn der VEB Mädchenmode in die noch im Bau befindlichen Werkhallen umziehen würde. Dann gäbe es eine den Bedürfnissen angepaßte Schule, eine moderne Kantine, Dusch- und Aufenthaltsräume, Kinderkrippe und Kindergarten, Bibliothek und Verkaufsstellen, alles betriebseigen.

Die Lehrwerkstatt war etwa so groß wie ein Klassenzimmer. Darin standen zehn Nähmaschinen und an der Stirnseite ein Arbeitstisch für die Lehrausbilderin. Durch zwei einander gegenüberliegende Fensterfronten waren die Lichtverhältnisse, wie Fanny sofort feststellte, sehr gut, besser als in der großen Werkhalle. Dort wurde bei künstlichem Licht gearbeitet. Im Vergleich zur Werkhalle wirkten die Lehrwerkstätten intimer, in sich geschlossen und gar nicht furchterregend. Aber furchterregend, dachte Fanny, wirkt vielleicht auch ein modernes Gefängnis nicht, und außerdem ist das hier nur die Vorstufe. Man wird ja nicht so dumm sein und uns gleich mit der Wirklichkeit vor den Kopf stoßen.

Frau Zickhus übergab jedem Mädchen einen Kittel, eine Schere, Fingerhut und Bandmaß als persönliches Arbeitsmaterial, für das sie Sorge zu tragen hätten. Sie verlas den Tagesplan: Frühschicht von fünf bis vierzehn Uhr, Spätschicht von vierzehn bis dreiundzwanzig Uhr. Das war schon bekannt. Dann die Pausen mit genauer Uhrzeit. Dann den Tagesplan für heute: Einstellungsbelehrung, Arbeitsschutzbelehrung, Unterweisung über Aufbau und Bedienung der Nähmaschine, erste Nähübungen auf Papier, Wiederholung der Unterweisungen und Übungen, Abschlußgespräche. Exakte Tagespläne gab es für die ersten zehn Arbeitstage, für die praktische Ausbildung im September. Ab Oktober begann die Produktion, und zwar mit fünfzehn Prozent Normanteil der Facharbeiterleistung, im November mit zwanzig Prozent und so fort mit fünf Prozent Steigerung in jedem Monat. Die Mädchen machten große Augen.

Aha! dachte Fanny, fast befriedigt, daß sie recht behielt und der Pferdefuß so schnell zum Vorschein kam.

Frau Zickhus erklärte: „Sie wissen, wir haben von Anfang an mit Lehrlingen produziert. Unsere Jungfacharbeiter wurden bei uns ausgebildet. Der Betrieb hatte und hat noch immer große Probleme zu bewältigen. Die Schichtarbeit für Lehrlinge ist eine Ausnahme. Für Sie ist aber die Lehrausbildung unter den Bedingungen der Produktion interessanter und verantwortungsvoller, als wenn wir Ihnen monatelang nur wertlose Flicken zur Bearbeitung anvertrauen würden. Nein, Sie werden gutes Material haben, und Ihr Ehrgeiz muß es sein, gute Qualität zu liefern. Natürlich steht Ihre Ausbildung im Vordergrund. Jedes Mädchen wird jeden Arbeitsgang erlernen. Im dritten Lehrhalbjahr werden Sie sich dann auf Ihre Spezialisierung vorbereiten, nicht mehr hier in den Lehrwerkstätten, sondern schon drüben in der Produktionshalle."

Und zum Schluß, dachte Fanny, macht eine ihr Leben lang Knopflöcher. Frau Zickhus hatte sich offenbar gewissenhaft vorbereitet. Ab und zu, besonders bei den Hinweisen über Brandschutz und Unfallverhütung, warf sie einen Blick in ihre Unterlagen auf dem Tisch. Sie hob beim Sprechen gern lehrhaft und aufmerksamkeitheischend den Finger, aber wenn es ihr bewußt wurde, steckte sie die Hand schnell in die Kitteltasche. Sie bemühte sich auch, dialektfrei zu sprechen. Dadurch wirkte ihre Rede gehemmt. Vielleicht war sie noch nicht lange als Lehrausbilderin tätig. Unter den prüfenden Blicken der Mädchen war sie nicht gelassen genug.

Aber als dann die Schutzhauben von den Maschinen genommen wurden, verließ die Frau den Tisch, an dem sie sich mit einer Hand festgehalten hatte. Die vertrauten Maschinen zogen sie an, und sie vergaß, dialektfrei zu sprechen. Ihr Ton wurde klar und bestimmt, ihre Miene entspannte sich. Ihre Hände deuteten auf die einzelnen Teile, deren Funktion die Frau, ohne hinzusehen, einfach und verständlich erklärte.

Fanny betrachtete die Maschine vor sich mit Widerwillen. Fadenspannung, Nähfüßchen, Handrad, Fußschalter und Kniehebel der elektrischen Nähmaschine stießen sie ab. Trotzdem mußte sie aufpassen und sich alle möglichen uninteressanten Bezeichnungen merken.

Halb vier ordnete Frau Zickhus eine Pause von fünf Minuten an, eine Stunde später eine Pause von fünfzehn Minuten und kurz vor sechs eine Gymnastikpause. Da hatten die Mädchen auf Papier die ersten Nähte zu nähen versucht, schnurgerade Nähte, und sie hatten gedacht, das müßte einfach sein. Aber es war schwierig gewesen. Sie reckten sich und merkten, daß ihnen der Rücken steif geworden war. Erlöst verließen sie die Lehrwerkstatt. Eine Treppe tiefer war ein Korridor behelfsmäßig als Imbißraum eingerichtet. Dort gab es Getränke, heiße Würstchen und belegte Brote. Die meisten hatten sich Abendbrot von zu Hause mitgebracht. Die Mädchen saßen dicht beieinander auf den Bänken und aßen schnell, damit sie nach draußen gehen und rauchen konnten.

Fanny rauchte nicht. Sie brauchte ihr Geld für Filme und Fotopapier. Sie sah die Mädchen im schräg auf den Hof fallenden Abendsonnenschein, nahm die Exa aus der Schultertasche und suchte eine günstige Position. Die Mädchen wurden aufmerksam. Sie wandten sich ihr zu und beobachteten sie erstaunt.

„Nicht alle hergucken!" rief Fanny. „Das sieht zu gestellt aus."

„Wozu soll das gut sein?" fragten sie.

„Ihr fragt, als wär ich zu euch in den Urwald gekommen. Wißt ihr nicht, wozu eine Kamera gut ist?"

„Ach so!" sagte das Mädchen Dan mit seiner tiefen Stimme. „Du bist wohl eine Übereifrige, fängst gleich am ersten Tag ein Brigadetagebuch an. Hat dich einer darum gebeten?"

Ein schlankes, durch unruhige Bewegungen nervös wirkendes Mädchen, das Ute hieß, schaltete sich ein. „Laß sie doch", sagte sie. „Dich hat auch keiner gebeten."

„Worum gebeten?" fragte Dan.

„Hier gleich den Ton anzugeben."

„Genau", stimmte ein anderes Mädchen zu, „ich mag nämlich gern fotografiert werden." Dieses Mädchen hieß Irina und war Fanny schon aufgefallen, weil es einen dichten, wuschligen, mähnenhaft vom Kopf abstehenden Haarschopf hatte, auf den es offensichtlich stolz war. Irina kämmte sich in jeder Pause und drehte sich mit den Fingern Löckchen. Sie ging auf Fanny zu und zupfte sich Löckchen in die Stirn. „Machst du von mir ein Bild, ja?"

„Gut, aber bleib so."

„Wie soll ich bleiben?"

„Mit den Händen am Haar."

„Nein, das ist nicht hübsch." Sie ordnete den Blusenkragen, reckte das Gesicht in die Sonne und lächelte.

Der Klügere gibt nach, dachte Fanny. Hatten sich die Mädchen erst mal an die Kamera gewöhnt, würde später immer noch Gelegenheit sein für bessere Aufnahmen. Deshalb duldete sie, daß sich die Mädchen an der Hoftür des Schulgebäudes zu einer Gruppe zusammenstellten und alle lachend in die Kamera blickten.

Gerade wollte sie abdrücken, als ein Junge durch die Hoftür trat. Er geriet unter die Mädchen und zog verblüfft die Brauen hoch. Fanny hatte die Aufnahme im Kasten und gleich darauf noch zwei, denn die Mädchen, nicht weniger verblüfft, schubsten ihn aus ihrer Mitte hinaus und pufften ihn beiseite. Da stand er und schaute um sich, verwundert über die grobe Behandlung.

Fanny freute sich. Das war eine drollige Situation gewesen. Sie musterte den Jungen, so wie sie immer alle Menschen mit Fotografenblick musterte. Er hatte eine gute Figur, aber sein Gesicht sah verwegen aus. Über sein Kinn lief eine Narbe mit Nahtstellen, und die Nase überragte nur wenig den schwarzen Schnurrbart, so daß er ein stumpfes Profil hatte. Schwarz waren auch seine Augen und das in der Mitte gescheitelte, nackenlange, hinter die Ohren gekämmte Haar.

Die Mädchen hatten sich inzwischen wieder zum stereotypen Gruppenbild formiert, und da sie es nun einmal wünschten, machte Fanny die Aufnahme. Danach hatten die Mädchen an Fanny kein Interesse mehr. Sie besannen sich auf den Jungen. Es tat ihnen leid, ihn weggeschubst zu haben. Sie wollten wissen, wo er herkam und was er hier zu suchen hatte.

Fanny steckte ihre Exa ein und setzte sich ein Stück entfernt auf den Rand einer steinernen Blumenschale. Sie hörte nicht, was gesprochen wurde, aber sie sah genug. Der Junge stand, umringt von den Mädchen, und ließ wie ein Pfau sein Gefieder schillern. Andauernd strich er sich eitel das Haar hinter die Ohren und lächelte und gab nur zu bereitwillig Auskunft. Und die Mädchen schnatterten. Fanny verzog das Gesicht. Aus den Augenwinkeln stellte sie fest, daß er öfter zu ihr hinsah. Sollte er nur sehen, daß nicht jede ihn bewunderte. Er war anscheinend der einzige Junge in dieser Schule, und bloß deshalb hatte er Erfolg. Fanny konnte sich nicht vorstellen, was Jungen hier zu arbeiten hatten. Sie lächelte geringschätzig vor sich hin. Am Ende war er Toilettenreiniger!

Die Pause war vorüber. Ute hatte sich eine zweite Zigarette angesteckt. Die schob sie, bevor sie mit den anderen ins Haus ging, dem Jungen zwischen die Lippen. Fanny sah es im Vorbeigehen. Nie würde sie sich von einem Fremden etwas in den Mund stecken lassen! Aber der Junge hatte die Zigarette angenommen.

Irina hakte sich vertraulich bei Fanny ein und sagte: „Der heißt Sascha, der Typ, Sascha Kahlbom. Wir haben ihm versprochen, nächstes Mal darf er mit aufs Bild."

„Warum?" fragte Fanny kurz.

„Na ja, nur so, zum Spaß."

„Zum Spaß fotografiere ich nicht."

„Das ist wohl dein Hobby?"

„Mehr. Ich wollte eigentlich Fotografin werden."

„Und ich Säuglingsschwester, aber meine Zensuren haben nicht gereicht." Bekümmert schüttelte Irina den Wuschelkopf. „Immer hab ich mir kleine Geschwister gewünscht. Ich bin zu Hause die einzige, weißt du."

„Kleine Geschwister sind meistens eine Plage", sagte Fanny, ohne recht bei der Sache zu sein. Sie hielt Irinas Arm fest und zog sie mit ans Fenster der Lehrwerkstatt, als wollte sie noch einmal frische Luft schnappen. Unten auf dem Hof stand der Junge und rauchte Utes Zigarette. „Was macht der hier eigentlich?" fragte sie beiläufig.

„Das ist ein Mechaniker."

Fanny ging an ihren Platz. Die zweite Hälfte der Schicht fiel ihr schwer. Sie wurde müde, und der Rücken schmerzte, obwohl Frau Zickhus um acht und halb zehn nochmals Pausen einlegte. Als die Neonröhren aufflammten, schloß Fanny die Augen. Sie sehnte sich nach Hause. Sie mochte nichts mehr hören und sehen. Es war sehr still geworden im Raum.

Frau Zickhus kämpfte gegen eine allgemeine Teilnahmslosigkeit. Mit der Zeit, sagte sie tröstend, würden sich die Mädchen gewöhnen, an das lange Sitzen, an die Bewegung der Arme und Hände und auch an die frühen oder späten Arbeitsstunden. War das ein Trost? Im Gegenteil. Fanny hatte Angst, durch Gewöhnung zum Automaten zu werden.

2

„Dreh dich mal um", sagte Bettina leise. „Wie findest du den mit der Sonnenbrille? Ich wette, der ist garantiert schon zwanzig."

Fanny drehte sich nicht um. Unlustig antwortete sie: „Wozu braucht er bei Regenwetter die Sonnenbrille, noch dazu hier drin in der Eismilchbar? Er schielt wohl."

„Das ist ein Hirsch, sag ich dir. So was seh ich gleich. Garantiert hat er eine Maschine."

Motorradfahrer hatten es Bettina besonders angetan. Sie starrte über Fannys Kopf hinweg. „Schon erledigt", stellte sie fest, „er ist raus, wegen des blöden Schildes da: ‚Rauchen unerwünscht!' Das vertreibt jeden. Hier komm ich nicht wieder her."

„Mich stört's nicht. Bei uns in der Schule rauchen viele. Eine hat mal dem Mechaniker eine Zigarette in den Mund gesteckt, Ute, so eine Dünne, Zapplige, aber nähen kann sie! Sie hat den Arbeitsgang schon kapiert, wenn alle anderen noch murksen. Sie braucht sich gar nicht anzustrengen. Deshalb ist sie Aktivleiterin geworden."

„Und hat sie sich den Mechaniker geangelt?" fragte Bettina, denn solche Sachen interessierten sie.

„Was weiß ich! Der mit seiner platten Nase."

„Du bist viel zu kritisch. Besser einen Plattnasigen als gar keinen."

„Und so eitel! Vor lauter Eitelkeit trägt er keinen Arbeitskittel. Lieber saut er sich die Jeans ein."

„Er weiß eben, daß alle ihn angucken. Garantiert lebt er bei euch wie die Made im Speck."

„Klar. Gelernt hat er woanders. Dann hat er sich bei uns anheuern lassen, bloß deswegen, das ist klar. Alle anderen Mechaniker sind älter."

„Wie alt?"

„Uralt, mit Familie."

„Die kommen nicht in Frage. Meine Schwester ist mal auf so einen reingefallen..." Und nun folgte eine verworrene Geschichte mit allerlei lehrreichen Konsequenzen. Als jüngste von drei Schwestern hatte Bettina immer Geschichten bei der Hand.

Fanny hörte ihr gar nicht zu. Es war so gekommen, wie sie befürchtet hatte. Sie konnte den Fotozirkel der Schule nicht mehr besuchen. In frühen Nachmittagsstunden hatte sie keine Zeit. Herr Kühn hatte ihr angeboten, den Arbeitsraum in der Schule auch allein zu benutzen, wenn keine Zirkelarbeit war, oder sie sollte kommen, wenn er für sich selber Bilder machte, gegen Abend zum Beispiel. Aber das war selten.

„Träumst du?" fragte Bettina.

„Ja, von früher, vom Zirkel."

„Von früher träumen alte Leute. Was gestern war, ist vorbei für mich. Und morgen, da hab ich vielleicht einen Haufen Kinder und hetz mich ab. Ich lebe heute!"

Fanny schwieg. Sie fragte sich manchmal, ob nicht Bettina recht hatte, wenn sie nahm, was sich bot, und damit zufrieden war. Sie lernte Verkäuferin. Ebensogut hätte sie Näherin werden können wie Fanny, es hätte ihr nichts ausgemacht. Sie wünschte sich einen Freund. Wollte es der nicht sein, der ihr am besten gefiel, dann eben ein anderer, und wenn sie von einem verlassen wurde, suchte sie sich den nächsten. Fanny hatte ihr gesagt, daß sie nicht suchen, sondern aussuchen müsse. Bettina hatte erwidert, davon verstehe Fanny nichts, sie habe ja noch nie einen Freund gehabt und werde womöglich nie einen haben, weil sie viel zu kritisch sei. Fanny aber dachte, daß Bettina, wäre sie anspruchsvoller, nicht so oft sitzengelassen würde.

Die beiden Mädchen gingen durch die Stadt. Mit zischendem Geräusch glitten Autoreifen über den nassen Asphalt. In den roten Tatrabahnen standen die Menschen dicht gedrängt. Sie fuhren nach Hause in die Außenbezirke. Tagsüber waren die Straßen der Innenstadt überschwemmt von Menschen. Das Zentrum konnte ja nicht wachsen, es wuchsen nur die Wohnviertel und die Industriegebiete.

Fanny liebte diese alte Stadt, die alles aus den vergangenen Jahrhunderten bewahrte, Schönes und Häßliches. Doch selbst noch das Häßliche hatte seine Würde. Ganze Straßenzüge verschwanden hinter Gerüsten. Wenn die Gerüste fort waren, staunten die Leute. Fanny hätte die Häuser gern in Farbe fotografiert, aber sie mußte sparen. Sie beschränkte sich auf Schwarzweißfilme, auf die Wirkung von Licht und Schatten. Später würde sie Farbfotos machen, später sollte alles anders werden.

„Diese Näherei macht mich krank", sagte sie zu Bettina. „Ich weiß nicht, wie ich die Lehre durchhalten soll. Ich bleib da bestimmt nicht. Ich möchte die Monate überspringen, ich möchte zwei Jahre älter sein."

„Meine Schwester hatte mal einen, der bei der Fahne war", sagte Bettina. „Jeden Tag schnitt er vom Zentimetermaß ein Stückchen ab. Die können da auch nicht einfach aufhören, die müssen auch achtzehn Monate durchhalten."

Fanny seufzte. Achtzehn Monate betrug ihre Lehrzeit, und erst ein Monat war herum. Andere hatten sich schon eingewöhnt, Fanny nicht.

Zu Hause fing sie wieder davon an. Bei ihrem Vater beklagte sie sich nie. War sie niedergeschlagen, wurde er es auch, und zum Schluß, anstatt Tröstliches zu hören, mußte sie ihn trösten. Vor ihrer Mutter redete sie, wie ihr zumute war.

„Ich freu mich immer, wenn ein Tag vorbei ist", sagte sie, als sie nach dem Abendbrot mit der Mutter zusammen die Küche aufräumte. „Ich möchte wie Dornröschen einschlafen und erst wieder aufwachen, wenn achtzehn Monate vergangen sind oder genaugenommen siebzehn, einer ist ja rum."

„Lebenszeit verschenken!" rief die Mutter in gespieltem Entsetzen. „Siebzehn kostbare Monate einfach verschenken?"

„Zeit, die nichts taugt."

„Die gibt es nicht. Von meinen achtunddreißig Jahren wüßte ich keins, das ich hätte verschenken mögen. Manchmal denke ich auch, andere haben es besser als ich, müssen sich nicht so plagen, haben mehr Geld als wir. Meine Schwester, Tante Lisa, hat sich ihr Leben anders eingerichtet, hat studiert, hat keine Kinder. Möchte ich tauschen?"

Nachdenklich hängte sie das Geschirrtuch an den Haken. Dann setzte sie sich zu Fanny an den Tisch. Fanny half ganz gern in der Küche. Hier hatte sie die Mutter für sich allein.

„Der Beruf, meine kleine Fanny ... Du bist nicht die einzige, die irgendwo gelandet ist und sich fragt: Soll das nun die Erfüllung sein? Ich hab immer im Büro gearbeitet, jetzt arbeite ich nur noch halbtags und ausgerechnet in einer Reklamationsabteilung, wo die Kunden vom Möbelhaus ihre Beschwerden vortragen. Hör dir mal dauernd Beschwerden an und mache ein freundliches Gesicht dazu! Es ist aber nötig, und wenn die Kunden einigermaßen befriedigt weggehen, hab ich was erreicht."

„Blöd muß das sein."

„Ist es auch, das streite ich gar nicht ab. Trotzdem bleib ich da."

„Wegen des Geldes."

„Wenn uns, meinen Kolleginnen und mir, das Geld ohne Arbeit gegeben würde, zum Beispiel als Arbeitslosenunterstützung, was meinst du, wie wir murren würden!"

„Ihr dürftet zu Hause bleiben."

„Dürfen? Das ist ein Muß. Man versteht es erst, wenn man mal längere Zeit nur die eigenen vier Wände gesehen hat. So wie ich damals, als kurz hintereinander Volker und Rüdiger geboren wurden."

Als wäre das sein Stichwort gewesen, stand Volker in der Tür.

„Ich geh jetzt schlafen."

Fanny ärgerte sich. Sollte er doch schlafen gehen, anstatt sich störend einzumischen. Schließlich wurden hier Probleme besprochen, von denen er mit seinen dreizehn Jahren noch keine Ahnung hatte.

Aber die Mutter sah Volker aufmerksam an. „Was hast du in der Hand?"

Volker hatte die Hand auf dem Rücken gehalten. Er zeigte sein Hausaufgabenheft.

„Wieder eine Eintragung?"

Es war die zweite Eintragung in diesem Schuljahr, in vier Wochen die zweite Eintragung. Den ganzen Nachmittag über hatte Volker Zeit gehabt, seiner Mutter das Heft vorzulegen. Er tat es kurz vorm Schlafengehen.

Die Mutter las: „Volker legt ein rowdyhaftes Verhalten an den Tag. Er glaubt sich berechtigt, Mitschüler zu schlagen, und zeigt keinerlei Einsicht. Ein Elternbesuch ist dringend erforderlich."

Zerknirscht berichtete Volker Einzelheiten. Er zeigte schon Einsicht, bloß nie in der Schule. Dort vor den anderen gab er sich bockig und besserwisserisch als Anwalt der Gerechtigkeit aus. Er hatte einem Jungen, der immer petzte, aufgelauert und ihm, wie er sich ausdrückte, einen Denkzettel verpaßt. Daß die Mutter nun deshalb wieder zur Schule gehen mußte, tat ihm leid, obwohl sie nicht an sein Mitleid appellierte. Sie steigerte sich auch nicht in eine aufgeregte Strafpredigt hinein. Gerade Volker verstockte leicht. Sprach man aber sachlich mit ihm, schämte er sich und dachte nach. Rüdiger dagegen schämte sich nie, mochte er noch so reumütig alles eingestehen und Besserung geloben.

Die Mutter wußte, wie jedes Kind zu behandeln war, und richtete sich darauf ein. Der Vater nicht. Entweder brauste er

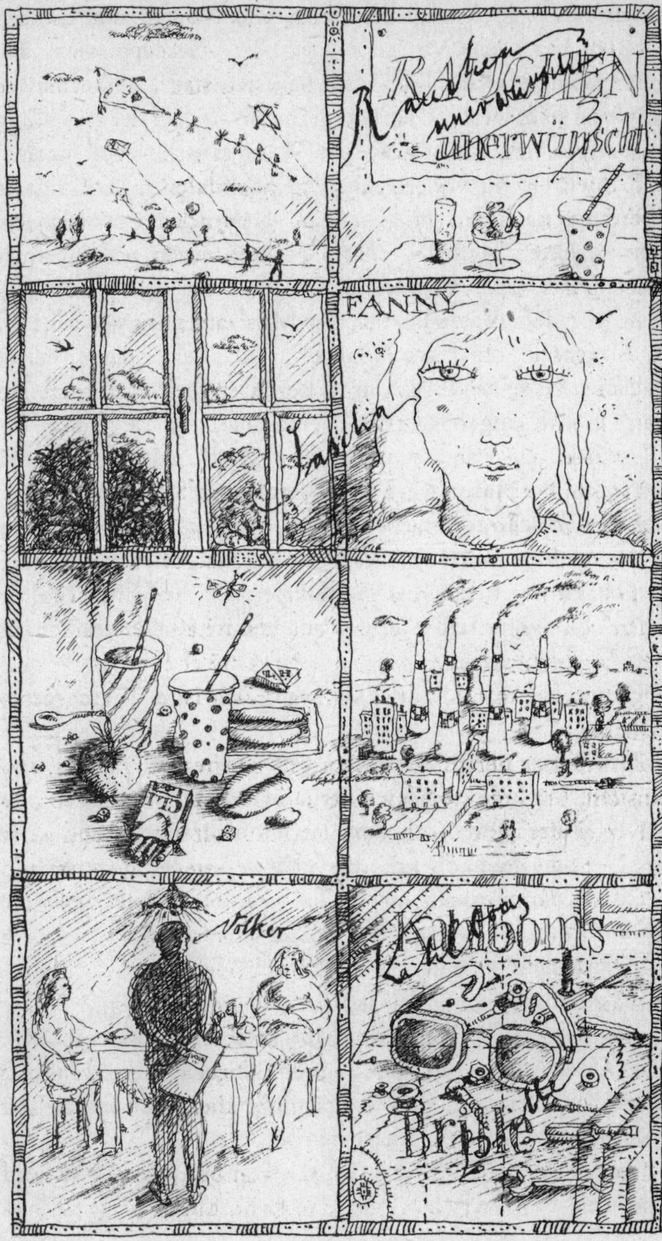
RAUCHEN
unerwünscht
FANNY
Sascha
Volker
Brille

auf, oder er hielt endlose Reden und entwarf düstere Zukunftsbilder, dem Vorfall oft gänzlich unangemessen. Tagelang plagte er sich mit dem Selbstvorwurf, ein unfähiger Vater zu sein. Deshalb hatte ihm die Mutter bei der Erziehung eine Art Schonplatz zugewiesen. Wenn es sich irgend machen ließ, hielt sie ihm unerfreuliche Nachrichten fern. Ginge es allerdings nach den Jungen, wäre es gerade umgekehrt. Die konsequenten Maßnahmen der Mutter waren viel unbequemer als das vorüberbrausende Gepolter des Vaters. Geständnisse vor dem Vater blieben der Mutter keineswegs geheim, im Gegenteil. Mit jeder Neuigkeit, gut oder schlecht, lief er zunächst zu seiner Frau, um zu hören, was sie dazu sagte. So hatte es sich eingebürgert in der Familie, daß die Mutter für alles zuständig war. Nicht zuletzt deshalb rückte Volker erst jetzt mit dem Hausaufgabenheft heraus. Der Vater war nämlich zur Schicht gegangen.

Ungeduldig hörte Fanny zu, wie die Mutter mit Volker sprach. Es war belangloser Schulkram, der die Mutter bloß in Anspruch nahm, selbst noch, nachdem sie Volker endlich ins Bett geschickt hatte.

Fanny sagte: „Meine Exa kann ich zum Verschrotten geben."

Die Mutter nickte zerstreut.

„Zum Verschrotten!" wiederholte Fanny eindringlich.

Die Mutter war nach dem langen Tag abgespannt. „Die Exa?" fragte sie gähnend. „Hast du sie kaputtgemacht?"

„Sie nützt mir nichts mehr. Ohne Zirkel muß ich die Filme ins Fotogeschäft bringen, das kostet ein Vermögen."

„Dann such dir einen neuen Zirkel."

„Wo denn?"

„Im Betrieb", erklärte die Mutter wie selbstverständlich. „Steck dich hinter die FDJ. Sag, daß ihr einen Klub braucht. Jeder Klub hat Zirkel. Warum nicht einen Fotozirkel? Ihr müßt Initiative zeigen, Interessen wecken."

„In dem Betrieb?" fragte Fanny erstaunt. „Wo alle so doof sind?"

„Finde die heraus, die nicht doof sind. Oder sind etwa alle doof außer dir?“

„Ein Klub braucht Räume. Bei uns gibt es nicht mal einen Speiseraum.“

„Auch keinen Keller? Und wie sieht es im Lehrlingswohnheim aus?“

„Das ist vollgestopft. Die Auswärtigen erzählen, sie wohnen zu viert in einem kleinen Zimmer. Was glaubst du, wie die meckern!“

„Meckern ist leicht. Über die FDJ meckert ihr auch dauernd und nennt sie einen Saftladen. Dabei liegt es bei euch, ob euer Verband ein Saftladen ist oder nicht.“

Fanny schüttelte den Kopf. Erwachsene hatten oft merkwürdige Vorstellungen und immer eine flotte Antwort zur Hand. Eine FDJ-Gruppenleitung bestand zwar, aber diese Mädchen hatten in der Klasse gar nichts zu sagen. Den Ton gaben andere an, Dan zum Beispiel und Ute und noch einige aus anderen Lernaktiven. Die sanfte, zurückhaltende Vera dagegen, ein Mädchen aus einem Dorf der Umgebung, hatte sich nur aus Gutmütigkeit zum FDJ-Sekretär wählen lassen, weil keine sonst dazu bereit gewesen war. Ein Klub, ein Fotozirkel im Betrieb, was für eine ausgefallene, wirklichkeitsferne Idee! Das wäre, als wollte man Ödland beackern. Interessen wecken..., ja, für Tanz und Beat, für Haarfrisuren und Kosmetik, für die Pille und vor allem für Jungen!

Einmal hatte Fanny Fotos mitgebracht und in der Klasse gezeigt. Es waren die Aufnahmen, die sie am ersten Tag auf dem Hof gemacht hatte, aber auch andere, besser gelungene, solche, die Herr Kühn gelobt hatte, Momentaufnahmen von einem Sportfest und eine Aufnahme, auf die sie besonders stolz war, Volker und Rüdiger beim Schachspiel. Da stimmte einfach alles, die Schärfe und das Licht auf dem Balkon, das die Schachfiguren Schatten werfen ließ, und die Mienen der beiden Jungen, Rüdigers verschmitztes Lächeln, da er am Gewinnen war, und Volkers intensive Konzentration. Jeder, der nur ein bißchen vom Fotografieren verstand, mußte sehen, daß diese

Aufnahme Niveau hatte. Die Mädchen in Fannys Klasse sahen es nicht. Nach flüchtigem Blick wandten sie sich den Fotos zu, auf denen sie selber waren. Die gingen von Hand zu Hand. Fanny verschenkte sie, geringschätzig lächelnd. Alle Fotos vom Hof, auch die mit dem eitlen Kahlbom, waren wertlos, nichtssagend oder verwackelt. Nichts von Kahlboms drolliger Bestürzung, als er plötzlich wie ein Hahn unter lauter Hühner geriet, war zum Ausdruck gekommen, und die Mädchengruppe war ohne Dynamik geblieben. Außerdem wäre die Aufnahme, selbst in gelungener Form, von der Aussage her falsch, denn Kahlbom wurde ja keineswegs unfreundlich behandelt. Vielleicht gelang es mal, ihn geckenhaft posierend zu erwischen, wenn er sich das Haar hinter die Ohren strich und die Runde der Mädchen durch sein Lächeln beglückte. Solch ein Foto trüge dann mit Recht den Titel „Hahn im Korb“.

Eins war Fanny nämlich aufgefallen, und zwar sehr zu ihrer Überraschung und obwohl die Fotos mißlungen waren: Kahlbom war ein fotogener Typ. Ihr erster Eindruck war falsch gewesen. Das passierte mitunter, wie sie wußte. Es gab Gesichter, von denen man sich zunächst gar nichts versprach, und dann erkannte man auf dem Foto das Gegenteil. Fanny hatte in Kahlbom ein Modell entdeckt. Natürlich behielt sie das streng für sich. Es war überhaupt nur insofern von Belang, als ihr Männermodelle fehlten, besonders junge. Für Erwachsene und Kinder wählte sie ihre Eltern und Geschwister, die waren schon daran gewöhnt. Mädchenmodelle fand sie in Hülle und Fülle. Nun lief ihr dieser Kahlbom über den Weg, ein Fatzke leider und dumm obendrein, denn er nahm die allgemeine Aufmerksamkeit, die ihm hier zuteil wurde, für bare Münze, ohne zu ahnen, daß er nur ein Ersatz war, gut genug zu flüchtigem Schäkern und außerhalb der Schule sofort vergessen.

Es gab mehr Mädchen, die sich wenig um Kahlbom kümmerten, aber Fanny brüskierte ihn geradezu. Kaum tauchte er auf, verfinsterte sich ihr Gesicht. Wenn er lachte und ihm zugerufene Scherzworte erwiderte, preßte sie in stummer

Verachtung die Lippen zusammen. Sie sah, daß er es bemerkte, sie sah es mit Genugtuung. Er sollte es bemerken und sich ärgern. Doch er ärgerte sich nicht. Sie sah höchstens Erstaunen in seinem Blick. So staunt die hoffnungslose Dummheit über Unbegreifliches. Für den Fall, daß er es mal wagen sollte, sie anzusprechen, hatte Fanny sich schnippische Antworten zurechtgelegt. Der Fall trat nicht ein. Kahlbom mied sie. Zu Eitelkeit und Dummheit gesellte sich also auch noch Feigheit.

Fanny betrachtete die Fotos immer wieder. Es war nicht zu leugnen, Kahlboms Gesicht gab was her. Sie wußte nicht genau, woran das lag. Schön war es wirklich nicht. Wenn sie doch eine Ausschnittvergrößerung machen könnte! Herr Kühn würde es für sie tun, aber er würde sich wundern und falsche Schlüsse ziehen.

Fanny überlegte und ging eines Tages zum Haus der Jugend. Sie hatte gehört, daß es dort verschiedene Zirkel gab. Sie erfuhr, einen Fotozirkel habe es mal gegeben, er sei jedoch aus Mangel an Beteiligung und weil der Zirkelleiter aus der Stadt fortgezogen war, aufgelöst worden, schon vor einem Jahr. Man nannte ihr einige Schulen und Betriebe, in denen Fotozirkel bestanden. Fanny zuckte enttäuscht die Schultern. Einen Schulzirkel kannte sie selber, und in fremde Betriebe mochte sie nicht gehen.

Sie ging zum Kulturbund. Eine Frau blickte sie freundlich über den Schreibtisch hinweg an, während sie sprach. Im Fotoklub fanden sich versierte Fachleute zusammen, Bildjournalisten zum Beispiel, auch Amateure, gewiß, aber alle kenntnisreich und erfahren, mit eigenen Labors und fabelhaften Kameras samt Zubehör. Sie schickten ihre Arbeiten zu zentralen Fotoausstellungen, sogar ins Ausland. Fanny errötete. Sie kam sich vor wie das Mitglied einer dörflichen Volkstanzgruppe, das sich beim Ballett der Staatsoper in Berlin um ein Engagement bewirbt. Die Frau hinter dem Schreibtisch nannte ihr Betriebe, wieder dieselben Betriebe, die Fanny schon kannte, und sie sagte, die Fotolabors in den Betrieben würden, gut eingerichtet, wie sie wären, oft gar nicht richtig ausgelastet.

Fanny zog geknickt ab. Sie brachte den Film in ein Fotogeschäft und beschrieb genau, welche Ausschnittvergrößerungen sie haben wollte. Der Fotograf hob den Film gegen das Licht und sagte: „Meinetwegen, aber das wird unscharf, kleines Fräulein." Fanny ärgerte sich über das gönnerhafte „meinetwegen", über die Belehrung, die sie nicht nötig hatte, und am meisten über die Anrede. Wie gewöhnlich fiel ihr die passende Erwiderung erst hinterher ein. Ich weiß, guter Mann, hätte sie antworten sollen, und nun führen Sie die Bestellung bitte aus, ich bezahle ja. Sie nahm sich vor, in Zukunft die Filme in ein anderes Fotogeschäft zu bringen. Aber es war wohl einerlei. Überall würde es so sein: erst langatmige Erklärungen und dann doch nicht das gewünschte Ergebnis.

Sie stellte den postkartengroßen Ausschnitt gegen Bücherrücken im Regal ihrer Mansarde, setzte sich aufs Bett und betrachtete das Foto aus der Entfernung. Von nah besehen, war es zu grobkörnig und verschwommen. Je länger sie schaute, desto wütender wurde sie, auf sich, auf Kahlbom, auf den Fotografen, auf die Mädchen ihrer Klasse, einfach auf alle. Es fehlte nicht viel, und sie hätte das Bild zerrissen. Wie kam sie eigentlich dazu, Kahlboms dummes Gesicht anzustarren? Sie legte das Foto ganz zuunterst in eine Schublade. Trotzdem hatte sie es vor Augen, nur anders, zum Beispiel als Poster, als Plakat, Kahlbom auf einem Motorrad, die Brille hochgeschoben über den Helm, die Faust mit gestrecktem Daumen nach oben, darunter der Text: „Achtung, Jungs, übt Rücksicht im Straßenverkehr!" Oder zusammen mit einem affektierten Mädchen, mit Ute zum Beispiel, die ihm eine Zigarette anbot, und er wandte lächelnd den Kopf ab, darunter: „Danke, ich rauche nicht!"

Ach, das waren Träume. Ideen und Einfälle hatte sie genug und sonst weiter nichts, nichts, nichts ... Manchmal wurde es ihr bewußt, so daß sie sich unausstehlich benahm, mürrisch zu den Eltern, zänkisch mit den Brüdern war. Sogar Rainer fuhr sie an, den Kleinen, den sie doch liebte, den sie im Kinderwagen ausgefahren hatte. An ihrer Hand hatte er laufen gelernt, und sie wußte noch, wie er früher nach ihr gerufen hatte: „Wanni, Wanni!“ Da konnte er gerade erst Mama sagen. Sie wollte nicht garstig sein, aber sie war es, und sie schämte sich, weil die Eltern Rücksicht auf sie nahmen. Wenn der Vater sie nach einer patzigen Antwort begütigend in die Arme schloß, anstatt sie zurechtzuweisen, oder wenn die Mutter überhörte und übersah, daß Fanny mit den Türen knallte und schmutzige Wäschestücke im Bad einfach auf den Boden warf, als gäbe es dafür kein spezielles Fach, dann schämte sie sich und konnte sich selber nicht leiden.

Vor Frau Zickhus schämte sie sich nicht. Sie nannte die Frau im stillen Zicke Hus und leistete ihr stummen Widerstand. Die meisten Mädchen fügten sich einigermaßen ein. Manche hatten dauernd was auszusetzen und zeigten offen, wie lustlos sie waren. Fanny schwieg. Daß sie sich widersetzte, konnte die Frau nur ihrem Blick entnehmen, einem kurzen, schrägen Blick von unten nach oben. Dieser Blick wirkte kränkend, das wußte Fanny, und war schlimmer, als wenn sie Launen gezeigt hätte. Auf Launen kann man reagieren. Man kann sagen: Ich verlange ein korrektes Benehmen. Aber man kann nicht sagen: Ich verlange einen korrekten Blick.

„Ja, ich weiß“, antwortete Frau Zickhus, obwohl Fanny nichts gesagt, sondern sie nur angesehen hatte. „Ich weiß, Sie wünschen sich weit fort von hier.“

Und dich zum Teufel, fügte Fanny in Gedanken hinzu. Sie haßte es, von Zicke Hus beobachtet zu werden. Rechts von ihr stand der Kasten für die fertiggenähten Teile. Links war der lange Tisch, flankiert zu beiden Seiten von Nähmaschinen. Auf dem Tisch lag neben jeder Maschine ein Stapel, der im Laufe der Schicht abnahm. Am nächsten Tag lag er wieder da, als hätte er nie abgenommen. Und die Schicht dehnte sich ins unendliche, und Zicke Hus schlich zwischen den Maschinen umher und guckte den Mädchen auf die Hände. Sie guckte, ob die Hände lernten, ob sie, den Stoff schiebend, drehend, wendend, kniffend, allmählich zu automatischer Präzision gelangten.

„Ist es so?“ fragte Zicke Hus, denn sie wußte, daß Fanny nur auf direkte Fragen antwortete.

„Wie alle“, sagte Fanny.

„Was heißt ‚wie alle‘?“

„Alle sind müde.“

„Sicher“, gab die Frau zu, „die Spätschicht. Und sonst?“

„Sonst?“

„Ich meine, grundsätzlich. Gefällt Ihnen diese Arbeit?“

„Ich hab sie mir nicht ausgesucht.“

Frau Zickhus griff in den Kasten für die fertigen Teile, holte ein Hosenteil heraus und legte die Pappschablone auf. Die Pappschablone diente zur Kontrolle, ob die Gesäßtasche millimetergenau aufgenäht worden war. Später, wenn die Hosenteile zusammengefügt wurden, mußten die beiden Taschen links und rechts exakt paarig sitzen.

„Sehen Sie, die Nähte sind verrutscht. Sehen Sie?“

Fanny sah es.

„Da ist die Markierung, sehen Sie?“

Sehen, sehen, dachte Fanny gereizt, die Augen brennen mir vom Sehen, und der Rücken schmerzt vom Sitzen!

„Was sagen Sie dazu?“

Fanny sagte nichts. Sie ergriff die Schere und bekämpfte die Versuchung, in den Stoff zu schneiden. Nähte, mühsam entstanden, sollte sie mit der Schere lösen, was noch mühsamer war, und erneut nähen. Ihre Finger zitterten vor verhaltenem Zorn. Zicke Hus ging zur nächsten Maschine.

Fanny legte die abgetrennte Tasche neu auf. Der Nähfuß begann wieder zu hämmern. Als Fanny die Tasche fast aufgenäht hatte, war plötzlich die Spule des Unterfadens leer. Bei Steppnähten durfte man nicht mitten in der Naht mit neuem Faden beginnen. Eine Unterbrechung bedeutete: auftrennen und von vorn anfangen. Fanny trennte zum zweitenmal. Dann nahm sie die volle Spule vorn von der Maschine ab, steckte die leere Spule zum Auffüllen fest und schob die volle in die

Spulenkapsel. Sie versuchte, ganz ruhig zu sein. Sie dachte daran, daß sie die Spulenkapsel unter der Maschine fest in den Greifer drücken mußte, bis zum Einschnappen, weil der Greifer empfindlich war. Daran dachte sie, und sie wollte ganz ruhig sein und den anderen Gedanken, der gleichzeitig kam, nicht wahrnehmen.

Sie zögerte. Sie sah auf die elektrische Uhr an der Wand. Noch vierzig Minuten, eine Ewigkeit! Vorsichtig nähte sie mit dem Handrad. Dann trat sie kräftig auf den Fußschalter. Es knackte, und der Faden riß. Aufatmend lehnte sie sich zurück.

Zicke Hus hatte ihre Augen überall. „Nun, Fanny, was gibt es?“

„Mit der Maschine stimmt was nicht.“

Fanny stand auf. Sie war erlöst. Zicke Hus setzte sich an ihren Platz an der Maschine. Der Faden hatte sich um Kapsel und Greifer gewickelt.

„Haben Sie die Kapsel richtig in den Greifer gedrückt?“

„Ich weiß nicht“, sagte Fanny, „es kam mir so vor.“

„Wie oft habe ich das nun schon gesagt, wie oft!“ lamentierte Zicke Hus. „Wenn der Greifer zerbrochen ist, fällt die Maschine aus.“ Vergeblich nestelte sie an dem Fadengewirr, um die Kapsel zu lösen.

Fanny war ans Fenster gegangen. Sie entspannte die Schultern und genoß es, daß sie stehen durfte, daß sie nicht mehr auf den Nähfuß starren mußte. Sie wollte jetzt nicht denken, daß vielleicht der Greifer kaputt war und die Maschine morgen zur Frühschicht ausfallen würde. Daran hatte sie auch vorhin nicht gedacht, als ihr die Idee gekommen und sie ihr gefolgt war.

„Der Mechaniker muß her“, sagte Zicke Hus. „Wer hat denn heute Dienst?“

Fanny erschrak.

„Sascha!“ ertönte es von allen Seiten. Die Mädchen freuten sich über die zusätzliche Abwechslung. Sie hatten, da die Lehrausbilderin mit Fannys Maschine beschäftigt war, nach und nach zu arbeiten aufgehört. Sie tuschelten miteinander und täuschten Geschäftigkeit vor.

„Fanny, gehen Sie und holen Sie ihn. Weitermachen, ich muß doch sehr bitten! Wohin kämen wir, wenn alle Werktätigen in der Republik eine halbe Stunde vorzeitig die Arbeit beenden würden? Rechnen Sie sich mal den Verlust aus. Fanny, was stehen Sie noch herum? Sagen Sie Kollegen Kahlbom, er soll sich beeilen!"

Fanny ging den Flur entlang zur Mechanikerwerkstatt. Ihr Kopf war wie leer vor Schreck und Verwirrung über das, was sie getan hatte. Nie hätte sie von sich geglaubt, daß sie mal absichtlich eine teure Maschine beschädigen würde.

Sie klopfte an die Tür der Werkstatt. Kahlbom öffnete. Er rauchte, seine Hände waren sauber. Also hatte er auch schon die Arbeit beendet und wartete nur noch die Zeit ab, bis er gehen konnte. Das gab Fanny ein bißchen Mut, aber gleichzeitig fürchtete sie, er könnte sauer sein und sich mit der Maschine keine Mühe geben.

„Du sollst kommen", stieß sie hervor, „ich hab meine Maschine kaputtgemacht. Aus Versehen!" fügte sie hastig hinzu.

Er schwieg und zupfte an seinem Schnurrbart.

Fanny fühlte, daß sie rot wurde. Warum mußte ausgerechnet Kahlbom Dienst haben!

Sie überwand sich und sagte leise: „Bitte."

Täuschte sie sich, oder wurde er ebenfalls rot?

Er trat zurück in die Werkstatt, um die Zigarette auszudrücken, und sagte: „Brich dir man keine Verzierungen ab." Wie immer sprach er im breiten, schleppenden Tonfall der Mecklenburger, aber jetzt besonders ausgeprägt. Er kam mit dem Werkzeugkasten wieder zur Tür und fragte: „Wie heißt du?"

„Fanny Schill", antwortete sie und wurde zu ihrem Ärger noch röter.

„Na schön, Fanny Schill, dann merk dir mal, daß du mich nicht zu bitten brauchst. Ich bin im Dienst."

Bildete er sich etwa ein, sie habe ihn persönlich um einen Gefallen gebeten? Sie verschluckte eine spitze Erwiderung. Sie ging neben ihm den Flur entlang und fühlte ihr Herz gegen die Rippen schlagen. Kaum betrat er die Lehrwerkstatt, lächelte er. Für die anderen lächelte er, für die anderen hatte er schmelzende Blicke.

Frau Zickhus, bemüht, jedes Geplänkel im Keim zu erstikken, winkte ihn eilig an Fannys Maschine und blieb dort neben ihm stehen, damit er seine Aufmerksamkeit nur auf die im Greifer verklemmte Kapsel konzentrierte. Er hantierte flink und geschickt, und wenn er mal den Kopf hob, hätte er sich schon zur Seite neigen müssen, um an Frau Zickhus' fülliger Figur vorbeizuschauen.

Auch Fanny sah ihn nicht. Sie stand an der Tür und hörte ihn sagen: „Zack."

„Was meinen Sie mit ‚zack'?" fragte Frau Zickhus beunruhigt.

„Ich hab's", sagte er.

„Was haben Sie?"

„Die Kapsel."

„Und der Greifer?"

„Alles in zack."

„Sprechen Sie doch verständlich! Was heißt das denn?"

„Das Ding ist gelaufen."

„Kaputtgelaufen?"

„Nö."

Die Mädchen lachten.

Frau Zickhus drehte sich um. „Ruhe! Räumen Sie bitte auf, packen Sie zusammen!"

„Zack, zack!" sagte Kahlbom.

Die Mädchen lachten lauter.

„Es ist also kein Schaden entstanden?" vergewisserte sich Frau Zickhus.

„Bloß Gebruddel."

Alle verstanden ihn, außer Frau Zickhus. Er zeigte ihr die Kapsel, die von Fadengeschlinge umgeben war.

„Ach so“, sagte sie, „das wirre Knäuel lassen Sie nur. Die Fäden kann Fanny mit der Schere lösen. Schließlich hat sie es verursacht.“

„Das passiert schon mal.“

„Nein“, widersprach Frau Zickhus, nun ziemlich gereizt, „diese Einstellung ist falsch. Es darf nicht passieren, und es passiert auch nicht, wenn man Obacht gibt.“

„Wenn man was gibt?“

„Obacht!“

Kahlbom war aufgestanden. „Ohbachd?“ wiederholte er, und die Mädchen schrien vor Vergnügen.

„Der Ausdruck ist hier wohl nicht üblich“, sagte Frau Zickhus. „So wenig üblich wie in meiner Heimat ‚Gebrodel‘.“

Wieder lachten die Mädchen laut auf. Kahlbom blickte sich strahlend um.

„Gebruddel“, verbesserte er, „dat heet: Gebruddel“, und da er sicher war, von ihr nicht verstanden zu werden, setzte er hinzu: „Min leiw Fru.“

„Halten Sie es für fair, Kollege Kahlbom, mit mir plattdeutsch zu sprechen?“

Er nahm seinen Werkzeugkasten und schob sich durch den Kreis der Mädchen. Sie sahen ihm nach, bis er die Tür hinter sich geschlossen hatte.

Frau Zickhus versuchte, die übermütige Stimmung, die durch Kahlboms Auftritt entstanden war, wenigstens so weit zu dämpfen, daß die Lehrwerkstatt einigermaßen ordentlich aufgeräumt wurde.

Fanny stand abseits. Sie als einzige hatte nicht gelacht. Frau Zickhus reichte ihr die Kapsel. Während die anderen ihre Maschinen mit den Schutzhauben bedeckten und gingen, saß Fanny und löste die in der Kapsel fest verhedderte Fadenspule. Zuletzt war sie ganz allein. Frau Zickhus schrieb vorn am Tisch in ihren Unterlagen. Sie hielt bei Fanny aus, das war ihre Pflicht, und für ihre Pflicht hielt sie es wohl auch, Fanny sich quälen zu lassen, anstatt einfach eine andere Kapsel in den Greifer zu stecken. Dann wäre die Maschine für die Frühschicht einsatzbereit gewesen. Bestimmt hatte Zicke Hus eine andere Kapsel, aber die rückte sie nicht heraus. Fanny sollte bestraft werden, sie sollte nachher mutterseelenallein an der Straßenbahnhaltestelle warten, mitten in der Nacht, und mit der Bahn fahren, wenn alle Mädchen längst zu Hause waren.

Fanny biß die Zähne zusammen. Sie haßte Zicke Hus. Sie haßte sie für den Verdacht, den die Frau gegen sie hegte, gerade weil dieser Verdacht begründet war. Kahlbom war zu dumm, um Verdacht zu hegen. Er hatte gesagt: „Das passiert schon mal." Wie er sich wieder in Positur geworfen hatte!

Als sie fertig war, verabschiedete sie sich von Zicke Hus mit freundlichem Lächeln. Bloß nicht zeigen, daß sie sich getroffen fühlte!

Sie ging durch die nächtlichen Straßen zur Haltestelle. Im Schein der Peitschenlampen sah sie den Sprühregen als feinen Tropfenschleier. Die Häuser schliefen, alle Fenster waren dunkel. Fanny hörte Schritte, aber sie wußte nicht, ob sie sich täuschte. Wenn sie stehenblieb, hörte sie nichts. Wenn sie sich umblickte, sah sie keinen. Sie ging schneller, sie begann zu laufen. Die Schritte liefen mit und kamen näher. Dann war plötzlich jemand neben ihr.

„Lauf nicht weg, hab keine Angst. Ich bin's bloß."

„Wer?" keuchte sie, obwohl sie die Stimme gleich erkannte.

„Alexander Kahlbom."

„Schleichst du mir nach?"

„Ich will auch mit der Straßenbahn fahren."

„Jetzt erst?"

„Ich hab die Werkstatt noch aufgeräumt."

Fanny wußte nicht, ob es in seiner Werkstatt viel aufzuräumen gab. Aber daß er auf sie gewartet hatte, war ausgeschlossen. Vielleicht hatte er ein Mädchen nach Hause gebracht, das hier in der Nähe wohnte. Vielleicht waren seine Lippen noch warm von den Küssen an der Haustür.

„Ich geh allein!" sagte sie patzig.

„Wie du willst", sagte er und blieb zurück.

Nun wußte sie, daß es seine Schritte waren, die sie hinter

sich hörte. An der Haltestelle stand er etwa fünf Meter entfernt von ihr. Sonst war keiner da. Allein hätte Fanny hier Angst gehabt. Sie schwiegen beharrlich und starrten beide geradeaus. Ab und zu blickte Fanny aus den Augenwinkeln zu ihm hin. Sie sah sein stumpfes Profil, gleichgültig und ohne Ausdruck. Er hielt es natürlich nicht der Mühe wert, für sie zu lächeln.

Als die Straßenbahn kam, stieg er in denselben Wagen wie Fanny. Der Wagen war fast leer. Es saßen darin nur ein schlafender älterer Mann und ein anderer, der mit trunkenem Blick vor sich hin glotzte. Kahlbom war beim Eingang stehengeblieben. Nach einer Weile erhob sich der Betrunkene und tappte schwankend im Wagen umher, den Blick auf Fanny gerichtet. Da kam Kahlbom und setzte sich neben sie, und der Betrunkene tappte zu seinem Platz zurück.

„Danke", sagte Fanny leise.

Kahlbom zupfte am Schnurrbart und antwortete nicht.

3

In der Küche hing ein Wochenkalender an der Wand. Da war immer alles eingetragen, was in der Woche wichtig war. Jeden Tag sah Fanny auf den Kalender und machte sich ein Programm. Morgen zum Beispiel würde der Lieferwagen kommen, um die Haushaltswäsche abzuholen. Also mußten heute alle Betten neu bezogen werden.

„Herhören!" rief Fanny und klatschte in die Hände.

Volker und Rüdiger tauschten bedeutungsvolle Blicke. Neuerdings sprach Fanny mit heller Kommandostimme. Und dieses Händeklatschen! Waren sie hier im Kindergarten? Volker und Rüdiger verschränkten die Arme vor der Brust.

Fanny sah es stirnrunzelnd. „Los, Betten abziehen. Keine Widerrede, ihr wißt, ich hab die Aufsicht."

Die Aufsicht? Volker und Rüdiger grienten. Sie faßten sich bei den Händen, gingen im Kreis und plärrten dazu: „Es geht ein Bi-Ba-Butzemann in unserm Kreis herum fidebum..."

Fanny klatschte wieder in die Hände. „Was soll das?"

„Tante, ich muß mal", sagte Volker.

Rüdiger lachte laut. Er war noch nicht im Stimmbruch wie Volker. Wenn er lachte, klang es, als schmettere eine Fanfare.

Fanny holte für jeden frische Bettwäsche aus dem Schrank. Die Brüder machten ihr zu schaffen, mehr als alle Haushaltspflichten. Mit Rainer ging es ja, aber Volker und Rüdiger wollten sich nichts sagen lassen. Schamlos nutzten sie die Abwesenheit der Mutter aus.

„Ihr habt keine Spur von Verstand“, schimpfte Fanny. „Mutti liegt im Krankenhaus!“

Rüdiger verzog sein Gesicht zu einer Miene höchsten Erstaunens. „Was du nicht sagst! Das ist ja ganz was Neues.“

„Marsch, an die Arbeit!“ schrie Fanny erbittert. „Ich zieh mein Bett in der Mansarde ab. Wenn ich zurückkomme, seid ihr fertig!“

Sie ging schnell nach oben. In ihrer Mansarde war sie wenigstens allein. Hier ärgerte sie keiner und zerrte an ihren Nerven. Zornig riß sie die Bettwäsche von den Kissen. Sie mußte sich stark machen. Sie konnte und wollte den Vater nicht einschalten, jetzt, da er jeden Tag zum Krankenhaus ging. Er war so verstört. Davon merkten die beiden Jungen natürlich nichts. Aber Fanny sah es, und sie hatte Mühe, ihr Versprechen einzuhalten.

Sie hatte versprochen, keine Angst zu haben.

„Einer muß an meine Stelle treten“, hatte die Mutter zu ihr gesagt, „und das wirst du sein, Fanny. Ich weiß sonst keinen. Deshalb muß ich dir das aufbürden. Meinst du, daß du's kannst?“

„Ja natürlich“, hatte Fanny geantwortet, obwohl sie erschrocken gewesen war.

Alles war so schnell gekommen, noch ehe man sich überhaupt hatte besinnen können. Erst war die alljährliche Routineuntersuchung gewesen, zu der immer alle Frauen in Mutters Betrieb gingen. Dann hatte die Mutter eine Benachrichtigung erhalten, und auf einmal hatte es geheißen, daß sie operiert werden müsse, sofort, ohne Zeitverzug. War sie denn krank? Kranke lagen blaß und fiebrig im Bett, Kranke hatten Schmerzen und fühlten sich unwohl. Die Mutter hatte ihren Koffer gepackt und war ins Krankenhaus gegangen, wie man auf eine Reise geht. Sie selber wollte, daß es so aussah, besonders daß es für den Vater so aussah.

„Du kennst ihn", hatte sie zu Fanny gesagt. „Er regt sich auf, wenn einer nur leichtes Fieber hat. Als damals Rainer die Mandeln herausgenommen werden mußten, hat Vati fortwährend mit dem Arzt telefoniert, es war schon peinlich. Jedesmal, wenn ich ein Kind gekriegt habe, war das so. Und jetzt diese Sache mit mir. Er schläft nicht. Er steht morgens auf mit roten Augen. Bestimmt wird er wieder alle Ärzte und Schwestern nervös machen, als wäre ich die einzige Patientin im ganzen Krankenhaus. Du darfst dich davon nicht anstecken lassen, Fanny".

„Verlaß dich auf mich."

„Ja, Fanny, das tu ich. Siehst du, ich hab keine Angst, und du sollst auch keine Angst haben."

„Hast du wirklich keine Angst?"

„Nein. Glaubst du mir nicht?"

„Doch, Mutti. Ich bin wie du. Wir zwei sind uns ähnlich, nicht?"

„Ich denke schon."

„Ich werd alles so machen wie du. Hier geht nichts schief."

Das war ihr Versprechen gewesen. Fanny erinnerte sich jeden Tag daran. Sie hoffte, die Mutter bald besuchen zu dürfen. Dann wollte sie ihr erzählen, wie gut sie zurechtkam. Sie würde ihr nicht die Ohren volljammern. Wenn es nur erst soweit wäre! Wenn sie nur erst mit eigenen Augen sehen könnte, daß es der Mutter gut ging nach der Operation. Der Vater sagte, sie müsse sich noch ein bißchen erholen, bevor Fanny kommen könne. Aber er ging jeden Tag hin, und er wurde auch immer eingelassen, außerhalb der Besuchszeit, vielleicht, weil er sich nicht abweisen ließ. Oder ob es schlimm um die Mutter stand? Fanny fragte den Vater nicht, sie wollte es nicht einmal denken. Sie hatte versprochen, keine Angst zu haben. Wenn sie den Vater nach Hause kommen sah, forschte sie in seinem Gesicht, sie beobachtete seine fahrigen Bewegungen, das Zucken seiner Augenbrauen, und sie bekam Angst.

Sie raffte die benutzte Bettwäsche zusammen und ging die

Treppen hinunter. Schon im Treppenhaus hörte sie Musik, auch Fanny mochte Musik, sie wollte aber alles so machen wie die Mutter, und die Mutter dachte immer an die Leute im Haus. Deshalb lief Fanny ins Zimmer der Jungen.

„Leiser!" befahl sie.

Volker und Rüdiger hatten die Schranktüren geöffnet, an deren Innenseiten große Spiegel angebracht waren. Vor den Spiegeln tanzten sie, wobei sie Gitarrenspiel imitierten und sich wohl in die Vorstellung hineinverstiegen, Popstars zu sein. Fanny warf die Bettwäsche zu Boden und stellte den Plattenspieler ab. Die Jungen erhoben Protestgeschrei.

Fanny wies auf die Betten. „Was hab ich angeordnet?"

„Das kümmert uns einen Dreck, was du anordnest", gab Volker grob zurück.

Rüdiger schnitt Grimassen. „Ich kann die Arme nicht heben", behauptete er in klagendem Ton, „ich muß Zug gekriegt haben, ich hab ein Reißen und Stechen."

„Möchtest du krank sein, ja? Möchtest du im Krankenhaus liegen? Das würdest du wohl noch schön finden, elender Heuchler." Dann fiel ihr Rainer ein. Rainer hatte noch keine Hausaufgaben gemacht. „Wo ist Rainer?"

„Vorn", sagte Volker mürrisch.

Rainer saß im Wohnzimmer vor dem Fernsehgerät und sah sich eine Gesundheitssendung über Haltungsschäden an. Wer hatte ihm das erlaubt?

„Rüdiger", verteidigte er sich, „Rüdiger hat den Fernseher eingeschaltet!"

Es war bisher nicht üblich gewesen, daß die Jungen den Fernseher einschalteten. Jetzt auf einmal taten sie es, und sie trumpften sogar noch auf, wenn Fanny sie daran hindern wollte. Rainer ahmte getreulich die beiden älteren Brüder nach. Fanny fand es empörend, wie sie ihn verleiteten. Kurzerhand schaltete sie den Fernseher aus.

Rainer starrte auf das verlöschende Bild. Dann schrie er los: „Gleich kommt was über Tiere im hohen Norden!"

„Gleich machst du Hausaufgaben, verstanden?"

Sie zerrte den sich wehrenden, mit den Füßen trampelnden Rainer an der Hand über den Flur ins Zimmer der Jungen, wo der große Tisch stand, an dem sie alle ihre Hausaufgaben erledigten, abwechselnd zumeist, aber manchmal auch gleichzeitig. Daß dabei Ruhe herrschte, war eine Selbstverständlichkeit gewesen. Neuerdings war es fast unmöglich. Schon dröhnte wieder der Plattenspieler, bewacht von Volker, der breitbeinig davorstand. Gewaltsam war an ihm kein Vorbeikommen.

Fanny holte einen Hocker aus der Küche, stellte ihn auf dem Flur unter den Sicherungskasten, stieg hinauf und drehte die Sicherung heraus. Mit heulendem Ton erstarb die Musik. Fanny horchte. Sie hörte Gemurmel. Vermutlich berieten Volker und Rüdiger, wie diesem erneuten Anschlag zu begegnen sei. Rainer hatte aufgehört zu weinen. Er wurde wohl in die Beratung mit einbezogen. Fanny versteckte die Sicherung, damit Volker sie ihr nicht wegnehmen konnte. Er war ja größer und kräftiger als sie und ihr im Handgemenge weit überlegen.

Gerade wollte sie wenigstens Rainer dem verschwörerischen Getuschel entziehen, da brach rhythmisches Klappern und Stampfen los. Fanny sah Rüdiger auf dem Tisch tanzen. In den Händen hielt er die beiden Holzkästen, in denen die schwarzen und die weißen Schachfiguren untergebracht waren. Damit klapperte er wie mit Rumbakugeln. Volker schlug im Takt zwei Tischtennisschläger zusammen, Rainer hatte seine Kindertrommel umgehängt. Alle drei sangen sie: „Rivers of Babylon ..."

Fanny biß die Zähne zusammen. Ohne ein Wort zu sagen, fing sie an, die Betten abzuziehen. Sie arbeitete stumm, mit hastigen Bewegungen. Die Brüder sollten ihr nicht vom Gesicht ablesen, wie wütend, verzweifelt und ratlos sie war.

Unter Lärm und Getrommel zog sie alle Betten ab. Dann packte sie die Bettwäsche und trug sie hinaus. Ein Laken schleifte am Boden. Fanny trat darauf, stolperte und fiel. Sie fiel nicht hart, sie plumpste dumpf und weich auf die Wäsche,

Peng
es geht ein
Bi
Ba
Butzemann
Herhören
Los...
Keine Widerrede
Baby
Bloß Gebrüddel

aber gerade weil das komisch war, besiegelte es ihre Niederlage.

Seltsamerweise lachte keiner. Es war plötzlich still, und Volker, der wie viele jähzornige Menschen von einer Minute zur anderen die Stimmung wechseln konnte, legte die Tischtennisschläger beiseite. Er zog Fanny hoch. Mit seinen großen Händen, seinen langen Armen raffte er mühelos die Wäsche zusammen und trug sie ins Bad.

„Warum nicht gleich so?“ fragte Fanny böse.

Er zuckte die Schultern und brummte: „Da such man selber die Antwort drauf.“

Es gab wohl nur die eine Antwort, daß die Brüder eben keinen Respekt vor ihr hatten, wie laut sie auch kommandierte, wie energisch sie auch in die Hände klatschte. Sie wurde nur nachgeäfft und ausgelacht. Vielleicht wäre es anders, dachte sie, wenn sie eine Figur hätte wie das Mädchen Dan, stark und stämmig, und ihre Forderungen notfalls mit Backpfeifen durchsetzen könnte. Daran war nicht zu denken. Sie betrachtete sich im Spiegel. Sie war klein und schmal, und ihr Gesicht wirkte kindlich. Sie versuchte, streng zu blicken. Sie steckte sich das Haar auf, aber dann wurde ihr Gesicht noch kleiner, und ihre Augen wurden noch größer.

Sie wartete jeden Tag auf den Vater. Auch die Jungen warteten auf ihn. Wenn er aus der Klinik nach Hause kam, standen sie um ihn herum und sahen ihn an, und keiner war mehr frech und wild.

„Was seht ihr mich denn alle so an?“

Es klang, als habe er Angst vor ihnen. Oft mußten sie lange warten, bis er kam.

Einmal kam er gar nicht. Fanny schickte Rainer ins Bett. Sie sagte, der Vater sei wohl gleich von der Klinik aus zur Nachtschicht gegangen. Aber sie glaubte es nicht, und weil sie aufblieb, warteten Volker und Rüdiger ebenfalls. Sie saßen still in den Sesseln und sahen das Fernsehprogramm. Als es zu Ende war, warteten sie weiter. Sie schliefen in den Sesseln ein. Sie schliefen nicht fest. Die Tür klappte, und sie schreckten auf.

Der Vater stand im Zimmer. Er schluckte und räusperte sich. Mit einer Hand stützte er sich gegen den Schrank.

„Wer hat es euch gesagt?“ fragte er rauh.

Sie schwiegen und sahen ihn an.

„Ihr habt gewartet. Ihr wißt es!“

Fanny schüttelte den Kopf.

Der Vater suchte in seinen Taschen nach Zigaretten. Er fand sie, aber er warf sie auf den Tisch und fuhr sich mit der Hand über das Gesicht.

„Ihr werdet eure Mutter nicht wiedersehen.“

Fanny stand auf. „Vati, du hast getrunken. Du sagst das, weil du was getrunken hast.“

„Nein. Ich hab getrunken, weil ich es euch sagen muß.“

Er schloß die Augen. Nun hatte er es gesagt.

Allmählich begriff Fanny, daß alles um sie herum Wirklichkeit war und daß sie in diesem Augenblick wach war, wach und bei Sinnen, und daß sie nicht hoffen durfte, aufzuwachen und erlöst zu sein.

In den Tagen, die folgten, erfuhr sie, daß ihre Mutter zu spät ins Krankenhaus gekommen war. Die Mutter hatte es bis zuletzt nicht gewußt. Aber dem Vater hatten die Ärzte gleich nach der Operation die Wahrheit gesagt. Mit dieser Wahrheit, die keine Hoffnung zuließ, war er jeden Tag heimgekommen zu den Kindern und hatte sie vertröstet. Fanny verstand, daß er so hatte handeln müssen. Sie verstand auch, was es ihn gekostet hatte. Aber sie verstand den Tod nicht. Wenn sie überhaupt je an den Tod gedacht hatte, so hatte sie geglaubt, nur alte Menschen sterben und junge höchstens durch einen Unfall, durch Unvorsichtigkeit beim Schwimmen oder beim Fahrradfahren. Daß einer mit seinem Koffer ins Krankenhaus ging und nicht wiederkehrte, war unvorstellbar.

Die Großeltern kamen aus Friedrichroda. Tante Lisa kam mit ihrem Mann aus Berlin. Sie fanden sich zusammen wie unter einem großen schwarzen Schirm, der einen riesigen Schatten warf, und nie wieder würde die Sonne scheinen. Fanny ging wie betäubt umher.

Sie erzählte weder Frau Zickhus noch einem der Mädchen, daß ihre Mutter nicht mehr lebte. Sie konnte es nicht ertragen, darüber zu sprechen. Es ging ja auch keinen was an. Sie saß an der Nähmaschine und nähte, und weil hier alles unverändert war, meinte sie manchmal in trügerischer Selbstverwirrung, ihre Mutter wäre vielleicht doch da, würde zu Hause auf sie warten und zu ihr sagen: Ach, meine kleine Fanny, wie konntest du das nur glauben! Weißt du nicht, daß ich kein Jahr meines Lebens verschenken würde?

In den Pausen hielt Fanny sich abseits. Meistens stand sie allein an einem Fenster und starrte hinaus und versuchte sich zurechtzufinden zwischen damals und heute. Sie dachte: damals..., als wäre es lange her. Sie sah Schneeregen fallen, und sie ging hinaus auf den Hof, um die Nässe und die Kälte zu spüren, denn sie glaubte nicht, was sie sah. Sie glaubte nicht, was sie wußte. Konnte es sein, daß der Regen fiel und die Häuser nach wie vor am selben Platz standen, während ihre Mutter gestorben war?

Kahlbom ging über den Hof. Sie sah ihn, und sie sah ihn nicht. Vielleicht ging ein anderer da, vielleicht war sie selber eine andere, vielleicht war ihre Mutter gar nicht gestorben, sondern die Mutter eines anderen Mädchens...

Sie ließ es zu, daß er ihr Gesicht berührte. Er hatte etwas zu ihr gesagt, und sie hatte nicht geantwortet. Da legte er seine Hand an ihr Gesicht und drehte ihren Kopf so, daß sie ihn ansehen mußte.

„Du bist ja krank, Fanny, du mußt nach Hause gehen", sagte er.

Sie fühlte die Wärme seiner Hand und sagte: „Ich bin ganz gesund."

„Nicht mehr lange, wenn du hier stehst, eiskalt im Regen, ohne Mantel. Warum tust du das?"

„Meine Mutter ist gestorben."

Er zog die Hand zurück.

Fanny besann sich. Sie dachte erschrocken, daß mit ihr etwas nicht in Ordnung sein könne. Ausgerechnet Kahlbom ließ sie teilnehmen, ihn, der ihr von allen Menschen am fernsten stand!

„Red nicht drüber. Ich will's nicht“, sagte sie.

Er senkte den Blick und zupfte am Schnurrbart.

Sie ging ins Haus. Wenigstens war er still gewesen, sicher nicht, weil er sie verstand, sondern weil es ihm einfach die Sprache verschlagen hatte. Aber der Grund war ja gleichgültig. Zicke Hus würde nicht still sein. Schon im voraus hatte Fanny Angst. Sie schob es auf bis zum letzten Augenblick.

Erst als alle Mädchen fort waren und die nächste Schicht begann, sagte sie unvermittelt: „Ich möchte morgen freihaben, Frau Zickhus. Meine Mutter wird beerdigt.“

Sie hatte an der Tür auf die Lehrausbilderin gewartet. Das Gesicht der Frau, die sich eben noch lächelnd mit ihrer Kollegin aus der zweiten Schicht unterhalten hatte, wurde starr.

„Deine Mutter?“ fragte sie, als habe sie nicht recht gehört.

„Sie ist gestorben. Sie mußte operiert werden und ist vor drei Tagen gestorben.“

„Komm, mein Kind, komm mit. Mein liebes Mädchen...“

Sie war so tief betroffen, daß sie Fanny duzte, und sie nahm sie bei der Hand und zog sie in den Stauraum, wo die Kästen mit den genähten Teilen aufgestapelt waren. Dort legte sie den Arm um Fanny.

Fanny preßte die Lippen zusammen. Dies wollte durchgestanden sein. Sie duldete den weichen Arm der Frau, aber sie mochte ihn nicht, und sie mochte nicht das sanfte Zureden und Fragen.

„Warum hast du nichts gesagt, Fanny? Du wirst sehen, wir alle stehen dir zur Seite. Ich bin auch eine Mutter, hab selber Kinder. Du kannst dich immer an mich wenden.“

Zicke Hus als Ersatz für ihre Mutter!

„Ich muß jetzt gehen“, sagte Fanny.

Frau Zickhus kam zur Beerdigung am nächsten Tag. Sie brachte die zurückhaltende Vera mit und Irina, die ein Kopftuch um ihr Lockenhaar gebunden hatte. Beide waren sie still und verlegen. Es kamen viele Menschen, die Fanny nicht kannte, Kolleginnen der Mutter, Kollegen und Gewerkschaftsvertreter aus dem Betrieb des Vaters. Viele Male wurde ihre Hand gefaßt. Sie hörte Beileidsworte, immer die gleichen. Ein kalter Wind zerrte an den Blumen, an den Schleifen der Kränze. Dann gingen sie schließlich als letzte fort, Fanny zwischen dem Vater und Rüdiger, links vom Vater Volker, hinter ihnen die Großeltern, die Rainer an den Händen hielten, Tante Lisa und Onkel Herbert aus Berlin. Zurück in dem polierten Sarg unter den Blumen, unter der schweren, feuchten Erde, blieb die Mutter. Es war so, aber zu begreifen war es nicht.

Zu Hause stellte Fanny die guten Kaffeetassen, die selten benutzt wurden, auf ein Tablett. Im Wohnzimmer saßen die Verwandten. Den Tisch hatte Fanny ausziehen müssen, damit alle Platz fanden. Schon früh am Morgen hatte sie Kuchen gekauft. Keiner sollte denken, hier ginge nun alles drunter und drüber. Die Mutter hatte sie, Fanny, an ihren Platz gestellt und nicht Oma oder Tante Lisa.

Aus dem Wohnzimmer drang Stimmengewirr, übertönt von Opas Husten. Das Wasser auf dem Herd begann zu kochen. Fanny brühte den Kaffee. Als sie den Teekessel absetzte, sah sie Volker in der Tür stehen.

„Weißt du, was die vorhaben?“ fragte er. Eine Kopfbewegung zum Wohnzimmer zeigte Fanny, wen er meinte. „Die wollen uns ins Heim stecken, Rüdiger und mich, und Rainer soll zu Tante Lisa!“ Seine brüchige Stimme überschlug sich. Er ballte die Fäuste. „Nur du sollst bei Vati bleiben. Weißt du das?“

„Nein“, sagte Fanny tonlos.

„Aber so wollen sie's machen!“ schrie Volker.

„Sei still.“

„Ich bin nicht still!“

„Das würde Vati nie zulassen. Was glaubst du denn von ihm!“

„Vati läßt sich unterpflügen.“

„Hör zu, Volker“, sagte Fanny ruhig, obwohl sie vor Schreck kaum atmen konnte, „du mußt das falsch verstanden haben. So was gibt's ja gar nicht. Rainer soll zu Tante Lisa?“

Sie lächelte verwirrt.

Volker ging auf sie zu und packte ihre Schulter. „Lachst du? Steckst du mit denen unter einer Decke? Du sollst hier bei Vati bleiben, du allein!“

„Wenn du mir das zutraust, Volker, und wenn du schlecht von Vati denkst, dann könnte es so kommen, wie du sagst, verstehst du? Dann sind wir schon auseinander. Dann hält uns nichts mehr zusammen.“

Er ließ von ihr ab. Seine Augen füllten sich mit Tränen. Er schluckte und biß sich auf die Lippen.

Oft genug hatte Fanny sich über ihn und über Rüdiger geärgert. Aber während der letzten Nächte hatte sie nicht mehr in ihrer Mansarde geschlafen, sondern auf der Couch im Zimmer der Jungen, weil Opa in der Mansarde schlief. Da hatten sie zu dritt im Dunkeln beieinandergesessen und geflüstert, um Rainer nicht zu stören, sie, die drei Großen, und einer hatte den anderen getröstet.

„Komm, Volker, wir hören uns mal an, was da beraten wird.“

„Die sind sich alle einig.“

„Wir auch.“

Sie gingen über den Korridor ins Wohnzimmer, wo der Vater mit den Großeltern, mit Tante Lisa und Onkel Herbert, mit Rüdiger und Rainer am gedeckten Tisch saß. Als Fanny eintrat, hob er den Blick. Aber er hielt Fannys Blick nicht stand, er wandte sich ab. Fanny hatte Volker nicht glauben wollen. Nun sah sie, daß es genau so war, wie er gesagt hatte, und ihr Mut sank.

Oma nickte ihr zu. „Setz dich her, Fanny. Wir überlegen gerade, was jetzt werden soll.“

Oma also nahm das Wort. Es war zu erwarten gewesen. Fanny kannte ihre Oma. So alt Oma war und obwohl sie Wasser in den Beinen hatte, half sie noch in einem Ferienheim und betreute nebenbei den kranken Opa. Früher hatte sie an seiner Seite eine Gastwirtschaft geführt, hatte von morgens bis abends in der Küche gestanden und sich nie eine Ruhepause gegönnt, nie einen Urlaub, kaum einen freien Tag. Als Opas Krankheit, sein Husten und seine Atemnot, immer schlimmer geworden war, hatte sie sich kurzerhand entschlossen, mit ihm in eine ganz andere Gegend zu ziehen, weit weg von hier, nach Friedrichroda, wo sie den Sohn und die Enkelkinder vermißte, wo es jedoch Opa besser ging. Jetzt war dem Sohn die Frau gestorben, jetzt hieß es wieder, Entschlüsse zu fassen, notwendige Entscheidungen zu treffen.

Fanny wünschte sich, ihr Vater wäre wie Oma. Die letzten Wochen waren über seine Kraft gegangen. Er hatte sie durchgestanden, aber er war am Ende. Sein Gesicht war fahl, um seine Augen lagen Schatten. Als seine Eltern angekommen waren, hatte er geweint. Das war schrecklich gewesen. Fanny hatte nicht gewußt, daß Männer weinen können.

Sie setzte sich neben ihn und nicht neben Oma. Dort konnte Volker sitzen. Ihr Platz war da, wo sonst immer die Mutter gesessen hatte.

„Siehst du, Fanny", begann Oma mit fester Stimme, nur ihre Hand zitterte etwas und knüllte ein Taschentuch zusammen, „da sind wir nun alle. Das Leben geht weiter. Ihr seid vier Kinder, und euer Vater arbeitet in Schicht. Ich weiß nicht, ob du dir darüber schon Gedanken gemacht hast..., wohl nicht, und das ist auch verständlich. Man muß es aber tun. Solange eure Mutter im Krankenhaus war, habt ihr euch irgendwie beholfen. Es ging, weil es gehen mußte, für eine gewisse Zeit. Für immer geht es nicht."

„Warum nicht?" warf Fanny ein.

„Weil euer Vater das unmöglich schaffen kann."

„Warum nicht?" fragte sie wieder. „Mutti hätte es schaffen können. Bestimmt hätte sie's geschafft!"

„Die Menschen sind verschieden. Es hat keinen Zweck, jetzt zu überlegen, was eure Mutter geschafft hätte und was nicht. Glaub mir, Fanny, es fällt uns schwer..." Sie brach ab und sah ihren Sohn an. Vielleicht wäre es ihr lieber gewesen, wenn er sagen würde, was gesagt werden mußte. Da er schwieg, fuhr sie fort: „Ein Haushalt von fünf Personen will versorgt sein. Vier Kinder sind zu erziehen. Du, Fanny, bist sechzehn, Volker ist dreizehn, Rüdiger zwölf, und Rainer ist gerade erst zur Schule gekommen. Wir haben darüber nachgedacht, euer Vater, Tante Lisa als Schwester eurer Mutter, Opa und ich. Wir glauben, daß zumindest die drei Jungen nicht hierbleiben können. Tante Lisa ist bereit, Rainer ganz zu sich zu nehmen. Volker und Rüdiger sollten die Woche über im Heim betreut werden und nur am Wochenende zu Hause sein. Und du, Fanny, solltest bei deinem Vater bleiben."

Sie hielt inne, weil die Kinder plötzlich wild durcheinanderredeten. Nur Rainer guckte von einem zum anderen. Opa hustete und schlug auf den Tisch. In seinem Brustkorb keuchte und rasselte es wie immer, wenn er sich aufregte. Oma holte aus ihrer Handtasche ein Fläschchen und einen Löffel. Das trug sie ständig bei sich für Opas Anfälle. Aber er winkte heftig ab.

„Frau, quäl die Kinder nicht!" stieß er mühsam hervor. „Wir ziehen wieder her, du und ich. Wir bleiben hier bei Frank und den Kindern!"

„Dann lebst du vielleicht noch ein halbes Jahr", sagte Oma und drückte ihm den Löffel mit den Tropfen in die Hand.

Opa schluckte die Tropfen, damit er zum Sprechen imstande war. Schweratmend wartete er auf die Wirkung. Alle sahen ihn an. Er war ein großer, löwenköpfiger alter Mann, äußerlich so gar nicht hinfällig, und er war es gewöhnt, daß man ihm zuhörte. Er schlug wieder auf den Tisch. Keiner sollte reden, bevor er geredet hatte.

Da sagte Rainer mit seiner hellen Stimme: „Ich will nicht zu Tante Lisa."

Er rutschte vom Stuhl und lief zu Fanny, und sie hielt ihn fest mit beiden Armen. Daß er zu ihr gelaufen kam, zu ihr und nicht zum Vater, war ganz ungewöhnlich, denn Rainer war ein Vatersöhnchen. Fanny kämpfte mit den Tränen. Auf

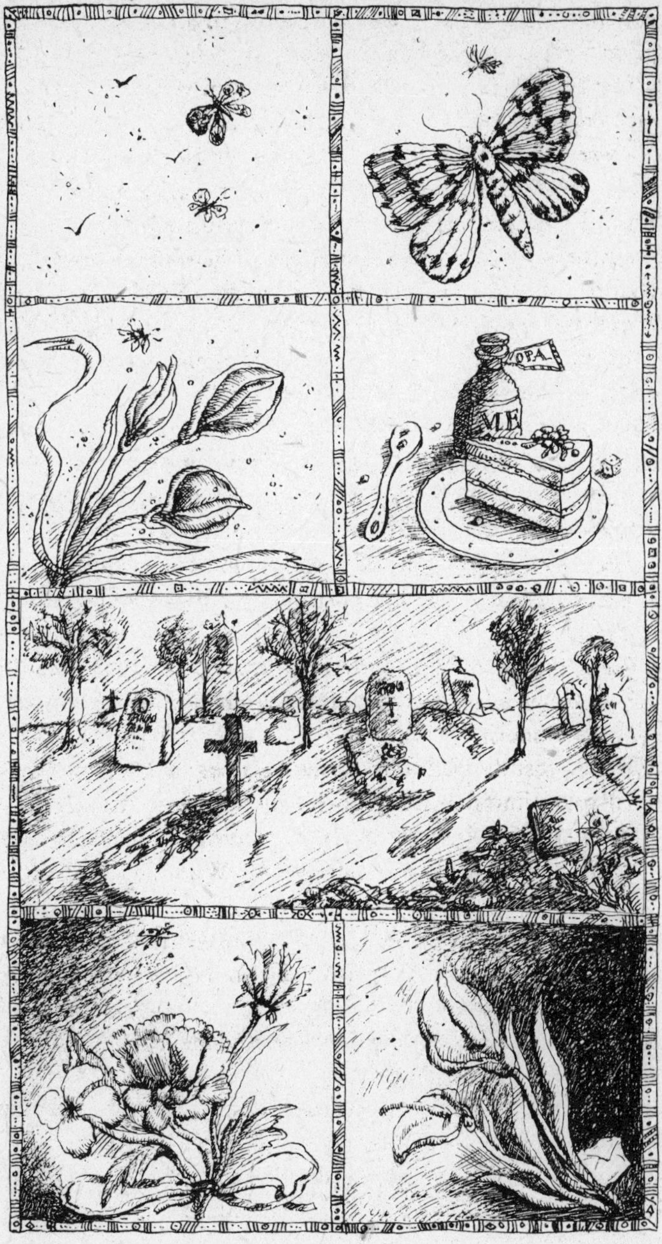
OPA.

keinen Fall wollte sie weinen. Wenn Rainer sie weinen sah, würde er nicht glauben, daß sie ihm helfen könne.

Opa hatte sich etwas erholt. Er sagte: „Wozu soll ich noch lange leben? Sterb ich, dann legt mich zu der armen Brigitte auf den Friedhof, und du, Frau, sorgst für die Kinder."

„Das will ich nicht gehört haben, Otto", sagte Oma mit Entschiedenheit. „Damit wär auch keins der Kinder einverstanden. Solche querköpfigen Ansichten solltest du für dich behalten."

„Dann holen wir die Jungen zu uns nach Friedrichroda."

„Eben noch wolltest du sterben, und jetzt willst du zwei Jungen erziehen, in unserer kleinen Wohnung, du mit deinem Husten und ich mit meinen Wasserbeinen?"

„Hört auf", sagte der Vater gepeinigt, „hört auf, ich bitte euch! Ihr habt weiß Gott in euerm Leben genug geleistet. Wie käm ich denn dazu, euch meine Kinder aufzuhalsen."

„Nun, was mich betrifft", erklärte Tante Lisa, und sie sprach wie gewöhnlich sehr präzise, „so bin ich, wie du weißt, Frank, gern bereit, deinem kleinen Rainer ein geordnetes Zuhause zu bieten. Das bin ich allein schon Brigitte schuldig. Herbert und ich, wir haben es so beschlossen." Sie machte eine Pause, um Onkel Herbert Gelegenheit zu geben, ihre Worte zu bestätigen. Er nickte aber nur. Er nickte immer zu allem, was sie sagte.

Fanny stieß ihren Vater an. Wie konnte er dulden, daß etwas beschlossen worden war über Rainer!

„Danke, Lisa", sagte er matt.

Er war also einverstanden. Er wollte Rainer hergeben, seinen Jüngsten, den, der am meisten an ihm hing. Fanny blickte in die Runde. Was konnte sie ausrichten gegen die Übermacht der Erwachsenen, gegen all diese vernünftig klingenden Gründe und Überlegungen?

„Ich versteh das nicht", sagte sie. „Du magst doch keine Kinder, Tante Lisa."

„Aber natürlich mag ich Kinder!"

„Nein, du hast keine, weil du keine magst."

„Steht dir darüber ein Urteil zu?"

„Ich sag bloß Muttis Urteil. Sie hätte dir Rainer nie gegeben, nie!"

Oma schaltete sich ein. „Woher willst du das wissen, Fanny? Du kränkst deine Tante Lisa, das hat sie nicht verdient."

„Tante Lisa hat Rainer nicht verdient", erwiderte Fanny und hielt ihren Bruder fest, damit sie nur ja der Mut nicht verließ. „Als Rainer geboren werden sollte, hat Tante Lisa zu Mutti gesagt: ‚Jetzt noch ein viertes Kind, du mußt verrückt sein.' Da war Mutti böse auf Tante Lisa."

„Solche alten Geschichten solltest du nicht auskramen, Fanny", sagte Oma. „Du bringst einen häßlichen Ton in unser Gespräch, wo wir uns bemühen, den besten Weg zu finden."

„Und der beste Weg für Tante Lisa, ganz bequem ein Kind zu haben, ohne Babywirtschaft und alles, ist unser Rainer! Mutti hätte sich wohl auch gern qualifiziert und eine andere Arbeit gemacht, aber sie hat uns alle zur Welt gebracht und großgezogen, und Tante Lisa hat Mathematik studiert und hat eine leitende Stellung bei der Datenverarbeitung, und im Urlaub fährt sie ins Ausland."

„Es reicht", sagte der Vater. „Es reicht, Fanny." Er richtete die müden Augen auf Tante Lisa und fügte hinzu: „Entschuldige bitte. Die Kinder sind durcheinander. Wir müssen ihnen Zeit lassen."

Tante Lisa schwieg. Sie hatte sich schon, wie zum Gehen bereit, die Kostümjacke zugeknöpft.

Opa stützte den Kopf in die Hände, daß sein Gesicht bedeckt war.

Oma sah es. Sie sagte: „Das gilt für uns alle. Die Zeit muß uns helfen. Wir bleiben über Weihnachten hier. Fürs erste wird nichts verändert. Möchtest du Kaffee, Otto?"

Fanny stand auf. Sie hatte den Kaffee in der Küche vergessen. Als sie mit der Kanne ins Zimmer zurückkam, hörte sie Tante Lisa sagen:

„... gleich mitnehmen. Herbert und ich, wir fahren mit dem Abendzug."

Fanny stellte die Kanne auf den Tisch. Dann ergriff sie Rainer bei der Hand und lief aus der Wohnung, die Treppen hinauf zur Mansarde. Sie schloß die Tür von innen ab.

Rainer setzte sich aufs Bett. Er blickte Fanny bewundernd an. „Jetzt kann keiner rein", stellte er fest. Er fühlte sich sicher, weil Fanny da war.

Sie lächelte und nickte. Ihr war heiß, sie hatte ein Rauschen in den Ohren, ihre Hände waren feucht. Sie durfte nicht weinen.

„Wie lange bleiben wir hier?"

„Bis Tante Lisa weg ist."

Befriedigt ließ er sich in die Kissen sinken.

Fanny wartete an der Tür. Sie wußte, daß noch nichts, gar nichts gewonnen war. Sie dachte an Volker und Rüdiger, die ins Heim sollten. Sie würden sich weigern, aber es würde ihnen nichts nützen. Sie dachte an ihren Vater. Sie hätte ihn rütteln und schütteln mögen. Warum hatte er so wenig von Omas Entschiedenheit, warum ließ er seine Kinder im Stich?

Sie hörte ihn kommen. Dieser schwere Schritt auf der Treppe, das war ihr Vater.

„Mach auf, Fanny", sagte er.

„Nein!" rief sie.

„Komm runter mit Rainer. Tante Lisa wird ihn nicht mitnehmen."

„Ich glaub dir kein Wort! Du bedankst dich ja sogar bei ihr, du entschuldigst dich für mich. Du gibst Rainer her, du gibst Volker und Rüdiger her. Denkst du, ich bleib bei dir?"

„Fanny!"

„Ich hör nicht, ich halt mir die Ohren zu. Solch einen Vater will ich nicht!"

Als sie das gesagt hatte, weinte sie laut auf. Sie preßte sich die Hände vor den Mund. Vielleicht hatten alle recht, vielleicht war sie dumm und unverständig.

Sie wollte schon den Schlüssel umdrehen, aber sie sah Rainer auf dem Bett sitzen. Sie sah, daß er Angst hatte, und da rief sie durch die Tür: „Geh weg, geh weg, Vati!"

4

Zuerst tat Frau Klöcklein, als hörte sie nichts. Sie stand vor der Klasse, nun schon die dritte Stunde hintereinander, und erklärte die Vorteile der verschiedenen Sicherheitssticharten. Ihr Blick glitt suchend über die unruhigen Reihen. Das Brummen wurde lauter und wechselte die Richtung. Sah Frau Klöcklein nach rechts, kam das Brummen von links. Die Mädchen lachten, scharrten mit den Stühlen, knisterten und raschelten und flüsterten miteinander. Und das Brummen schwoll an. Frau Klöcklein mußte die Stimme heben. Das Buch in ihren Händen bebte.

Fanny saß an ihrem Platz nahe dem Fenster. Sie beteiligte sich nicht am Brummen, auch nicht am Lachen und Flüstern. Sie sah hinaus. Früher hatte sie jede Stunde verwünscht, die sie hier hatte zubringen müssen. Da hatte sie geglaubt, bloß wegen des Fotozirkels wunder wie unglücklich zu sein. Wann war denn das gewesen? Vor langer Zeit, vor ein paar Wochen, vor Monaten.

Frau Klöckleins Gesicht hatte sich gerötet. „Ich bitte Sie, was soll das!“

Als Antwort erscholl ein Schafblöken und gleich darauf das Meckern einer Ziege. Die Mädchen lachten laut.

„Sind wir im Zoo?“ fragte Frau Klöcklein.

Wie zur Bestätigung krähte, miaute und bellte es von allen Seiten.

Frau Klöcklein zog sich zur Tür zurück. „Ich werde den Direktor holen!“

Sie hatte schon öfter den Direktor geholt. Die Klasse fürchtete sich nicht. Die Mädchen wußten, daß es für Frau Klöcklein beschämend war, den Direktor holen zu müssen.

„Wir möchten singen!“ verkündete Dan. Sie war aufgesprungen, wobei sie den Stuhl zum Umkippen brachte.

Ihr Vorschlag wurde jubelnd beklatscht.

„Setzen Sie sich, Daniela! Es wird nicht gesungen.“

„Doch. Nach drei Stunden Maschinenkunde brauchen wir eine kleine Auflockerung, verstehen Sie?“

„Ich könnte es verstehen, wenn Sie Schulanfänger der ersten Klasse wären. Setzen Sie sich!“

Dan begann mit tiefer Stimme, und die anderen fielen ein: „Kling, Klöcklein, klingelingeling, kling, Klöcklein, kling. Öde ist die Stunde von Maschinenkunde. Öffne uns die Türen, laß uns rausspazieren. Kling, Klöcklein, klingelingeling...“

Frau Klöcklein erbleichte. Noch nie war das Lied in ihrer Gegenwart gesungen worden. Nur gelegentlich hatte sie Bruchstücke davon gehört, und die auch mehr aus der Entfernung, so daß sie es nicht unbedingt hatte zur Kenntnis nehmen müssen.

Die Mädchen hakten sich unter und schunkelten. Tische wurden verschoben, Bücher fielen zu Boden.

Aus dem Nebenraum trat Frau Hanf herein. Sie war die Klassenleiterin und hatte wahrscheinlich schon geraume Zeit mit wachsender Besorgnis die Unruhe bemerkt. Ihr Erscheinen wirkte ernüchternd. Der Tumult brach ab. Die Mädchen machten sich zu schaffen, indem sie Tische zurechtrückten und Schnellhefter aufhoben.

Frau Klöcklein, von nervösem Zittern befallen, ergriff ihre Tasche. „Die Stunde ist beendet“, sagte sie mühsam.

Frau Hanf nahm ihrer Kollegin die Tasche ab und verließ mit ihr den Raum.

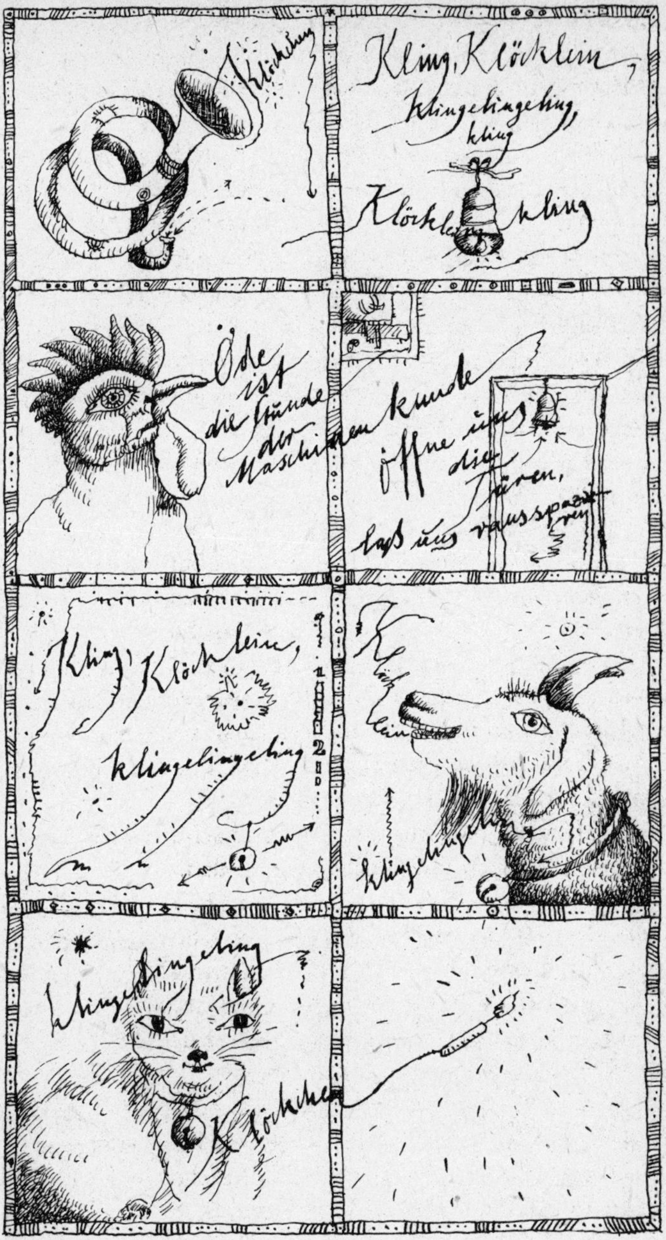
Kling, Klöcklein
klingelingeling, kling
Klöcklein kling
Öde ist die Stunde der Maschinenkunde
öffne uns die Türen,
laß uns rausspazieren
Kling, Klöcklein,
klingelingeling
klingelingeling
Klöckchen

Tuschelnd folgten die Mädchen. In Gruppen gingen sie die Treppe hinunter zu dem Korridor, der als Imbißraum eingerichtet war. Nah bei der Ausgangstür zum Hof befand sich die Raucherinsel, ein kleiner verqualmter Vorraum mit schmutzigen Bänken und überfüllten Abfallbehältern. Dort lachten und diskutierten die Mädchen, als gäbe es einen Sieg zu feiern.

Fanny holte sich eine Flasche Milch und setzte sich im Imbißraum an einen Tisch, wieder nahe beim Fenster und so, daß sie hinaussehen konnte. Sie sehnte sich nicht fort von hier. Früher hatte ihre Mutter auf sie gewartet, auch mitten in der Nacht, wenn sie von der Spätschicht gekommen war. In der Küche war der Tisch für sie gedeckt gewesen, und während sie aß, hatte die Mutter bei ihr gesessen und ihr zugehört, denn Fanny erzählte gern und viel. Wer gab ihr jetzt Antwort auf ihre Fragen? Wer sagte ihr, was falsch und was richtig war?

Fanny war zu Bettina gelaufen, weil es doch irgendeinen Menschen auf der Welt geben mußte, der sie verstand. Aber Bettina hatte mitleidig den Kopf geschüttelt.

„Du spinnst wohl, Fanny. Ich an deiner Stelle würde still sein und die Erwachsenen machen lassen. Dein Vater wird schon wissen, was er will und was am besten für euch ist."

„Fang du nicht auch noch an, Bettina. Ich steh zu Hause unter pausenlosem Trommelfeuer. Tante Lisa ist Gott sei Dank gleich abgefahren. Dafür nervt mich meine Oma jeden Tag. Und mein Vater sieht überhaupt nicht mehr durch, der klappt bald zusammen. Was will er denn wirklich? Uns behalten will er! Ich sag ihm: ‚Denk an Mutti, denk, wie sie entscheiden würde.' Dann macht er Augen, ich kann's dir gar nicht beschreiben, solche kaputten Augen."

„Klar, wenn man ihn dermaßen unter Druck setzt."

„Ich muß das tun, verstehst du nicht?"

„Nein. Um den Kleinen würd ich's verstehen. Aber die beiden Großen! Was ist denn so schlimm dran, wenn sie die Woche über im Heim sind?"

„Keiner darf weg. Geht bloß einer, bloß einer von uns,

Bettina, dann bröckelt's, und dann bricht's. Dann sind wir keine Familie mehr. Die Großen, sagst du. Die sind nicht groß, die beiden. Die kommen und betteln: ‚Fanny, mach dich steif für uns.' Sie merken nämlich, daß ich die einzige bin, die sich überhaupt steif machen kann."

„Und gehst drauf dabei. Und hast keine freie Minute mehr. Laß mal deine Oma erst abgefahren sein, du wirst sehen, du gehst drauf."

„Nein, nein!"

„Bist du sicher?"

„Sicher gar nicht. Ich schwimm und such nach Grund. Mir bleibt die Luft weg, Bettina."

„Mann, Mann, Mann..." Und wieder hatte Bettina mitleidig den Kopf geschüttelt.

Zicke Hus schüttelte auch den Kopf. Sie war zu Hause gewesen, hatte einen Besuch gemacht und von Oma erfahren, wie störrisch sich Fanny anstellte. „Armes Mädchen", barmte Frau Zickhus, „laß dir doch helfen!"

Frau Hanf wußte natürlich ebenfalls Bescheid. Sie barmte nicht, sie war nüchterner und führte Vernunftsgründe an. „Fanny, du mußt deine Möglichkeiten real einschätzen."

Real, das Wort hörte Fanny oft. Real war der Schnee draußen. Real war, daß sie Weihnachten ohne die Mutter verlebt hatten und daß das neue Jahr gekommen war. Das alles war sehr real. Fanny verwechselte jetzt nicht mehr Wunsch und Wirklichkeit wie in den ersten Tagen. Aber die Erwachsenen taten, als wüßten nur sie allein, was real war.

Vera setzte sich zu ihr. Fanny wunderte sich. Seitdem Vera zusammen mit Frau Zickhus und Irina an der Beerdigung teilgenommen hatte, fiel es ihr schwer, unbefangen mit Fanny zu sprechen. Unbefangenheit war überhaupt Veras Stärke nicht. Immer fürchtete sie, sich falsch oder taktlos zu benehmen. Andererseits war sie aber gewissenhaft, und so stand sie im Zwiespalt zwischen Scheu und Pflicht, auch wenn sie sich die FDJ-Funktion bloß aus Gutmütigkeit hatte aufschwatzen lassen.

„Peinlich war das eben", begann sie zögernd, „wie die Klasse mit Frau Klöcklein umgesprungen ist, findest du nicht?"

Fanny zuckte die Schultern.

„Du hast dich rausgehalten."

„Meinst du, mir steht der Sinn nach Blöken und Krähen?" fragte Fanny.

Vera errötete.

Fanny lenkte ein. „Na, sag schon, was du willst."

„Ich hab beobachtet, wer sich raushält. Es sind nur ganz wenige. Glaubst du, Fanny, daß die paar ... irgendwie ... ein Gegengewicht bilden könnten?"

„Warum sollten sie?"

„Weil es doch so nicht geht. Geschämt hab ich mich."

„Hättest ja aufstehen und was sagen können."

„Ich allein?"

„Ich bestimmt nicht, Vera. Du schlägst deinen Haken an der falschen Stelle an. Ich bleib sowieso nicht hier. Nach der Lehre geh ich weg."

„Wohin denn?"

„Weiß noch nicht."

„Viele wollen weg."

„Eben. Davon kommt das auch."

„Aber gerade du, Fanny... Ich dachte, du wärst anders."

„Besten Dank für die gute Meinung."

„Lachst du über mich?"

„Ja. Ausgerechnet mich willst du vor den Wagen spannen, einen Gaul, der hinten und vorn lahmt, der keinen Stall mehr hat."

„Du hast keinen Stall mehr?"

„Frag mich nicht."

Natürlich fragte Vera nicht, sie war viel zu schüchtern.

So schüchtern darf man nicht sein, dachte Fanny, schon gar nicht, wenn man eine Übermacht vor sich hat. Dann muß man alles aufbieten, muß sich stärker machen, als man in Wahrheit ist. Sie sah an Vera vorbei ins Leere. Was hatte sie selber aufzubieten? Einen Fingerhut voll Zuversicht, daraus nahm sie jeden Tag einen Tropfen, und der mußte reichen, um die Brüder zu trösten und um gegen den Vater, gegen die Großeltern und alle Vernunftsgründe anzugehen.

Frau Hanf betrat den Imbißraum. Fast gleichzeitig kamen von der entgegengesetzten Seite die Mädchen aus der Raucherecke. Sie verstummten, als sie Frau Hanf erblickten.

Frau Hanf wurde allgemein bewundert. Sie war jung, sie verstand sich zu kleiden, und sie traf den Ton, für den die Mädchen ein Ohr hatten. Sie duzte ihre Schülerinnen, obwohl es gegen die Vorschrift war, aber die Mädchen hatten sie darum gebeten.

„Da seid ihr“, sagte sie, „und alle beisammen, sehr gut. Gerade komme ich vom Direktor. Schließlich seid ihr meine Klasse, die Hänflinge, wie man euch nennt. Lacht nicht! Es ist ja leider ein Schimpfname. Ich stehe vor dem Direktor, rot wie eine Tomate, und Frau Klöcklein weint. Was habt ihr euch bloß dabei gedacht?“

„Wir denken, daß drei Stunden Maschinenkunde eine Zumutung sind“, erklärte Dan. „Wer soll das aushalten! Einnadel-Dreifach-Überwendlichstich, kombiniert mit Einnadel-Zweifaden-Doppelstepp-Geradstich.“

„Gut behalten und sogar richtig. Ein intelligentes Mädchen wie du, Daniela, sollte sich zu schade sein zum Krawallmachen.“

„Wär ich intelligent, hätten sie mich angenommen bei der Berufsausbildung mit Abitur, und ich hätte Funkoffizier werden können. Wenn das schon nicht sein kann, wär ich gern Matrose geworden. Dafür nehmen sie keine Mädchen. Alles ist ein Riesenbeschiß.“

„Zumindest in der Ausdrucksweise kannst du dich mit Jungen messen.“

„Ja, ich wär viel lieber ein Junge.“

„Aber du bist es nicht und wirst dich wohl damit abfinden müssen.“

„Ach, wissen Sie, Frau Hanf“, schaltete sich Irina ein, „das hören wir dauernd, das stinkt uns, ehrlich. Immer sollen wir uns abfinden.“ Sie schüttelte den Kopf, daß die Löckchen wippten. „Ich zum Beispiel wär viel lieber Säuglingsschwester geworden.“

Und da riefen sie von allen Seiten ihre Berufswünsche: Apothekenhelferin, Stewardeß, Kindergärtnerin, Kosmetikerin, auch Schneiderin, Modegestalterin, denn manche hatten diese Lehre mit ganz anderen Vorstellungen begonnen.

„Und was erwartet uns? Das Band“, sagte Dan. „Geben Sie ruhig zu, es ist ein Riesenbeschiß.“

Frau Hanf lächelte. „Ihr Ärmsten, habt ihr die Hände nach Gold ausgestreckt und Stroh bekommen? Macht was aus dem Stroh und zündet es nicht an, dann hättet ihr gar nichts mehr. Man kann aus jedem Beruf was machen, aus jedem! Das liegt an einem selbst.“

Die Mädchen schwiegen. Frau Hanf sah in lauter skeptische Augen.

„Ihr glaubt mir nicht?“

„Wir glauben, was wir sehen!“ fiel Ute temperamentvoll ein. Sie hatte sich auf einen Tisch geschwungen, dort saß sie, zapplig, unruhig umherblickend, und rückte an ihren großen Brillengläsern. „Klar, daß sie uns zureden und Disziplin verlangen. Lehrer verlangen immer Disziplin. Was mich betrifft, ich näh ganz gern. Bloß die Disziplin macht mich krank. Kopf runter und nähen, ob man will oder nicht, ob man noch kann oder nicht.“

„Natürlich“, erwiderte Frau Hanf. „Oder kennst du eine Arbeit, die ohne Disziplin auskommt? Meinst du, ich hab jeden Tag Lust? Meinst du, Frau Klöcklein stellt sich gern vor eure Klasse? Das ist jetzt die Frage. Ihr habt Frau Klöcklein so weit gebracht, daß sie an ihrer Kraft verzagt. Wenn sie euch unterrichten soll, steht sie vor der Klassentür und zittert, als müßte sie in einen Raubtierkäfig. Ihr solltet überlegen, wie ihr euern schlechten Ruf an der Schule verbessern könnt.“

Vera meldete sich zu Wort, sie hielt die Hand hoch wie in einer Versammlung.

„Achtung, Vera spricht!“ rief Dan spöttisch.

Sofort wurde Vera rot. Stockend schlug sie vor: „Der Schnee auf dem Hof ..., die Zufahrtswege ...“

Dan schlug die Hände zusammen. „Schnee! Hört, hört, wir haben Schnee!“

Es war nämlich so viel Schnee gefallen, daß er sich überall zu Bergen türmte. Straßen waren unbefahrbar geworden, Züge blieben stecken, Raupenfahrzeuge der Armee wühlten sich durch Schneewüsten zu abgeschnittenen Dörfern vor. Seit Jahren hatte es das nicht gegeben.

Die Mädchen lachten. Sie lachten gern auf Veras Kosten.

Aber Frau Hanf hatte verstanden. „Ein guter Vorschlag! Der Hof und die Wege müssen dringend geräumt werden. Das ist die Gelegenheit für euch, durch freiwilligen Einsatz auch mal ein gutes Beispiel zu geben.“

Verdrossenes Gemurre war die Antwort. Von „freiwillig“ könne wohl kaum die Rede sein, und wann das denn sein solle, und überhaupt ...

Frau Hanf ließ sich auf keine Diskussionen ein. Sie war schon an der Schwingtür, sie wollte dem Direktor den Entschluß der Klasse mitteilen.

„Nach der letzten Stunde fangen wir an. Keiner schließt sich aus!“

Fort war sie, und die Mädchen sahen Vera mit giftigen Blicken an.

Dan fragte: „Wie kommst du eigentlich dazu, uns zum Schaufelschwingen zu verdonnern? Was bildest du dir ein?“

Vera antwortete nicht. Sie sah, alle waren gegen sie, selbst die wenigen, die sonst nicht auf Dans Seite standen.

Sie waren aber klug genug, die Sache nicht auf die Spitze zu treiben. Deshalb stellten sie, als der Unterricht zu Ende war, ihre Taschen im Treppenhaus ab und ließen sich vom Hausmeister mit Schaufeln ausrüsten. Offenbar hatte sich ihr Vorhaben schon herumgesprochen. Auch Kraftfahrer, Elektriker und Mechaniker waren da. Mit lauter Stimme wies der Hausmeister seine Hilfstruppen an.

Am Rand der Straße hatten die Schneepflüge hohe Wälle aufgeworfen. Dort mußte für die Zufahrt zur Schule eine breite Bresche geschlagen werden. Der Schnee war vereist, aber die Sonne schien, und die Luft atmete sich leicht, kein Vergleich mit der Luft in den dumpfigen Klassenräumen. Die Mädchen lebten auf bei der Arbeit.

Fanny dachte an Opa. Auch er war aufgelebt, seitdem der scharfe Frost gekommen war. Er mußte nicht mehr so qualvoll husten und glaubte, aller Erfahrung zum Trotz, er würde vielleicht wieder gesund werden. Er wollte umziehen, hierher zurück, und machte den Jungen Hoffnungen. Aber Fanny wußte, daß es keine Hoffnung gab. Die Großeltern würden abreisen, und dann würde der Vater allein sein mit der Verantwortung, und er würde sie nicht tragen können, so mutlos, wie er war. Und sie, Fanny, hatte sie denn mehr Mut? Sie schaufelte den Schnee und war sogar froh darüber. Bloß nicht nach Hause gehen, bloß noch einen Aufschub haben! Nicht hören, was die Brüder angstvoll miteinander flüsterten, nicht sehen, wie Oma die Koffer packte. Vergessen, wenigstens für kurze Zeit, daß Tante Lisa bald wieder auftauchen würde.

Sie machte eine Pause und stützte sich blinzelnd auf den Schaufelstiel. Der Schnee blendete sie. Ihr war warm geworden. Sie hatte die Kapuze ihrer Jacke abgeschüttelt.

Die Mädchen schrien übermütig und trieben Unfug. Sie warfen den Schnee hoch in die Luft und kreischten, wenn er sie traf. Fanny beneidete sie. Tränen stiegen ihr in die Augen. Ein Schatten fiel auf sie. In dem gleißenden Sonnenlicht erkannte sie nicht gleich, daß es Kahlbom war. Als er sprach, wischte sie sich hastig die Tränen von den Wimpern.

„Willst du meine Sonnenbrille?"

Er hielt sie ihr hin. Fanny schüttelte den Kopf.

„Das geht aber besser", beharrte er, „du wirst schneeblind werden. Oder weinst du?"

Sie schüttelte wieder, diesmal sehr entschieden, den Kopf.

„Wär ja auch dumm", sagte er, „wär ja auch keinem mit gedient. Kann mir denken, daß du jetzt eine Menge um die

Ohren hast, wie?“ Da sie hartnäckig schwieg, fragte er weiter: „Bist du zu Hause die einzige oder die Große oder die Kleine?“

„Die Große“, antwortete sie widerwillig.

„Und wieviel kommen noch nach dir?“

„Drei.“

„Herrje!“ Er stieß seine Schaufel in den Schnee. Er war so beeindruckt, daß er mit den Stiefeln stampfte. „Da sitzt du schön in der Patsche, prost Mahlzeit. Gleich dreie, und du bist nun die Mutter, ist ja klar.“

„Wieso ist das klar?“ fragte Fanny. Sie meinte, sich verhört zu haben, ihn falsch zu verstehen.

Er stutzte und neigte sich vor. „Ja, wieso nicht? Kann's denn anders sein?“

„Meine Brüder sollen ins Heim.“

„Das ist Quatsch, was du da sagst.“

Es klang wunderbar. Es klang so überzeugend.

„Habt ihr keinen Vater?“

„Doch!“

„Na bitte. Und du dazu. Gibt das kein Gespann?“

„Doch, doch! Aber meine Großeltern sagen ..., sie reisen morgen ab, weißt du ..., und sie sagen ...“

„Ach so! Das kenn ich. Alte Leute denken immer, junge taugen nichts. Hast du deshalb geheult? Mußt du nicht. Zeig's ihnen!“

„Ich will ja, bloß mein Vater ..., er hört nicht auf mich, er hat keinen Mumm ...“

„Hat er bestimmt, hat er! Klar, er ist jetzt am Boden zerstört. Wär ich auch ohne Frau mit vier Gören.“

„Du?“

„Er rappelt sich wieder hoch, sollst sehen. Würd ich auch mit der Zeit.“

„Würdest du? Wirklich?“

„Mit dir immer!“

Er lachte.

„Hör mal, ich mein's ernst.“

„Ja, ja." Er zog seinen Handschuh von der Hand und berührte, wie schon einmal, ihr Gesicht. „Du Kleine."

Sie stand still und sah ihn an.

Da wurde er gerufen. Wo Spaß und Balgerei war, durfte Sascha nicht fehlen. Schneebälle kamen geflogen. Er fuhr herum. Er warf die Arme hoch und ließ sich in den Schnee fallen. Die Mädchen stürzten herbei. Sie packten Sascha, schleiften ihn über den Schnee, rissen ihm fast die Stiefel von den Beinen, und er lachte, lachte wie toll. Er sprang auf. Ute fiel ihm um den Hals und küßte ihn. Sein Haar war voller Schnee. Er machte sich los und lief durch den tiefen, flimmernden Schnee, der um ihn her in der Sonne aufstob. Die Mädchen jagten ihn. Wer ihn fing, küßte ihn.

Einmal besann er sich kurz auf Fanny. „Komm doch!" schrie er.

Sie wandte sich ab. Sie wünschte, er möge für immer weit weglaufen und irgendwo im Schnee ersticken.

5

„Du und ich, Vati, ergibt das kein Gespann?“

Fanny saß neben ihrem Vater im Wohnzimmer auf der Couch. Sie waren allein, die Großeltern waren abgereist. So viel hatte Fanny immerhin erreicht, daß die Entscheidung nur zwischen ihr und dem Vater fallen sollte.

Oma war es nicht recht gewesen. Am liebsten hätte sie die Heimfahrt wieder aufgeschoben. Sie sah Chaos hereinbrechen, sah den Haushalt verschlampen, sah die Kinder abgezehrt und schmutzig, alles wegen der eigensinnigen Fanny. Opa saß schon im Zug, da stand Oma immer noch auf dem Bahnsteig. Ihr Sohn war ein zweiundvierzigjähriger Mann, von Statur dem Großvater ähnlich, groß und breitschultrig, mit dichtem dunklem Haar, das zu ergrauen begann, und Oma sagte „Junge“ zu ihm. „Junge, überlege, was du tust! Schreib mir jede Woche, Junge.“

Fanny fand das merkwürdig. Vielleicht war für Omas Gefühl der Vater nie älter geworden als fünfzehn Jahre?

„Jetzt sind Oma und Opa weg“, sagte Fanny. „Ich weiß, sie haben uns geholfen und würden uns weiter helfen, wenn sie könnten. Sie können aber nicht! Glaub mir, ich hab lange drüber nachgedacht. Keiner kann uns helfen. Wir sind ja auch gar nicht so hilflos. Wir sind zu zweit, Vati! Ich bin kein kleines

Mädchen mehr. Mutti hat mich an ihren Platz gestellt. Sie hat zu mir gesagt: ‚Ich wüßte sonst keinen.‘ Übrigens findet das jeder ganz normal.“

„Jeder? Wer denn?“

„Im Betrieb, die Kollegen.“

Er lächelte. Daß Fanny sofort, kaum daß die Großeltern fort waren, einen Sturmangriff auf ihn starten würde, hatte er sich wohl denken können. Er wich nicht aus, aber er stellte sich auch nicht.

Fanny schob ihre Hand in seine. „Jeder versteht, daß du jetzt am Boden zerstört bist. Das bleibt nicht so. Du rappelst dich wieder hoch, und dann stell dir vor, du hättest voreilig deine Familie aufgegeben, bloß weil du jetzt am Boden liegst. Dann willst du uns wiederhaben, und dann will vielleicht keiner mehr zu dir zurück.“

Der Vater blickte dem Rauch seiner Zigarette nach. „Bin ich am Boden zerstört? Mach ich tatsächlich den Eindruck? Ich hab geglaubt, ich halt mich gut.“

„Ja, du hältst dich gut..., einigermaßen“, fügte Fanny berichtigend hinzu. „Du müßtest die Augen aufmachen und sehen, was da ist. Nicht immer bloß, was nicht mehr da ist. Du müßtest für uns eintreten! Siehst du, ich trete für meine Brüder ein.“

„Weil du jung bist, Fanny. Weil du noch nicht wirklich ermessen kannst, worauf du dich einlassen willst. Sonst wärst du wohl nicht ganz so forsch.“

„Wer sagt dir, daß ich forsch bin? Denkst du, ich hab keine Angst? Ich wag's aber trotzdem.“

„Wie kommt das?“ fragte er nachdenklich. „Woher hast du das? Manchmal in letzter Zeit warst du schon stiller, als würdest du dich besinnen. Hat dir einer den Rücken gestärkt?“

Sie blinzelte überrascht. „Ich hab von Anfang an immer nur das eine gewollt, gleich, sofort und ohne mich zu besinnen. Das weißt du. Solange Oma da war, hat mich das dauernde Gerede konfus gemacht. Direkt gelähmt hat es mich. Vorher, als Mutti im Krankenhaus war, bin ich bei uns der Angelpunkt gewesen und gar nicht gelähmt. Nachher hat Oma mir alles aus der Hand genommen. Alte Leute denken immer, junge taugen nichts. Bist du denn schon so alt, Vati? Glaubst du auch nicht an mich?"

„Doch", sagte er, aber es klang nicht überzeugt. Widerspruch wäre ihr lieber gewesen als diese matte Antwort.

Sie preßte seine Hand. „Dann zeig es!"

Wieder lächelte er unbestimmt. Gleich würde er sie auf morgen vertrösten, auf übermorgen. Gleich würde er sagen, daß er erst zur Abteilung Jugendhilfe gehen wolle, um sich dort Rat zu holen. Diesen Floh hatte ihm Onkel Herbert ins Ohr gesetzt, ausgerechnet der, der sonst kaum ein Wort von sich gab. Am Beerdigungstag, als er mit Tante Lisa schon halb aus der Tür gewesen war, hatte er sich umgedreht und vorgeschlagen, erfahrene, nüchtern abwägende Leute zu befragen, Leute, die nicht in familiäres Für und Wider verstrickt wären. Davon hielt Fanny gar nichts.

„Sag was", drängte sie. „Oder sag den Jungs klar ins Gesicht: Ich hab euch abgeschrieben. Aber dann, Vati..., aber dann..."

Sie sprach nicht aus, was dann sein würde. Er hob den Kopf, sah in ihre Augen und erkannte ihre Gedanken.

„Versuchen wir's", sagte er.

Fanny war erleichtert und enttäuscht zugleich.

Sie umarmte den Vater und fühlte ihn fast erschreckt widerstreben.

„Es ist ein Versuch", sagte er schnell, „hörst du, Fanny? Ein Versuch!"

Gerade das wollte sie nicht hören. Erst als er zur Schicht gegangen war und sie auf die Brüder wartete, wurde ihr unbehaglich zumute. Sie stand am Fenster. Sie ging in der Wohnung umher und räumte auf. Ein Versuch also nur... Und wenn sie versagte, wenn sie diese Prüfung nicht bestand? Der Fingerhut voll Zuversicht war auf einmal ganz leer. Der Vater hatte „wir" gesagt, „versuchen wir's". Aber meinte er nicht in Wirklichkeit sie allein? Warum war er zurückgewichen,

Hahn im Korbe
Klasseweib!!!
Kerniges Stück
1 Fingerhut voll
Zuversicht
Schnee!!!
Wir haben Schnee!

anstatt sie fest in die Arme zu nehmen? Bereute er seine Entscheidung schon, kaum daß er sie ausgesprochen hatte?

Die Brüder kamen aus der Schule. Fanny hatte frei an diesem Tag, weil Sonnabend war. Sie empfing die Jungen an der Tür und holte tief Luft.

„Gute Nachricht!“ rief sie ihnen entgegen.

„Du hast es geschafft?“

„Ja.“

Polternd stürmten die drei herein. Sie warfen ihre Schultaschen in den Korridor. Rainer hüpfte wie ein Gummiball. Fanny hatte einen Kloß im Hals.

Volker puffte sie links und rechts, daß sie zwischen seinen langen Armen hin- und herflog. „Klasseweib! Kerniges Stück!“

Fanny straffte sich. Natürlich wußte sie, daß Volker sie mit höchstem Lob bedachte. Aber sie nahm jetzt die Stelle ihrer Mutter ein, und da war es ja völlig unpassend, sie hin- und herzuschubsen und „kerniges Stück“ zu nennen. Das durfte sie gar nicht erst einreißen lassen, damit mußte Schluß sein von diesem Augenblick an.

Sie klatschte in die Hände. „Hört mal her! Für ein Hallo und Hurra ist überhaupt kein Grund. Im Gegenteil. Ihr müßt nämlich wissen, es ist bloß ein Versuch. Vati hat Manschetten, daß es ins Auge geht. Ich hab mir die Zunge trockengeredet, aber wenn ihr nicht spurt, war's umsonst. Wehe, ihr seid undankbar! Freche Reden will ich nie hören, verstanden? Ich hab jetzt das Kommando.“

„Eh“, knurrte Rüdiger verdrossen.

Volker schob ihn beiseite. „Du schlägst ja komische Töne an. Da hat man sofort Bohnen in den Ohren.“

„So, hast du?“ fragte Fanny drohend.

„Warum machen wir's nicht wie Kumpel? Wir sitzen doch im selben Kahn.“

„Einer muß steuern. Willst du das sein?“

Er hakte die Daumen in den Gürtel seiner Jeans und dachte nach. „Muß einer? Weiß nicht.“

„Dann halt den Mund."

„Früher hab ich dich ganz gut leiden können..."

„Früher", sagte Fanny verstimmt, weil sie plötzlich unsicher wurde. Aber unsicher durfte sie nicht sein. Sie warf den Kopf zurück. „Streng mal deinen Grips an. Vielleicht kommst du drauf, was früher anders war."

Volker schwieg.

Rainer schlang die Arme um Fanny und drückte sie. „Ich will nicht zu Tante Lisa. Ich hör auf dich, Fanny."

Sie streichelte sein Haar. „Der Kleine hat's verstanden."

Volker lachte kurz und trocken auf.

„Du kannst ja wählen, Volker, so oder so!"

„Mit der Pistole an den Rippen soll ich wählen!"

„Ist das dein Dank?"

„Den Satz möcht ich auf Band aufnehmen und pausenlos hören, so schön ist der."

„Du willst also nicht?"

Volker starrte sie finster an. Fanny fühlte das schwache Gerüst, das sie trug, schwanken.

Da sagte Rüdiger eilig: „Doch, na klar." Er verzog sein Fuchsgesicht zum Lächeln. „Wir wissen schon, was wir an dir haben. Hast uns ja rausgehauen aus dem Schlamassel." Er stieß seinen Bruder auffordernd an.

Volker rang sich ein Nicken ab.

Wenig, dachte Fanny, das ist wenig!

„Wenn's bloß ein Versuch sein soll", stellte Rüdiger sachlich fest, „müssen wir Vati ganz aus dem Spiel lassen. In Watte packen müssen wir ihn. Das ist klar."

Es war leider nur zu klar. Volker jedoch begriff bei weitem nicht so schnell wie Rüdiger.

„Ich seh lieber Vati am Steuer", murrte er.

Rainer blickte gespannt von einem zum anderen. „Wieso wird Vati in Watte gepackt?"

Rüdiger machte den anderen ein Zeichen. Sie brachen die Unterredung ab. Bis zum Abend hatte Fanny sich überlegt, was sie Volker und Rüdiger sagen wollte.

„Es stimmt allerdings. Wenigstens für die erste Zeit müssen wir Vati in Watte packen. Bei dem geringsten bißchen würde er umkippen. Wißt ihr, was das heißt?“

„Ja“, sagte Rüdiger, „er kriegt die Bohnen in die Ohren gesteckt.“

„So mein ich's nicht. Der Versuch muß funktionieren, reibungslos und einwandfrei, er muß! Und am besten funktioniert er, wenn gar keine Bohnen nötig sind. Wenn ihr spurt! Ich will das alles doch bloß für euch. Ich könnte bequem die Arme verschränken und mir's gut gehen lassen.“

Volker und Rüdiger hatten sich ebenfalls überlegt, was sie sagen wollten. Einmütig erklärten sie, sie würden spuren, sie würden sich dankbar erweisen. Einer müsse den Kahn steuern, und das sollte Fanny sein.

Diese Bereitwilligkeit machte Fanny mißtrauisch. Sie gab sich aber vorerst zufrieden. Sie hatte mal einen Spruch gehört, den schrieb sie groß auf ein Stück Pappe und heftete ihn in der Mansarde an die Wand: „Was du tust, das tue ganz!“ Da hing er, der Spruch, zwischen ihren Fotos und mahnte sie, auf ihn zu schauen und nicht mehr auf die Fotos, nicht mehr an die Exa zu denken, an den Fotozirkel und anderen Firlefanz. Sie biß die Zähne zusammen.

Wenige Tage später läutete es abends an der Wohnungstür. Eine Frau, die Fanny nicht kannte, stellte sich als Klassenleiterin der 7a vor, also als Rüdigers Lehrerin. Fanny erschrak. Gleichzeitig war sie froh, daß der Vater zur Spätschicht war. Die Lehrerin, eine derbknochige Frau in mittleren Jahren, folgte Fanny, die Füße in flachen Schuhen fest aufsetzend, ins Wohnzimmer, wo sie sich suchend umblickte. Sie nahm die Strickmütze vom kurzgeschnittenen Haar und ließ sich von Fanny aus dem Anorak helfen.

„Ist Ihr Vater nicht zu Hause?“

„Leider nicht“, antwortete Fanny beklommen. „Ich bin Rüdigers Schwester. Meine Brüder sind in der Küche beim Abendbrot. Soll ich Rüdiger holen?“

Die Lehrerin schüttelte entschieden den Kopf. „Ich möchte

mit Ihrem Vater sprechen. Ich weiß nicht, ob mein Besuch unter diesen Umständen überhaupt sinnvoll ist."

„Nehmen Sie bitte Platz." Fanny setzte sich in den Sessel der Lehrerin gegenüber und umfaßte die Knie mit gefalteten Händen. „Es ist bestimmt sinnvoll", sagte sie klopfenden Herzens, „mit mir über Rüdiger zu sprechen. Seit dem Tod meiner Mutter bin ich für vieles verantwortlich." Sie gab sich Mühe, die Worte wie eine Erwachsene zu wählen. „Mein Vater und ich, wir wechseln uns in der Beaufsichtigung meiner Brüder ab. Wir arbeiten beide in Schicht, müssen Sie wissen, und mein Vater läßt sich immer so zur Schicht einteilen, daß einer von uns zu Hause ist."

„Sie sind noch Lehrling?"

„Ich bin fast achtzehn", sagte Fanny, indem sie sich ein Jahr älter machte, als sie war.

Glücklicherweise besuchten Fannys Brüder eine Neubauschule in der nahe gelegenen Weststadt, während Fanny Schülerin in der alten Gerhart-Hauptmann-Schule gewesen war. Deshalb kannte die Lehrerin Fanny nicht und mußte ihr wohl oder übel glauben.

„Der schwere Schlag", sagte sie in gedämpftem Ton, „der Ihre Familie getroffen hat, hat auch uns Lehrer tief berührt. Jede nur mögliche Unterstützung von unserer Seite ist Ihnen sicher. Mir geht es natürlich vor allem um Rüdiger. Merkwürdig, wie man sich doch in einem Kind täuschen kann. Daß er kränklich ist, war mir zwar bekannt. Aber für hochgradig sensibel habe ich ihn eigentlich nicht gehalten. Ich hoffe, Fräulein Schill, Sie verstehen mich. Einzig und allein aus Sorge bin ich gekommen. Ich habe mit meinen Kollegen gesprochen, die Rainer und Volker unterrichten. Offenbar kommen die beiden besser über den schweren Verlust hinweg. Rüdiger jedoch..., es ist ein Jammer... Er bemüht sich, das will ich nicht bestreiten. Aber wenn es so weitergeht mit ihm wie bisher, verstehen Sie mich recht, Fräulein Schill, dann müßte Ihr Vater vielleicht einmal mit Rüdiger einen Kinderpsychologen konsultieren."

Fanny beschränkte sich darauf, als Antwort betrübt zu nicken. Sie hatte keine Ahnung, wovon die Rede war.

„Sehen Sie“, fuhr die Lehrerin fort, „zuerst, gleich nach dem erschütternden Ereignis, habe ich Rüdiger ohne weiteres nach Hause gehen lassen. Auch in den folgenden Tagen habe ich ihn jedesmal beurlaubt, wenn er mir sagte, daß er sich wieder auf der Toilette erbrochen habe und daß ihm schwindlig sei. Dann kamen ja auch bald die Weihnachtsferien. Aber jetzt ist sein Zustand noch immer unverändert. Knapp ein oder zwei Unterrichtsstunden hält er durch, dann klagt er über Kopfschmerzen. Es kann so nicht weitergehen. Vielleicht ist ein Umgebungswechsel angebracht, wir könnten ihn vom Schularzt verschicken lassen. Vielleicht braucht er einfach mal andere Menschen um sich herum.“

Wieder nickte Fanny bekümmert vor sich hin.

„Selbstverständlich zwingen wir Rüdiger zu nichts“, begann die Lehrerin erneut. „Was hätte es auch für einen Zweck, ihn in diesem Zustand zum Beispiel Klassenarbeiten schreiben zu lassen? Das Ergebnis wäre ungerecht und würde ihn nur noch mehr deprimieren. Rüdiger braucht im Gegenteil Erfolgserlebnisse. Er braucht Auftrieb und – wie soll ich sagen – neuen Lebensmut.“

Vorsichtig riskierte Fanny eine Frage. „Hat er schon viel versäumt?“

„Es hält sich in Grenzen, da Ferien waren, obwohl natürlich jede Stunde wichtig ist. Rüdiger ist zwar intelligent, aber von jeher unbeständig und wechselhaft, wie auf seinen Zeugnissen deutlich abzulesen ist. Hinzu kommt ohnehin eine gewisse Anfälligkeit. Er neigt zu nervösen Magenbeschwerden und Kopfschmerzen. Schon früher mußte er deshalb gelegentlich nach Hause geschickt werden, aber nicht wie jetzt jeden Tag. Ich will Ihnen nicht verschweigen, daß zum Beispiel unser Sportlehrer Rüdiger für einen Simulanten hält. Auch Ihre Mutter, Fräulein Schill, hat früher einmal ähnliches durchblicken lassen, allerdings weniger krass. Sie meinte damals, Rüdiger übertreibe manche Beschwerden. Sehen Sie, darüber hätte ich nun gern die Meinung Ihres Vaters gehört. Wir wollen nichts falsch machen, wir wollen Rüdiger kein Unrecht tun. Welchen Eindruck haben Sie denn von ihm hier zu Hause?“

Fanny wagte nicht, der Lehrerin in die Augen zu sehen. „Wir leiden alle“, murmelte sie.

„Ja, mein Kind“, sagte die Lehrerin sanfter, als man es ihr zugetraut hätte, „ja, ich weiß. Ich möchte gewiß nicht mit Fragen in Sie dringen, die Ihnen schmerzlich sind. Es ist wohl besser, ich gehe jetzt. Informieren Sie bitte Ihren Vater von meinem Besuch. Ich hatte erwartet, ihn anzutreffen, denn Rüdiger hat mir diesen Termin vorgeschlagen. Vermutlich hat er die Wochen verwechselt. Können Sie mir einen neuen Termin nennen?“

Fanny hob den Kopf. Sie nahm ihren Mut zusammen und antwortete: „Ich könnte, aber ich möchte nicht. Bitte, es ist …, sehen Sie …, es ist so schwer im Augenblick. Mein Vater mag zur Zeit … keine Fremden. Glauben Sie mir, wenn ich mit ihm rede, nimmt er es ganz anders auf, als wenn Sie es täten. Würde es Ihnen was ausmachen, noch ungefähr zwei Wochen zu warten? Ich denke mir, bis dahin ist Rüdiger bestimmt über den Berg.“

„Ich kann diese Gewißheit nicht ganz teilen“, sagte die Lehrerin. „Es wäre ratsam, sofort Maßnahmen zu ergreifen.“

„Das werden wir tun. Das verspreche ich.“

„Sie, mein Kind?“

„Ich bin kein Kind, ich sehe nur so aus.“

„Gewiß. Entschuldigen Sie bitte.“ Die Lehrerin stand auf. „Dennoch muß ich auf einer Unterredung mit Ihrem Vater bestehen, und zwar nicht erst in zwei Wochen.“

„In einer Woche?“ schlug Fanny vor.

„Gut“, stimmte die Lehrerin zu, „das kann ich verantworten.“

Sie gingen auf den Flur hinaus, wo Fanny den Anorak und die Mütze der Lehrerin vom Garderobenhaken nahm. Es war in der Wohnung geradezu gespenstisch still. Fanny, die annahm, daß Rüdiger und Volker an der Küchentür horchten, fragte laut: „Und wenn sich nun Rüdigers Befinden bis dahin bessert?“

„Das wäre allerdings höchst erfreulich“, erwiderte die Lehrerin, „obwohl ich es mir nicht vorstellen kann. Wieso soll es sich denn von heute auf morgen bessern?“

„Ja, wissen Sie, es spielt da auch die Abreise meiner Großeltern mit. Sie waren bis vor kurzem hier. Rüdiger hängt an ihnen, am liebsten hätte er sie für immer hierbehalten. Außerdem wurde überlegt, die Jungen in ein Heim zu geben.“

„In ein Heim?“

„Ja. Mein Vater hat sich jetzt anders entschieden. Wir bleiben zusammen. Rüdiger hatte Angst, er sollte weg, verstehen Sie?“

„Natürlich! Warum hat er mir nie ein Wort davon gesagt?“

„Er ist eben so sensibel und nimmt sich alles so zu Herzen“, antwortete Fanny.

„Das ist ein ganz neuer Aspekt, den Sie da vorbringen, Fräulein Schill, diese Sache mit dem Heim. Das muß ein Kind aus der Bahn werfen. Und jetzt hat Ihr Vater sich endgültig entschieden? Jetzt braucht Rüdiger keine Angst mehr zu haben?“

„Nein“, sagte Fanny. „Deshalb meine ich, er wird sich fangen. Deshalb möchte ich auch noch ein paar Tage warten, bevor wir meinen Vater beunruhigen. Rüdiger wird es bestimmt bald besser gehen.“

„Hoffentlich, Fräulein Schill! Hoffentlich haben Sie recht.“

Die Lehrerin verabschiedete sich mit einem kräftigen Händedruck.

Fanny mußte sich erst fassen. Sie verstand gar nicht, wie es ihr eigentlich möglich gewesen war, dermaßen kaltblütig und besonnen mit der Lehrerin zu sprechen.

Die Küchentür öffnete sich einen Spalt. Rüdiger lugte auf den Korridor hinaus. „Ist Reiterbein weg?“

Fanny nickte.

Da machte er die Tür weit auf. Hinter ihm standen Volker

und Rainer. Alle drei strahlten sie Fanny an, als hätte sie wer weiß was für eine Heldentat vollbracht.

„Fanny, du bist ein As!“ sagte Rüdiger. „Du hast Reiterbein abgewimmelt, das war Spitzenklasse!“

„Reiterbein?“ fragte sie.

„So wird sie genannt, weil sie krumme Beine hat, nach außen gebogen, hast du nicht gesehen?“

„Nein.“

„Richtige Reiterbeine!“

Fanny ging langsam auf Rüdiger zu. Dann packte sie ihn mit einer schnellen Bewegung beim Haar und schüttelte seinen Kopf, daß er schrie.

„Tut's weh, du übersensibles, zartes Kind, tut's weh, ja?“

Volker wollte sie hindern, aber sie schlug auf Rüdiger ein. Sie schlug auch Volker vor die Brust.

„Du hast es gewußt!“

„Mach mal halblang! Drehst du durch, oder was ist los?“

Sie ließ die Arme sinken. Was konnte sie ausrichten? Sie fühlte sich betrogen und ausgetrickst.

Rüdiger betastete seinen Kopf. „Büschelweise hast du mir Haar ausgerissen!“

„So? Zeig mir die Büschel, zeig sie mir doch! Diese widerlichen Übertreibungen, dieses wehleidige Getue, wie mich das ankotzt! Anspucken könnte ich dich, wenn ich denke, daß du Muttis Tod ausgenutzt hast, um die Schule zu schwänzen, daß du spekulierst auf das Mitleid fremder Leute. Und du“, fuhr sie Volker an, „du mußt es gewußt haben. Ihr seid in einer Schule. Dein Bruder haut regelmäßig ab, und du guckst zu. Oder willst du mir erzählen, du hättest davon nichts gewußt?“

„Ich will dir gar nichts erzählen“, sagte Volker mürrisch.

„Nein, natürlich nicht. Und für solche Strolche strampele ich mich ab. Das ist der Dank! Das ist das Ergebnis großartiger Versprechungen. Wenn nun Vati hiergewesen wäre? Wenn er nun Reiterbeins Geschichte gehört hätte?“

„Wenn, wenn! Er hat sie nicht gehört und wird sie nicht hören, darüber waren wir uns doch einig.“

„Da poch man drauf, auf die Einigkeit. Wirst schon sehen! Ich hau euch in den Sack, dann kommt ihr ins Heim, wo ihr hingehört, ins Heim für Schwererziehbare!“

„Ich nicht!“ rief Rainer erschrocken.

Fanny besann sich. „Geh und stell dir den Fernseher an, Rainer. Der Abendgruß kommt gleich.“

Er lief aus der Küche.

Volker versuchte, ruhig zu bleiben. Es fiel ihm schwer, Jähzorn war in ihm aufgeflammt wie immer, wenn Fanny mit dem Heim drohte. „Ich möchte bloß wissen, warum du hier dermaßen um dich keilst“, sagte er. „Ist Rüdigers Masche etwa neu? Und was hab ich damit zu tun, bitte schön?“

„Du bist sein Bruder, bitte schön! Wär ich nicht eure Schwester, hätte ich auch gar nichts damit zu tun, bitte schön! Gerade weil du Rüdigers Masche kennst, hättest du einschreiten müssen. Oder hast du ihm geglaubt?“

Volker lachte. „Dem und glauben!“ Er wandte sich an Rüdiger, der zusammengekauert auf einem Hocker saß und zurückfuhr, als Volker ihm die geballte Faust vors Gesicht hielt. „Einmal noch, und du kannst deine Knochen zählen! Wehe, wenn du noch ein einziges Mal solch eine Schau in der Schule abziehst. Ich rate dir gut, halt dein Reiterbein in Schach, daß sie sich hier nicht wieder blicken läßt!“

Rüdiger begann zu jammern. „Mir ist schlecht, mir ist schlecht. In der Schule ist mir auch oft schlecht, wirklich und wahrhaftig!“ Er hatte Tränen in den Augen.

Wie er das fertigbrachte, ob durch einen Trick oder durch intensives Selbstmitleid, wußte Fanny nicht. Der schwimmende Blick rührte sie, obwohl sie das Manöver durchschaute.

„Heul nicht“, sagte sie etwas sanfter. „Erklär lieber, warum du denn nie von der Schule nach Hause gekommen bist, wenn dir wirklich schlecht war. Wo bist du gewesen?“

Rüdiger schwieg.

„Ich weiß es“, sagte Volker. „Er hat den Räumfahrzeugen zugesehen, der schweren Technik in den Straßen, den Greifbaggern und Schneefräsen.“

„Bloß wegen Oma", fiel Rüdiger ein. „Oma denkt sowieso, daß wir alle krank werden ohne sie."

Das war Rüdigers Stärke. Bei all seiner Flunkerei und Schauspielerei wahrte er immer eine gewisse Glaubwürdigkeit. Nur so war es ja zu verstehen, daß ihm Reiterbein auf den Leim gegangen war. Es lag darin aber auch die Hoffnung, daß es ihm gelingen würde, Reiterbeins Besorgnisse zu beschwichtigen und den Argwohn des Sportlehrers einzulullen.

„Also gut", sagte Fanny. „Reiß dich zusammen und sieh zu, was sich in der Schule machen läßt."

Sie setzte sich an den Tisch. Sie wollte nun mit den Jungen essen und ein wenig zur Ruhe kommen. Aber Volker blieb stehen.

„Magst du nicht essen?" fragte sie, denn sie hätte sich gern mit ihm ausgesöhnt.

Da zog er Zigaretten aus der Hosentasche und zündete sich vor ihren Augen eine an.

Fanny stand auf. Sie ging ins Zimmer zu Rainer, setzte sich zu ihm auf die Couch und nahm seine Hand und streichelte sie. Warum war alles so schwer? Vor den Augen der Mutter hätte Volker nie zu rauchen gewagt. Sie aber, Fanny, sie war eine Null, ein staubiger leerer Sack war sie, der sich einbildete, wunder wie prall zu sein, und den doch ein jeder mit dem Fuß vor sich her stoßen konnte. Das hatte Volker schon ganz richtig eingeschätzt.

Am nächsten Tag dachte sie nicht mehr, daß Volker sie richtig einschätzte. Im Gegenteil, er kannte sie noch lange nicht! Als sie ihn beim Sportunterricht wußte, durchwühlte sie seine Schiebladen, und weil sie dort nichts fand, auch seine Schultasche. Da steckten sie, die Zigaretten! Wer weiß, was sie noch alles finden würde. Briefe fielen ihr in die Hände. Fanny las sie bedenkenlos. Das waren ja keine Briefe in Umschlägen, vor denen man Achtung haben mußte, das waren Schmierzettel voller Dummheiten, unterschrieben mit „Deine Ina". Diese Ina war wohl ganz schön beschränkt, wenn sie an Volkers ruppigem Benehmen und an seinen abstehenden

Ohren Gefallen fand. Offenbar schrieb sie die Zettel während des Unterrichts und antwortete auf andere Zettel, die Volker ihr geschrieben hatte. „Ich bin so aufgeregt, ist das wirklich wahr?“ Oder: „Ich muß immerzu an gestern denken.“ Fanny tippte sich an die Stirn und steckte die Zettel an die verborgenen Stellen zurück.

Dann kam Volker nach Hause und entriß Fanny die Zigarettenschachtel. Die hatte er sich von seinem Taschengeld gekauft, jawohl! Was Fanny einfiele, in seinen Sachen zu kramen!

„Soll ich Vati zeigen, was du dir vom Taschengeld kaufst?“

„Vati raucht selber.“

„Vati ist keine dreizehn Jahre alt. Wem willst du imponieren, deiner Ina?“

Volker stutzte.

„Ich bin ja so aufgeregt“, sagte Fanny in höhnischem Ton, „ich muß immer noch an gestern denken, lieber Volker. Es grüßt Dich Deine Ina.“

„Aha! Du spionierst. Ekelhafte Blindschleiche, du!“

„Ich tu bloß meine Pflicht.“

Volker war rot geworden. Er stürzte sich auf Fanny und stieß und boxte sie und hielt sie mit seinen langen Armen von sich ab, daß sie ihn nicht kratzen konnte. Plötzlich wurde er zurückgerissen. Der Vater hielt ihn fest und schüttelte ihn.

„Was fällt dir ein, schämst du dich nicht!“

„Fanny soll sich schämen, sie wühlt in meinen Sachen!“

„Weil er mir nichts zeigen will“, rief Fanny. „Er muß mir seine Hausaufgaben zeigen, das war doch bei Mutti auch so üblich!“

„Und deshalb schlägst du deine Schwester?“

Volker nickte widerwillig. Wenigstens hatte Fanny nichts von den Zigaretten verraten.

„Nun“, sagte der Vater, „dann wirst du mir deine Hausaufgaben zeigen. – Und zwar jeden Tag“, fügte er entschlossen hinzu. „Und jetzt wirst du deiner Schwester beim Einkaufen helfen.“

Volker fügte sich, sie gingen zusammen los, aber er sprach unterwegs kein Wort. Fannys Triumph war schnell verflogen. Ihr tat es leid, Inas Zettel gelesen zu haben. Sie wollte keine ekelhafte Blindschleiche sein, sie wollte nicht mit Volker streiten. Warum kam nur immer alles anders, als sie es eigentlich wollte? Und was mochte der Vater im stillen denken von dieser unwürdigen Rauferei?

Sie hatte es weiß Gott schwer genug. Allein schon das Einkaufen war ein Problem. Jede Kleinigkeit schrieb sie sich auf, und trotzdem kam es vor, daß mal kein Bratfett im Kühlschrank war oder daß sie vergessen hatte, Salz zu kaufen, oder daß sich keiner mehr die Hände waschen konnte, weil das letzte Stück Seife verbraucht worden war. Und dann das Geld! Die Mutter war mit sechshundert Mark Wirtschaftsgeld im Monat ausgekommen, aber wie sie das gemacht hatte, war Fanny ein Rätsel. Zuerst hatte sie gedacht, sechshundert Mark seien ungeheuer viel nur fürs Essen und Trinken. Dann merkte sie entsetzt, wie das Geld zerrann. Es nützte gar nichts, daß Oma ihr die Einteilung genau erklärt hatte. Wollte man Oma glauben, so war bei geschickter Wirtschaftsführung sogar mit weniger auszukommen. Es schien dabei aber Kniffe zu geben, die Fanny nicht kannte. Tag für Tag erwiesen sich ihre sorgfältigsten Berechnungen als unzureichend. Und nun gar das Wochenende! Da waren alle zu Hause, da sollte für fünf Personen gekocht werden, da wünschte man sich Kuchen und Süßigkeiten.

Fanny ging an den Regalen in der großen Kaufhalle entlang. Sie sah die hochbeladenen Einkaufswagen anderer Leute und verstand nicht, wieso die sich Wein und Bier und Kaffee und Torten, Schokolade und Obst leisten konnten, und noch weniger verstand sie, daß auch die Mutter solche Sachen gekauft hatte.

Nach und nach wurde Fannys Einkaufswagen voll. Kuchen nahm sie zwar nicht, dafür Mehl und Zucker und Eier. Sie wollte selber backen. Beim Süßwarenstand wählte sie Fenchelbonbons und Pfefferminzstangen.

Volker hatte währenddessen Flaschen abgegeben, Kartoffeln geholt und beim Fleischstand in der Schlange gestanden. Als er ihr nun aber mit seinem Einkaufswagen entgegenkam, entdeckte Fanny Nußschokolade, Kokosflocken, Traubenmost, Apfelsinen.

„Du hast das große Los gewonnen", sagte sie. „Geh und hol noch Sekt für Vati."

Volker griente.

„Zurück!" befahl Fanny. „Alles sofort zurück."

Volker schob das Kinn vor. „Du mit deiner Knauserei! Früher haben wir sonnabends beim Fernsehen immer was zum Naschen gehabt."

Fanny zeigte auf die Fenchelbonbons in ihrem Wagen.

„Da beiß dir man allein die Zähne dran aus", sagte Volker. „Und Pfefferminzstangen, solch klebriges Zuckerzeug willst du uns anbieten?"

„Du brauchst es ja nicht zu essen. Wenn du Geld hast, bezahl deinen Krempel. Von mir kriegst du keinen Pfennig dafür."

Sie drehte sich um und schob ihren Wagen zur Kasse. Nach einiger Zeit kam auch Volker. Wohl oder übel hatte er all die schönen Sachen zurückgebracht. Aber sein Gesicht verhieß nichts Gutes. Er wartete, bis sie beim Packtisch waren.

„Du Blindschleiche, du mästest dich auf unsere Kosten."

Der Verdacht, den Volker aussprach, traf Fanny dermaßen, daß sie zuerst nicht glauben wollte, was sie gehört hatte. Sie wurde blaß und schluckte. Sie stopfte hastig alle Waren aus dem Einkaufswagen in ihre Netze. Dann folgte sie Volker, der mit den Kartoffeln und der Tasche voller Milch- und Brauseflaschen vor ihr her ging.

Draußen forderte sie ihn auf: „Sag das noch mal!"

„So oft du's hören willst. Jeden Monat hast du sechshundert Mark bar auf die Kralle. Wo bleibt das Geld? Du bringst es beiseite. Du wühlst in meinen Sachen. Ich werd's auch mal bei dir tun, in deiner Mansarde, deiner Hamsterhöhle, und das Geld suchen."

„Verschwinde", schrie Fanny. „Ich will dich nicht mehr

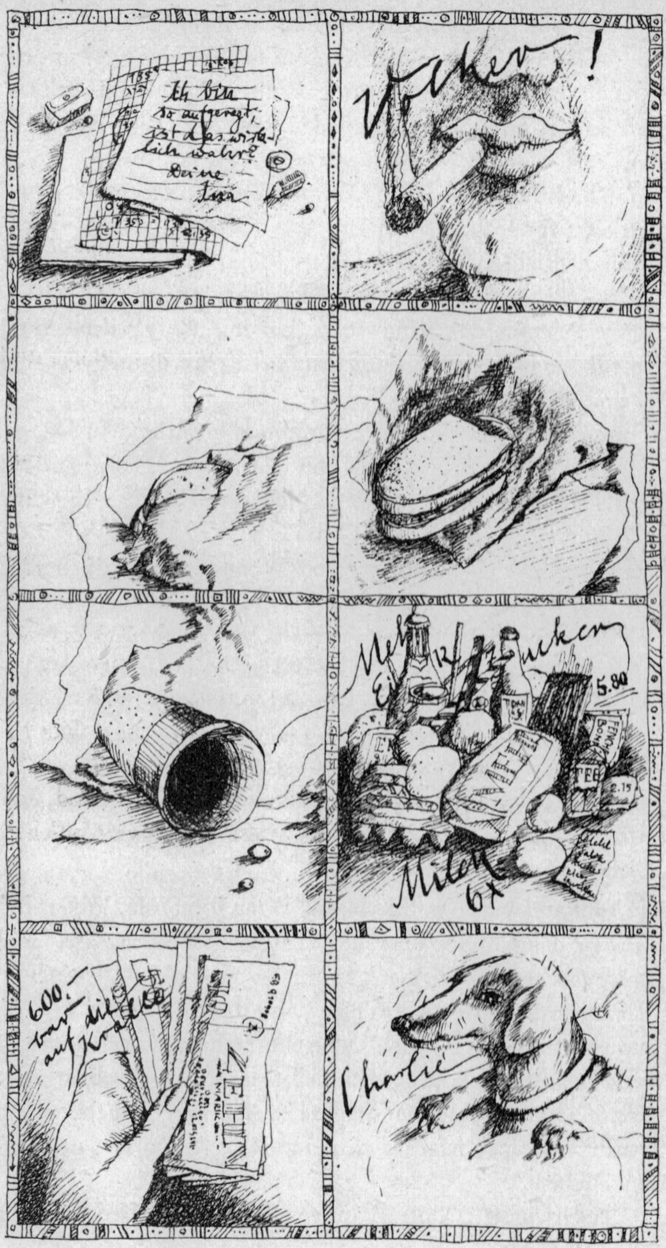
Ich bin
so aufgeregt,
ist das wirklich wahr?
Deine
Volker!
Zucker
5.80
TEE
2.15
600,-
Charlie

sehen!“ Sie legte ihre Netze in den Schnee und entriß Volker das Kartoffelnetz und die schwere Tasche mit den Flaschen. Das war unvernünftig, aber vernünftig konnte sie jetzt nicht handeln. „Hau ab! Ich muß ja sowieso immer alles allein machen.“

Volker sah ihr zu, wie sie versuchte, zwei Netze mit einer Hand zu fassen und mit der anderen Hand das Kartoffelnetz und die Tasche. Erst wollte es nicht gehen, dann schaffte sie es doch. Sie schwankte und suchte mit den Füßen Halt im Schnee. Es war ihr, als würden ihr die Arme aus den Gelenken gerissen, so schwer war die Last. Sie schleppte die Netze und die Tasche den freigefegten Bürgersteig entlang.

Volker wollte einlenken. „Gib her!“

Aber Fanny versteifte sich nur noch mehr. Nun gerade! Nun sollte er sehen, was er ihr angetan hatte und wie unversöhnlich sie war. Sehen sollte er, daß sie stark war und keinen Menschen brauchte, und wenn sie hier im Schnee zusammenbrach, dann sollte er weinen vor Reue.

Volker jedoch war weit entfernt davon, vor Reue zu weinen. Er begann zu pfeifen und schlenkerte mit den Armen wie ein fröhlicher Wandersmann. So überquerten sie die Straße. Plötzlich stand Sascha Kahlbom vor Fanny. Was machte er hier bei der Kaufhalle West am Wendenring?

Sie starrte ihn an, keuchend, Atemwolken ausstoßend, und hörte ihn sagen: „Grüß dich, Kollegin! Ist das nicht ein bißchen zu schwer für dich?“

Wie immer sprach er ganz ernsthaft zu ihr. Er trug einen Hund auf dem Arm, und dadurch wurde die Begegnung noch absurder als ohnehin schon. Der Hund ruhte behaglich in seinem Arm, ein langohriger, kurzbeiniger, blankäugiger Dackel, der es offenbar genoß, auf diese bequeme Art befördert zu werden.

Da Fanny nicht antwortete, wandte Kahlbom sich an Volker: „Wer bist du?“

„Gehts's dich was an?“ fragte Volker.

„Mehr, als du denkst. Bist du ein Invalidenrentner? Der

Bruder wohl, wie? Nimm mal sofort deiner Schwester die Netze ab!"

„Du hast mir gerade was zu sagen."

Kahlbom setzte behutsam den Hund in den Schnee. Dann richtete er sich auf und lockerte die Schultern.

„Wird's bald?"

„Affe", sagte Volker.

Kahlbom trat auf ihn zu. „Wie bitte?"

„Affe", wiederholte Volker. Er war aber beunruhigt und wich zurück.

Endlich schaltete Fanny sich ein. „Laß ihn", sagte sie zu Kahlbom. „Wir hatten Streit. Laß ihn."

„Nein. Streit ist kein Grund für so was. Los!" fuhr er Volker an. Seine Augen hatten sich bedrohlich verengt. Er schnaubte durch die platte Nase, und sein Hund, aufmerksam geworden, knurrte und bewegte sich langsam vorwärts in Richtung auf Volkers Beine.

„Laß ihn", sagte Fanny wieder, diesmal dringlicher.

Volker stieß mit dem Fuß nach dem Hund und bestäubte ihn mit Schnee. Im selben Augenblick fiel Volker hintenüber. Im ersten Moment dachte Fanny, er sei ausgerutscht. Aber er krümmte sich und stöhnte, und da begriff sie, daß Kahlbom ihn geschlagen hatte, und zwar von unten in den Leib. Kahlbom bückte sich und zog ihn hoch.

„Nimm die Netze!"

Volkers Lippen bebten. Er griff nach den Netzen.

„Die Tasche auch!"

„Nein!" sagte Fanny.

Kahlbom packte die Tasche und preßte die Henkel in Volkers Hand zu dem Kartoffelnetz.

„Hast du vorher alles allein getragen, kann er es auch. Los!"

Volker setzte ich schwerfällig in Bewegung. Er ging noch immer etwas zusammengekrümmt. Fanny wollte ihm nach. Sascha Kahlbom hielt sie am Arm fest. In sprachloser Empörung ruckte und riß sie, aber Kahlboms Hand war wie aus Eisen.

„Er soll allein gehen“, sagte er und rief Volker zu: „Los, geh! Geh schneller!“

Volker ging schneller.

„Hör auf!“ stieß Fanny hervor. „Laß mich. Was hast du dich einzumischen! Schlägst meinen Bruder!“

„Er hat's verdient.“

„Was kümmert's dich?“

„Mehr, als du denkst.“

Das hatte er vorhin schon einmal gesagt.

„Du hättest ja die Netze tragen können.“

„Ich muß Charlie tragen.“

„Den Hund? Sehr wichtig!“

„Er ist alt, er ist krank, er hat Rückenschmerzen und ein schwaches Herz.“

„Wie rührend!“

Da ließ er sie los und trat zurück. Fanny rieb sich den Arm. Sie merkte, daß etwas in Kahlbom vorging. Aber zugeben, daß sie es merkte, konnte sie auf keinen Fall.

„Dann schlepp ihn man, den alten Köter“, höhnte sie. „Schlepp ihn spazieren.“

„Ich schlepp ihn nicht zum Spaß spazieren. Ich warte auf den Bus, ich bring ihn zur Tierklinik.“

„Solch einen alten, häßlichen Köter? Lohnt das noch?“

Er sah sie an, und sie war wütend auf sich, sie hätte sich ohrfeigen mögen. Er wandte sich ab, bückte sich und nahm den Hund auf den Arm. Er tat es zärtlich, mit sanfter Bewegung und sprach dabei leise, unverständliche Worte am Ohr des Hundes.

Fanny schaute ihm nach, wie er mit dem Hund über die Straße zur Bushaltestelle bei der Kaufhalle ging. War das der eitle Kahlbom? War das der zornige Kahlbom, der die Augen verengt und durch die Nase schnaubt? Wer war er wirklich?

6

Mitten auf dem Hof hinter der Schule hatte Sascha Kahlbom einen Schneemann gebaut, und zwar hatte er nicht kunstlos, wie Kinder es tun, einfach drei Schneekugeln übereinandergetürmt, Kahlboms Schneemann besaß eine gewisse Eleganz. Er hielt keinen Besen, sondern ein flottes Stöckchen. Schief, wie nach durchzechter Nacht, saß ihm ein Pappzylinder auf dem Kopf. Er trug sogar einen Schnurrbart aus Stroh, und seine schrägen Kohleaugen hatten einen weinselig verklärten Ausdruck, als wäre er gerade beim schönsten Gesang zu Eis erstarrt. Sascha Kahlbom hatte ihn abends vorsichtig mit Wasser übergossen, so daß er am nächsten Tag wie poliert glänzte.

Die Mädchen waren begeistert. Nun sollte die Pracht im Bild festgehalten werden, auf daß man im Sommer eine Erinnerung an diesen harten Winter habe. Gruppiert um den Schneemann herum, wollten sich die Mädchen mit Sascha fotografieren lassen. Fanny, als sie darum gebeten wurde, stimmte sofort zu.

Die Mädchen sagten: „Mach dich schön, Sascha. Fanny wird uns fotografieren.“

Fanny stand mit ihrer Exa bereit.

Sascha zupfte an seinem Schnurrbart. Sie sah, es war ihm nicht recht. Die Mädchen sahen es auch. Sie dachten, er wolle sich zieren. Das duldeten sie nicht. Sie schoben ihn neben den Schneemann, und Ute ließ sich von Irina den langen Stielkamm geben, den sie immer griffbereit in der Gesäßtasche trug, und begann sein Haar zu kämmen.

Fannys Lächeln wurde starr. Wie eine Puppe ließ er sich kämmen, ließ er sich hin und her schieben und vor dem Schneemann in den Schnee setzen, mit gekreuzten Beinen, links von ihm Ute, rechts Irina, und Ute legte ihm den Arm um die Schultern, als gehöre er in Wahrheit ihr allein.

„Nein“, sagte Fanny.

„Was?“ riefen die Mädchen. „Mach doch, was ist denn!“

„Ich kann nicht.“

„Warum nicht?“

„Ich hab vergessen, einen Film einzulegen.“

„Ach Gott“, sagte Ute ärgerlich, „und so was wollte mal Fotografin werden!“

Enttäuscht löste sich die Gruppe auf. Die Mädchen blickten sich um. Wo war Sascha geblieben? Eben noch hatte er sich den Schnee von der Hose geklopft, jetzt war er fort.

Die Pause war zu Ende. Die Mädchen gingen ins Haus. Sie schimpften nicht mit Fanny, aber sie ließen sie stehen, wo sie stand. Nur Vera kam und sagte: „Laß gut sein, Fanny. Du hast natürlich den Kopf voll mit anderen Dingen.“

Fanny biß sich auf die Lippen. Wenn Vera wüßte, wenn überhaupt einer wüßte, was sie im Kopf hatte!

Zu Hause in ihrer Mansarde holte sie die grobkörnige, unscharfe Vergrößerung, die sie noch vom September her besaß, aus der Schieblade. Da hatte sie lange genug gelegen, diese Aufnahme von Sascha, die sie nun zerreißen würde. Sie riß auch wirklich eine Ecke ab, von oben, über seinem Kopf, und dann riß sie unten seine Beine ab, und dann warf sie den Rest in die Schieblade zurück und lachte über sich.

Aber wenn sie ihn im Betrieb sah, lachte sie nicht, und er lachte auch nicht. Wie fremd gingen sie aneinander vorbei. Jedesmal wollte Fanny was sagen, eine belanglose Bemerkung, ein versöhnliches Wort, und brachte es nicht fertig.

Da faßte sie eines Tages einen Entschluß, und weil sie fürchtete, im nächsten Augenblick wieder anderen Sinnes zu werden, stand sie auf und sagte zu Frau Zickhus, daß sie zur Toilette müsse. Sie ging aber nicht zur Toilette, sondern den Gang entlang zur Mechanikerwerkstatt. Einer von den älteren Mechanikern öffnete die Tür. Sie prallte zurück. So fest hatte sie mit Sascha gerechnet, daß sie nun nicht wußte, was sie sagen sollte.

„Na, wo brennt's denn? Welches Lehrkabinett?" fragte der Mann.

„Gar keins", stieß sie hervor. „Ist Kollege Kahlbom nicht da?"

„Drüben in der Werkhalle ist er", sagte der Mann. „Was soll er?"

„Nichts."

„Nichts?"

„Nein, jetzt soll er nichts. Bei mir zu Hause..., unsere Nähmaschine läßt dauernd Stiche aus..."

„Ach so. Da hat Kahlbom wohl versprochen, mal vorbeizukommen?"

„Ja."

„Ich kann's ihm ausrichten, ich seh ihn nachher. Wie ist denn Ihr Name?"

„Er weiß..., er weiß...", stammelte Fanny. „Vielen Dank. Entschuldigen Sie die Störung."

Sie hastete den Gang entlang. Erst als sie wieder an der Nähmaschine saß, beruhigte sie sich einigermaßen, und sie konnte nicht mehr verstehen, was eigentlich in sie gefahren war. Warum um alles in der Welt war sie zur Werkstatt gegangen? Hatte sie den Verstand verloren?

Sie nähte. Die Geräusche in der Werkstatt, das gleichmäßige Surren der Maschinen, die halblauten Stimmen der Mädchen waren ihr allmählich vertraut geworden, so wie ihr früher die Geräusche im Klassenraum vertraut gewesen waren. Sie hatte gedacht, sie würde sich nie daran gewöhnen können. Jeder Handgriff war ihr zuwider gewesen. Aber jetzt wußten ihre

Hände schon ganz gut Bescheid. Sie legten den Faden, sie senkten den Nähfuß, und der Stoff glitt gefügig durch die Finger. Auch neue Arbeitsgänge, obwohl sie nach und nach immer schwieriger wurden, ließen sich leichter bewältigen, weil die Maschine Fanny gehorchte und weil das Material nicht mehr machte, was es wollte, sondern was Fanny wollte. Zu Hause ging dauernd was schief, da wußte Fanny oft nicht, wo ihr der Kopf stand. In der Werkstatt wußte sie, was zu tun war, der Platz in der Werkstatt war sicher und überschaubar, nichts erinnerte hier an die Mutter. Beim Nähen konnte Fanny vergessen. Während der Stunden in der Werkstatt war Fanny ein Mädchen wie alle anderen, auch wenn sie keinen Freund und keine echte Freundin hatte und nicht zum Tanz oder ins Kino ging, sondern mit ihren Problemen allein war.

Nur deshalb, dachte sie, während sie nähte, passieren mir solche Sachen, daß ich aufspringe und zu einem Jungen laufe, mit dem ich nichts zu schaffen habe und der sich gar nichts aus mir macht. Ich muß aufpassen, ich muß mich in der Hand behalten. Soll er doch an mir vorbeigehen wie ein Fremder, er ist ja fremd, wildfremd und dumm und eingebildet, ein Hätschelbubi, ein Allmannsfreund. Und ich renn hinter ihm her!

Volker hatte sie gefragt, ob der Kerl mit dem Köter etwa ein Freund von ihr sei. Sie hatte gelacht. Um Gottes willen! Und sie hatte mit Volker Frieden geschlossen. Sie erwähnte Ina nicht wieder, und er ließ sich einigermaßen von ihr leiten, zumindest tat er so. Damit mußte Fanny zufrieden sein. Was er vielleicht heimlich tat, wollte Fanny gar nicht wissen. Wenn sie alles wüßte, würde sie verzweifeln. Zum Beispiel fand sie in der Küche oft Flaschen, nicht nur Bierflaschen. Nein, sie wollte nicht wissen, was der Vater tat, wenn er allein war oder wenn er aus dem Haus ging, still und in sich gekehrt, mit abwesendem Blick. Sie wollte nicht den Geruch wahrnehmen, der ihm manchmal anhaftete, wenn seine Augen unter den dichten Brauen einen verschwommenen, trüben Ausdruck hatten. Fanny wandte sich ab, und das Herz wurde ihr schwer, und der Fingerhut voll Zuversicht, aus dem sie jeden Tag einen Tropfen nahm, war bis auf den Grund leer.

Sie kniete in der Küche vor der geöffneten Feuerungsklappe und stocherte mit dem Feuerhaken in der Schlacke, in der nur noch winzige Glutreste glommen. Wieder mal hatten die Jungen die Etagenheizung ausgehen lassen. Der Vater hatte ein Heizprogramm entworfen, je nachdem, ob er zur Frühschicht, zur Spätschicht oder zur Nachtschicht ging. So wußten die Kinder, wer zu welcher Stunde an welchem Tag zu Hause sein und Koks nachschütten mußte, aber Volker und Rüdiger vergaßen es oft. Deshalb galt Fannys erster Blick, wenn sie nach Hause kam, immer der Heizung.

In der einen Hand den Feuerhaken, in der anderen den Ascheschieber, versuchte sie, so gut sie es verstand, Schlacke und Asche auszukratzen. Von der Asche umwölkt, schabte und stocherte sie mit rußgeschwärzten Händen. Seit halb vier Uhr früh war sie auf den Beinen, und nun dies.

Es läutete an der Tür. Fanny sprang aus der Hocke auf. Sie hoffte, es wäre Volker, der aus Faulheit seinen Schlüssel nicht benutzte. Statt dessen war es Sascha Kahlbom. Er zupfte lächelnd am Schnurrbart und hielt seinen Hund, der gleich in die Wohnung vordringen wollte, an der Leine fest.

„Da bin ich“, sagte er überflüssigerweise, denn daß er da war, sah Fanny. „Hier wohnst du also.“

„Ja... Woher weißt du das?“

„Hab Zickhusen gefragt.“

„Frau Zickhus! Du fragst Frau Zickhus nach meiner Wohnung? Warum?“

„Wegen der Nähmaschine.“

Das, hatte Fanny gehofft, würde nie einer erfahren. Sie hatte doch ihren Namen nicht genannt. Und sie besaß überhaupt keine Nähmaschine!

In ihrer Verwirrung behauptete sie: „Das war ich nicht!“

Im selben Augenblick wurde ihr klar, daß er sie jetzt nur zu fragen brauchte, wer es denn gewesen sei. Darauf hätte sie keine Antwort gewußt. Aber er fragte nicht. Er hustete und blickte taktvoll zur Seite. Der Hund schüttelte sich, daß ihm die langen Ohren klatschend um den Kopf flogen. Sein Fell, das bis zum Boden reichte und die kurzen Beine verdeckte, war von Schneekluten behangen. Plötzlich von der Leine befreit, watschelte das Tier vorwärts an Fanny vorbei in den Korridor, ließ sich dort auf die Matte fallen und leckte an den Pfoten. Sascha hatte, wie aus Versehen, die Leine aus der Hand gleiten lassen.

„Charlie hat Schnee unter den Pfoten", sagte er. „Wenn du ihm einen Feudel hinlegst, macht er nichts schmutzig. Der Schnee ballt sich nämlich unter den Pfoten zu Kluten zusammen und schmerzt beim Laufen. Die Leute sind so gemein und streuen Salz auf die Straßen. Das tut den Hunden weh. Sie haben doch keine Schuhe an. Obendrein hat Charlie ein schwaches Herz. Er ist ja, aufs Menschenalter umgerechnet, schon neunzig Jahre alt. Viermal in der Woche muß er Tropfen kriegen, Digitoxintropfen, die geb ich ihm in Hackfleisch. Jetzt, bei der Kälte, hat er auch Rheuma."

„Das tut mir leid", murmelte Fanny, froh, daß Sascha ihre Verlegenheit übersah und die Sache mit der Nähmaschine auf sich beruhen ließ. „Ich wollte mich schon längst mal nach ihm erkundigen, weil ich neulich, als du mit ihm zur Tierklinik wolltest, weil ich da ... Ich hab's nicht so gemeint, weißt du."

Auch darauf ging Sascha glücklicherweise nicht näher ein. Er stand immer noch vor der Tür und fragte nun: „Kann Charlie sich ein bißchen bei euch aufwärmen?"

Warum war Sascha gekommen? Woher wußte er, daß es Fanny gewesen war, die nach ihm gefragt hatte? Und warum hatte er sich die Mühe gemacht, sich bei Zicke Hus nach ihrer Wohnung zu erkundigen?

Fanny holte aus der Küche ein Scheuertuch. Sascha kniete im Korridor bei dem Hund nieder und begann den Schnee von den Pfoten und aus dem Fell zu reiben, wobei er ihn auf den Rücken wälzte. Sachkundig und geschickt bearbeitete er den dicken Hundebauch.

„Der muß ein schönes Gewicht haben", sagte Fanny.

„Ja, siehst du, Gewicht halten, davon versteht er nichts. Da hätte ich beizeiten drauf achten müssen. Nach und nach, je älter er wurde, ist er immer fetter geworden. Wenn man ihm nichts gibt, bettelt und jault er. Er setzt sich auf und macht hübsch, aber das darf er nicht mehr, weil er Rheuma im Rücken hat. Lieber geb ich ihm was, als daß er mit dem kranken Rücken hübsch macht. Außerdem weiß ich aus Erfahrung, wie schrecklich das ewige Gewichthalten ist. Trotzdem hätte ich hart bleiben müssen. Das Rheuma im Rücken kommt nämlich von der Fettheit und das schwache Herz auch. Das geht alles Hand in Hand. Ich kann bloß nicht hart sein zu Charlie, ich kann's einfach nicht. Und jetzt, wenn ich denke, er stirbt bald, kann ich's schon gar nicht. Wir sind mit ihm aufgewachsen, mein Bruder und ich. Früher war Charlie ein Klassehund. Man sieht's nicht mehr, aber du kannst mir glauben, er war ein Klassehund. Ich laß ihn nicht im Stich. Menschen werden auch alt und unansehnlich und sind doch mal jung und stark und schön gewesen."

Er machte eine Pause. Aber Fanny interessierte sich im Grunde herzlich wenig für dieses steinalte Tier und seine Leiden.

Sie fragte: „Warum kennst du das Gewichthalten aus Erfahrung?"

„Weil ich beim Boxen war. Man boxt in einer bestimmten Gewichtsklasse und darf kein Gramm mehr wiegen als vorgeschrieben. Sonst wird man in eine höhere Gewichtsklasse eingestuft, wo gleich viel stärkere Gegner sind. Alle Boxer machen Gewicht. Eine Schinderei ist das. Deshalb hab ich's aufgegeben."

„Die platte Nase und die Narben, die hast du dann wohl vom Boxen?"

„Zum Teil. Zweimal hab ich mir das Nasenbein gebrochen. Und hier, die Augenbraue, siehst du? Die war aufgerissen, das haben sie mir genäht. Die Narbe am Kinn ist älter. Da bin ich mal als kleiner Junge auf eine metallbeschlagene Treppenstufe geknallt. Mein Bruder hatte mich geschubst, und meine Mutter hat mich gefunden, ganz voll Blut. Das war mein erster K. o.", schloß er lächelnd.

Es war aber ein ganz anderes Lächeln als im Betrieb, gar nicht auf Erfolg bedacht, sondern eher verlegen.

„Hast du noch mehr K. o. erlebt?" fragte Fanny.

Er zögerte kurz, bevor er sagte: „Einmal noch. Wovon sind denn deine Hände dermaßen dreckig?"

Die Frage kam schnell und unerwartet.

„Vom Ofen", antwortete Fanny. Sie hatte an die Heizung gar nicht mehr gedacht. Was hatte sie mit Sascha Kahlbom zu schaffen, daß sie hier stand und sich vollquatschen ließ? Der Hund war längst zum Gehen bereit. Er saß vor der Tür und kratzte sich das Fell.

„Vom Ofen? Laß mal sehen!"

Ehe Fanny ihn hindern konnte, war Sascha an ihr vorbei in der Küche. Er hatte durch die geöffnete Küchentür die schwarzen Heizungsklappen und die herausgefallene Schlacke entdeckt.

„Feg das weg!" befahl er und spähte in den finsteren Heizungsschlund. „Ah, da regt sich noch was."

Schon hatte er sich den Schal vom Hals gewickelt, die Jacke ausgezogen und die Pulloverärmel hochgestreift. Schon hantierte er mit Feuerhaken und Ascheschieber. Er sammelte aus dem Kohleneimer zerbrochene Brikettstücke, baute daraus in der Heizung ein Türmchen, das vorn eine Öffnung hatte, und schob dann vorsichtig die kümmerlichen Glutreste durch die Öffnung in das Türmchen. Er schloß die obere Klappe, drehte die untere auf und suchte nach der Klappe zum Schornstein.

Fanny zeigte sie ihm. Sie war erleichtert, ein Problem, eben noch riesengroß, jetzt so rasch und einfach gelöst zu sehen, und sie glaubte gern, daß das Brikettürmchen, wie Sascha versicherte, über kurz oder lang Feuer fangen würde. Erwartete er, sie würde ihn ins Wohnzimmer führen und ein Bier anbieten? Sie überlegte noch, da hatte er bereits die Jacke wieder an, den Schal umgewickelt und sich die Hände an dem

Scheuertuch, mit dem er Charlie vom Schnee befreit hatte, abgewischt.

„Nein“, sagte sie schnell, „du mußt dich richtig waschen. Komm.“

Sie ging voran zum Bad. Während er sich die Hände wusch, hoffte Fanny, ihm möge nicht auffallen, wie schmutzig das Waschbecken war. Sie schaffte es einfach nicht, die Wohnung wenigstens einigermaßen sauberzuhalten. Sie schaffte es ja nicht mal, die Heizung in Gang zu setzen.

Da fragte er: „Wie kommst du eigentlich klar?“

„Was?“ fragte sie zurück, obwohl sie ihn genau verstand.

„Ich meine, so allgemein. Wie kommst du klar? Dein Bruder ist wohl ein ziemlicher Stinkstiefel?“

„Gar nicht, gar nicht! Wir kommen wunderbar zurecht.“

„Wunderbar?“

„Aber ja!“

Er schwieg und trocknete sich die Hände ab.

„Hoffentlich denkst du nicht, ich bin ein hilfloses kleines Ding, dem man dauernd unter die Arme greifen muß. Ich führe den Haushalt ganz allein.“

„Ganz allein?“

„Jawohl. Und wir kommen wunderbar zurecht.“

„Wirklich ganz allein?“

Sie ärgerte sich. Nein, sie hätte ihn nicht einlassen sollen. Sie hatte sich geschworen, jeden Fremden fernzuhalten, damit keiner auf den Gedanken kam, hier müßte eingegriffen werden. Kein Lehrer sollte kommen, kein Vertreter von der Jugendhilfe. Und nun steckte Sascha Kahlbom seinen Rüssel in ihre Angelegenheiten. Wer weiß, was er im Betrieb erzählen würde, da, wo er sich spreizte und vor den Mädchen sein Gefieder schillern ließ.

Er sah ihre zugesperrte Miene und wechselte das Thema. „Fotografierst du gern?“

„Nicht mehr, nein.“

„Schade. Ich such immer einen, der mal ein gutes Foto von mir macht.“

Ein Flämmchen züngelte in Fanny auf und wärmte sie. Fotografieren, Aufnahmen machen, ein Modell zur Verfügung haben wie Sascha Kahlbom! Und er bot sich an, ahnungslos, daß dies ihr Wunsch gewesen war. Wie gern wäre sie darauf eingegangen, aber das hätte ihm so gepaßt. Überall würde er die Fotos herumzeigen und sich brüsten und die Aufnahmen an die Mädchen verschenken, mit Widmung: In Liebe Dein Sascha. Und die Mädchen würden sagen: Aha, jetzt hat er auch Fanny im Netz.

Sie antwortete nicht. Für eine barsche Ablehnung war die Versuchung zu groß, es trotzdem zu tun. Sie sah die Aufnahmen schon vor sich...

In dem Augenblick kamen Volker und Rüdiger nach Hause. Fanny atmete auf. Sie hatte standgehalten.

Sascha trat schnell auf den Korridor. „Nicht den Hund anfassen! Er ist fremdenscheu."

Charlie knurrte und zeigte die Zähne und beruhigte sich erst, als sein Herr schmeichelnd auf ihn einsprach.

„Jede Aufregung ist schädlich für sein Herz", erklärte Sascha, als habe er die Jungen nur gewarnt, um Charlie zu schonen.

Volker musterte ihn finster. Er hatte ihn auf den ersten Blick erkannt.

„Wer von euch beiden war mit der Heizung dran?" fragte Fanny.

Die Jungen hoben erstaunt den Kopf. Sie staunten nicht, weil sie beschuldigt wurden, die Heizung vergessen zu haben, sondern über den ungewohnt sanften Ton, den Fanny anschlug.

„Na, erschreckt man nicht", fuhr sie fort, „so was kann mal vorkommen. Sicher seid ihr im Haus der Pioniere gewesen. Mein Kollege, Herr Kahlbom, hat das Feuer schon wieder angemacht."

Die Jungen grienten und betrachteten „Herrn Kahlbom".

„Wir waren im Kino", sagte Volker.

„Ja richtig, da laufen jetzt Ferienprogramme." Zu Sascha

gewandt, fügte sie erklärend hinzu: „Die Kinder haben Winterferien.“

Er schien sich jedoch in der Rolle des „Herrn Kahlbom“ nicht recht wohl zu fühlen. Kumpelhaft stieß er Volker mit der Faust gegen die Schulter.

„Sport frei!“

„Laß das“, knurrte Volker.

„Bist du nachtragend? Niederlagen muß man vergessen können.“

„Ich kenn deine Masche. Noch mal machst du das nicht mit mir.“

„Warum auch? Oder möchtest du?“

Volker nahm Deckung hinter Rüdiger. Sascha lächelte ihm versöhnlich zu.

Fanny schaltete sich ein, indem sie nach Rainer fragte.

„Der ist mit dem Schlitten los“, gab Rüdiger Auskunft.

Fanny, obwohl sie empört war, daß Volker und Rüdiger den Kleinen nicht ins Kino mitgenommen hatten, begnügte sich mit tadelndem Kopfschütteln.

Rüdiger ließ neugierig den Blick zwischen Fanny, Volker und Sascha wandern. „Kennt ihr euch schon lange?“

„Flüchtig“, sagte Fanny.

„Und was ist das für eine Masche, die der hat?“

„Sei froh, daß du die nicht kennst“, antwortete Volker, der Saschas Lächeln keineswegs erwidert hatte. „Der schlägt unter die Gürtellinie.“

„Falsch!“ verwahrte sich Sascha. „Körperschläge sind meine Spezialität, aber nicht unter die Gürtellinie. Weißt du, was dich getroffen hat? Ein Leberhaken. Das ist einer der wirkungsvollsten Schläge, die es gibt.“

Davon hatten die Jungen schon gehört. Bewundernd sah Rüdiger seinen Bruder an. Einen Leberhaken hatte Volker eingesteckt! Volker machte ein Gesicht, als sei das eine Kleinigkeit für ihn. Seine Ehre war wiederhergestellt. Nach einem Leberhaken geht selbst Tiofilo Stivenson in die Knie.

Sascha ergriff Charlies Leine. Der Hund wälzte sich auf die

Beine. Abschiednehmend grüßte Sascha in die Runde, aber Volker reichte ihm die Hand, und Sascha nahm sie unbedacht. Im nächsten Moment biß Charlie in Volkers Schuh.

„Stillhalten!“ rief Sascha erschrocken. „Nicht den Fuß wegreißen! Sonst beißt Charlie sich fest und verliert Zähne.“ Und dann, anstatt den Hund zur Ordnung zu rufen, sprach er zärtlich auf ihn ein.

Besänftigt ließ der Hund von dem Schuh ab. Sascha schob ihm die Lefzen hoch und betastete die Zähne.

„Das ist noch mal gut gegangen“, stellte er fest. „Es war natürlich meine Schuld. Ich weiß, daß mir keiner in Charlies Gegenwart die Hand geben darf. Charlie weiß nichts. Charlie denkt, wunder was seine Zähne aushalten.“

„Er weiß nichts, weil du ihn schlecht erzogen hast“, erwiderte Fanny gereizt. Sie wünschte Sascha über alle Berge. Nur seinetwegen mußte sie sich beherrschen, während sie vor Wut über die Brüder fast platzte. Obendrein war sie drauf und dran gewesen, Saschas gleisnerischem Angebot zu erliegen, und das hätte gerade noch gefehlt! „Mit so einem bissigen Hund würde ich nicht zu Fremden in die Wohnung gehen.“

„Bissig? Charlie ist nicht bissig. Man muß bloß seine Eigenheiten kennen.“

„Er scheint etwas wirr im Kopf zu sein, dein Charlie.“

„Er ist alt. Im Alter verstärken sich nun mal die Eigenheiten. Früher hat er nicht so oft in Schuhe gebissen.“

„Das heißt, er ist schrullig?“

„Meinetwegen nenn ihn schrullig. Komm, Charlie, mein Guter, wir gehen.“

Damit verließ Sascha die Schillsche Wohnung. Offensichtlich war er tiefer gekränkt, als wenn Fanny ihm persönlich Schrulligkeit vorgeworfen hätte.

Das tat sie hinterher. Sie tippte sich an die Stirn. „Der spinnt, der ist wirr im Kopf.“

Volker widersprach. „Ach wo! Gefährlich ist der alte Köter wirklich nicht mehr. Guck mal, man sieht kaum den Abdruck von den Zähnen.“

„Du sei still!“ fuhr Fanny ihn an. „Du denk lieber an die Heizung! Und wo habt ihr Rainer gelassen? Sofort sucht ihr ihn! Vielleicht haben ihm fremde Bengel den Schlitten weggenommen, oder er hat sich den Arm gebrochen, den Fuß verstaucht.“

„Oder man hat ihn geraubt und fordert Lösegeld!“

„Ich hab Halsschmerzen“, behauptete Rüdiger. „Ich muß erst heiße Milch mit Honig trinken.“

Fanny schimpfte und zeterte, die Wohnung hallte wider von Geschrei.

„Jetzt müßte dich ‚Herr Kahlbom‘ hören“, sagte Volker. „Schade, daß er weg ist. Du warst so scheißfreundlich zu uns und hattest deinen Giftzahn versteckt.“

Fanny schlug die Wohnungstür hinter sich zu und lief die Treppe hinauf zur Mansarde. Dort war es eiskalt. Der kleine Ofen in der Ecke mußte erst geheizt werden. Weil ihr das zu umständlich gewesen war, hatte Fanny früher bei starkem Frost oft unten auf der Couch im Zimmer der Jungen geschlafen. Jetzt schlief sie immer oben. Die Mansarde war der einzige Ort, wo sie mal abschalten und allein sein konnte. Unten folgte ein Mißerfolg dem anderen. Wie sehr sie sich auch anstrengte, alles schlug fehl, und sie wußte nicht, woran das lag.

Sie stopfte Papier und Holz in den kleinen Ofen. Ihr Blick fiel auf den Spruch zwischen den Fotografien. „Was du tust, das tue ganz!“ Sie löste die Reißzwecken und warf die Pappe, auf die sie den Spruch geschrieben hatte, ins Feuer. So hatte sie wenigstens Wärme davon, wenn schon sonst nichts. Ebensogut könnte sie die Fotografien verbrennen, auch die Aufnahme von den Eltern, Vater und Mutter auf dem Sommerweg, darüber der hohe Himmel mit den Wolken. Die Mutter war für immer fort, und der Vater...

Sie saß auf dem Bett und weinte. Sie dachte an Reiterbein, die gekommen war, weil Rüdiger angeblich Auftrieb brauchte und neuen Lebensmut. Zu ihr kam keiner. Bettina kam nicht mehr, denn es gab wenig, was sie noch miteinander verband.

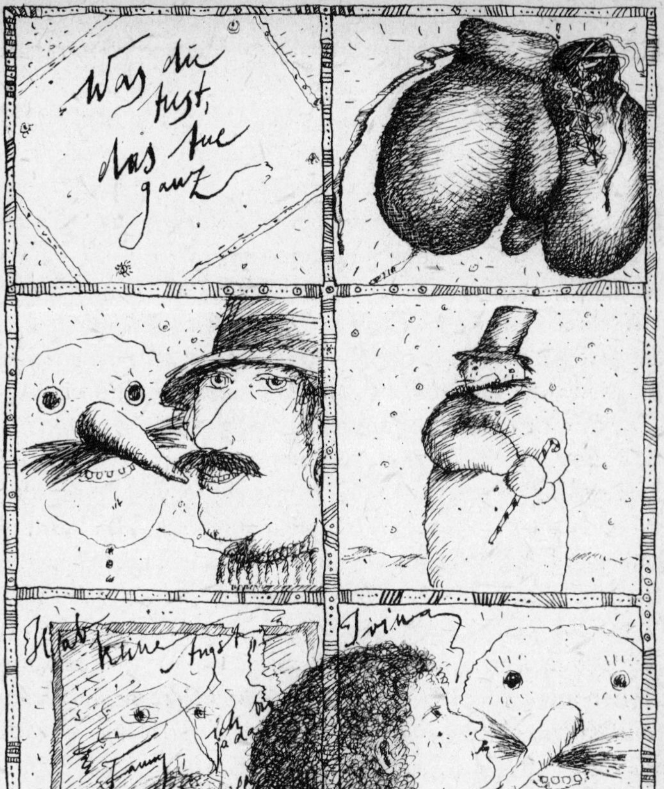
Was du tust, das tue ganz
Hab keine Angst
Fanny
ich bin ja da
wenn du willst
Irina
soll ihn Küssen

Sascha war gekommen, aber mit dem verband sie doch erst recht nichts. Außerdem hatte sie ihn wieder verprellt, diesmal bestimmt endgültig.

Sie holte ihre Exa hervor und reinigte sie sorgfältig mit einem Haarpinsel. Dabei verging ihr das Weinen. Sie hatte für die Aufnahmen mit dem Schneemann sehr wohl einen Film gekauft. Einen Winter wie in diesem Jahr würde es so bald nicht wieder geben. Das mußte sie ausnutzen, und sie überlegte, wie sie dabei vorgehen sollte, denn sie hatte keine Erfahrungen mit viel Schnee und Sonnenschein. Sicher gab es Besonderheiten, die zu beachten waren. Ihr Kummer verflog. Sie hielt die Kamera vors Auge und träumte in die Zukunft hinein. Eines Tages würde sie als Fotoreporterin zum Nordpol fahren und Eisbären aufnehmen und pelzvermummte Forscher bei der Arbeit, und einer der Pelzvermummten lächelte ihr zu mit weißen Zähnen unter schwarzem Schnurrbart, und weit und breit gab es in der Einöde nur ein einziges Mädchen, dem sein Lächeln gelten konnte, das war sie, Fanny Schill. Andere Mädchen saßen irgendwo an Nähmaschinen, sie aber ging mit dem Vermummten über das Eisfeld, sein Schnurrbart war bereift, er zog den Fellhandschuh ab und legte ihr die warme Hand an die Wange.

Am nächsten Tag nahm sie die Exa mit zur Arbeit. Ihr war eine Idee gekommen, wie sie den Schneemann auf dem Hof verwerten könnte. Im Geist hatte sie alle Mädchen Revue passieren lassen, und dann hatte sie sich für Irina entschieden. Die mit ihrem wilden Lockenschopf müßte neben dem Schneemann lustig wirken. Irina sollte den Schneemann küssen.

Fanny war aufgeregt wie immer, wenn sie eine Idee verwirklichen wollte. „Siehst du, so!" Sie machte es Irina vor. Sie stellte sich auf die Zehenspitzen, umarmte den Schneemann und küßte sein Eisgesicht. „Weißt du, was passiert, wenn's gelingt? Das geb ich zur Zeitung, das paßt auf eine Faschingsseite! Dein Anorak ist nicht hübsch. Nimm meine Jacke, die Kapuze hat einen Pelzbesatz. Und reck dich tüchtig, als wärst du ganz hingerissen von dem dicken Kerl. Hast du verstanden?“

Aber Irina hatte nur verstanden, daß es ein Bild für die Zeitung werden sollte. Da wollte sie vorher erst zum Friseur gehen, und Make-up wollte sie auch auflegen, und außerdem wollte sie lieber lächelnd neben dem Schneemann stehen, damit man ihr Gesicht richtig sah. „Man muß mich doch erkennen.“

„Nein“, sagte Fanny, „man muß dich gar nicht erkennen. Die Situation muß man erkennen! Da kommt ein Mädchen und sieht diesen feinen Schneemann stehen, und da, in ihrem Übermut ... Es soll ein Winterbild werden, eins zum Fasching, der Schneemann sieht richtig besoffen aus.“

Alle Mädchen hatten sich eingefunden, alle redeten Irina zu. Dies war mal was anderes, als in der Pause bloß herumzustehen und zu rauchen. Schließlich war Irina einverstanden, aber wie sie es auch anstellte, es blieb steif. Fanny knipste den Film fast leer und wußte bei jeder Aufnahme, daß sie mißlang. Die Mädchen waren genauso enttäuscht wie sie.

Da rief Ute: „Holt mal Sascha her!“

Fanny protestierte erschrocken: „Ich will ein Mädchen, nur ein Mädchen!“

Sie waren aber schon losgelaufen, sie kamen mit Sascha zurück, sie erklärten ihm, was hier vor sich ging. Und er, was tat er? Im Handumdrehen hatte er sich seinen Schal umgeschlungen, seinen langen Schal, den er immer trug anstelle eines Mantels. Mochte es noch so kalt sein, Sascha begnügte sich mit dem dicken Schal, und nun stand er an den Schneemann gelehnt, weinselig auch er, und es sah aus, als müsse der Schneemann ihn stützen und er den Schneemann, beide singend, der Schneemann mit Hut, Sascha mit Schal, und die Mädchen lachten und schlugen begeistert die Hände zusammen. Das war's! Fanny fotografierte von verschiedenen Positionen, und immer wechselte Sascha traumhaft sicher die Stellung. Einmal hatte er den Hut vom Schneemann auf, und der trug seinen Schal, einmal faßte er ihn tanzend beim Arm, einmal machte er vor ihm mit ausholender Gebärde eine Verbeugung, einmal raunte er ihm heimlichtuerisch einen Witz zu, einmal steckte er ihm eine Zigarette ins Gesicht und gab ihm Feuer, und dann war Fannys Film zu Ende.

Sie konnte es kaum erwarten, den Film entwickelt zu sehen. Nicht auszudenken, wenn ihr die Hände gezittert hätten!

„War's gut so?" fragte Sascha.

„Enorm", sagte Fanny.

Die Pause war vorbei. Die Mädchen drückten ihre Zigaretten aus und sahen sich nach Fanny um, aber die blieb bei Sascha stehen.

„Stimmt es, daß du für die Zeitung fotografierst?"

„Ja", antwortete Fanny, denn noch glaubte sie selber, was sie so sehr wünschte.

Sascha pfiff durch die Zähne.

„Wärst du denn einverstanden?" fragte sie. „Ich meine, für den Fall, daß eine Aufnahme, nur eine einzige, gelungen wäre. Würde es dich stören, in der Zeitung abgebildet zu sein? Vielleicht sogar ganz groß, vielleicht sogar als Titelbild einer Illustrierten! Ach, weißt du..., weißt du, Sascha..."

Er zog überrascht die Brauen hoch. In ihrem Überschwang hatte sie ihn beim Namen genannt, unbewußt zwar, aber gerade deshalb horchte er auf.

Sie merkte es nicht, sie schwärmte weiter: „Es wär so schön, ich wär so glücklich, ich möchte das so gern mal erleben! Hier ist alles öde, und zu Hause... Später will ich Fotografin werden, nicht im Atelier, nein, keine Paßfotos und Hochzeitsbilder und zurechtgesetzte Kinder, nein, für die Zeitung, verstehst du? An die Trasse zum Beispiel möchte ich, oder jetzt, wo sie überall mit dem Schnee kämpfen, da müßte ich raus, oder nach Afrika. Ich hätte keine Angst, nicht mal vor Schlangen. Ich würde alles aushalten, Hitze und Kälte. Ich kann viel aushalten, glaubst du das?"

„Ja", sagte er.

„Auch die Langeweile hier und daß ich so allein bin. Ich halt's schon aus. Ich denk mir, das ist die Wüste, da muß ich durch. Da muß ich meine Familie durchbringen, meine Brüder und meinen Vater. Manchmal, klar, manchmal ist mir zum Heulen, wenn ich denk, wie es sein könnte und wie es in Wirklichkeit ist. Verstehst du das?"

„Ja", sagte er wieder.

„Aber dann reiß ich mich zusammen. Meiner Mutter wär's nicht recht, wenn ich heulend am Grab stehen würde. Oder wenn wir etwa auseinanderkämen, einer hierhin, der andere dahin. Denk bloß, das hatten sie vor!"

„Wer?"

„Meine Großeltern und meine Tante."

„Und dein Vater?"

Sie biß sich auf die Lippen und blickte über den Hof.

„Ich muß rein", sagte sie ernüchtert.

Er ging neben ihr her bis zur Tür. Er legte die Hand auf die Klinke, aber er öffnete nicht.

„Also wegen der Fotos, da mach dir keine Sorgen. Von mir aus kannst du mein Bild im ‚Neuen Deutschland' gleich neben Erich Honecker veröffentlichen lassen. Hast du schon öfter Fotos in der Zeitung gehabt? Kriegst du dafür Geld?"

Sie schüttelte den Kopf.

„Das soll erst kommen, wie? Kommt bestimmt! Gar keine Frage, daß du mal groß dastehst mit deinen Fotos, und dann besuchst du unseren Betrieb und sagst: Ach Gott, hier war ich mal in der Lehre! Und dann humpelt ein Alter über den Hof, und du rufst: He, Sie, Sie Alter da, wer sind Sie? Ein Veteran, wird dir erklärt, der hat hier den Betrieb mit aufgebaut. Du guckst einmal, zweimal, und dann sagst du: Ach Gott, sollte das der Sascha sein? Und ich, denn ich bin's!, wische mir die Triefaugen: Habe die Ehre, Fanny Schill. Einer aus deinem Kamerateam hält mir ein Mikrofon hin: Welche Gedanken bewegen Sie zum hundertsten Jahrestag der Republik? Darauf ich, mit schriller Greisenstimme: Früher gab es hier ein reizendes Mädchen... Ja, guter Alter, werde ich hastig unterbrochen, aber nun sagen Sie uns doch etwas zum großen Aufbauwerk, zu den Veränderungen im Vergleich zu früher!

Darauf ich: Im Vergleich zu früher hat es hier nie wieder ein solches Mädchen gegeben..."

Sascha ging gebückt, hielt sich ächzend den Rücken, verstellte die Stimme, fuchtelte rechthaberisch mit knochigem Finger in der Luft.

„Aber ich", rief Fanny lachend, „ich bin ja dann auch schon fast neunzig Jahre alt! Wie kann ich da noch ein Kamerateam leiten?"

„Du bleibst jung. Höchstens dein Haar wird silberweiß. Dich erkenn ich sofort an deiner Art."

„An meiner Art?"

„Wie du lachst."

„Mit Gebiß?"

„Meinetwegen. Und wie du mich ansiehst..., so spöttisch..., und dann wieder ganz anders. Da möchte ich dich an die Hand nehmen und sagen: Hab keine Angst, Fanny, ich bin da, wenn du willst." Er reichte ihr die Hand. „Willst du?"

„Ich weiß nicht. Ich versteh dich nicht. Ich muß rein."

Sie riß die Tür auf und rannte die Treppen hinauf. Vor der Lehrwerkstatt stand sie still, damit sie zu Atem kam. Und ob sie ihn verstanden hatte! Aber er, verstand er sie auch? Wußte er, was es bedeuten würde, wenn sie seine Hand genommen hätte? Er streckte sie wohl sehr leicht aus, die Hand, nach jeder, und darum auch nach ihr.

7

Fanny stellte den Staubsauger ab und horchte. Sie hatte ein Wort aufgeschnappt, einen Namen: Charlie. Nebenan sprachen Volker und Rüdiger miteinander.

„Warum denn jeden Tag?“

„Wegen des Rückenleidens kriegt er jeden Tag eine Spritze. Weil er nämlich gar nicht mehr laufen kann im Schnee.“

„Wann hört denn das mal wieder auf?“

„Weiß auch nicht. Mach weiter!“

Fanny lauschte angestrengt. Sie hörte aber nur noch gedämpftes Schnaufen. Sie stieß leise die Tür auf, die angelehnt gewesen war. Volker und Rüdiger boxten. Sie waren so vertieft, daß sie Fanny nicht bemerkten. Leichtfüßig hüpften sie und stießen die Fäuste aus der Deckung vor, aber nicht, wie man schlägt, um zu treffen. Die Schläge waren vorgetäuscht, ein spielerisches Geplänkel mit Ausweichen des Oberkörpers und Knicksen in den Knien.

„Was soll das, was macht ihr denn da?“ fragte Fanny verwundert.

Gleich hielten sie inne, gleich ließen sie die Arme sinken und guckten in die Luft.

„Wir tanzen ein bißchen“, sagte Rüdiger.

„Ohne Musik?“

„Sei doch froh! Wenn wir Musik haben, drehst du uns bloß die Sicherung raus."

„Ihr habt nicht getanzt. Ihr habt boxen geübt."

Sie lachten. Boxen? Keine Spur! „Warum sollten wir wohl boxen üben?" sagte Volker.

„Das weiß ich nicht. Deshalb frag ich ja."

„Immer fragst du", antwortete Volker ungewohnt friedfertig. „Immer willst du alles wissen. Wozu? Horchen wir bei dir an der Mansarde? Gucken wir durchs Schlüsselloch? Laß uns man. Dann lassen wir dich auch."

Sie grienten und blinzelten sich zu.

„Ja, arbeiten laßt ihr mich! Was gibt es zu plinkern? Ich hab nichts zu verbergen. Woher wißt ihr eigentlich, wie es Charlie geht?"

„Charlie? Wer ist Charlie? Wir kennen keinen Charlie."

„Natürlich kennt ihr Charlie. So heißt Sascha Kahlboms Hund."

„Ach so, der! Nun sollen wir uns sogar schon merken, wie fremde Köter heißen. Wir beide", sagte Volker und zeigte auf Rüdiger und sich, „wir beide kümmern uns nämlich gar nicht um Kahlbom."

„Um so besser", sagte Fanny wütend. „Da gibt es auch nichts zu kümmern, verstanden?"

„Klar verstehen wir das, klar!"

„Feixt man ruhig. Das läßt mich völlig kalt. Anstatt zu feixen und Faxen zu machen, solltet ihr lieber Schnee fegen und Kohlen hochtragen."

„Ein Wink von dir, und wir fliegen!"

Tatsächlich ergriffen sie bereitwillig die Kohleneimer. Fanny hätte zufrieden sein können, aber sie wußte nicht recht, was sie von der Bereitwilligkeit halten sollte. In letzter Zeit kam ihr vieles sonderbar vor. Da hatten nun die Jungen Ferien, und was taten sie? Sie halfen im Haushalt. Sie waren geradezu beängstigend hilfsbereit. Sogar dem Vater fiel es auf.

Er sagte zu Fanny: „Ich hör euch seltener streiten. Kommt ihr jetzt besser miteinander aus?"

„Ja", antwortete Fanny nachdenklich, und dann sah sie den Vater erwartungsvoll an. „Hast du mit Volker und Rüdiger gesprochen?"

„Oft. Du weißt, bei Streit geh ich immer dazwischen."

Sie wußte es wohl, aber dieses Dazwischengehen, dieses gereizte Aufbrausen und das folgende schuldbewußte Zurücknehmen der Worte bewirkte so wenig...

„Ich dachte, du hättest vielleicht ... mal richtig..."

„Sollte ich das?"

„Du solltest öfter bei uns sein, Vati."

„Ich bin doch jeden Tag da!"

„Du bist da. Wir sehen dich. Aber siehst du uns? Du siehst in dich hinein. Du bist irgendwo weit weg. Und dann, Vati...", sie stockte, sie überlegte, ob sie es sagen sollte oder nicht.

„Nun, was?" fragte er. Seine Brauen zuckten, er rauchte hastig.

Ganz leise sagte sie: „Du trinkst, Vati."

Er fuhr auf. „Ich bin nie betrunken!"

„Nein. Das merkt ja auch keiner außer mir."

„Es ist nicht wahr. Wie kannst du, Fanny... Manchmal... ein Glas..."

Am liebsten hätte Fanny sich die Ohren zugehalten.

„Wir leben, als könnte Mutti jeden Tag zurückkehren", sagte er etwas ruhiger. „Unser Gefühl wartet noch. Es wartet so sehr, daß man es betäuben muß."

Er senkte die Lider über die glanzlosen, müden Augen.

„Ich versteh dich schon, Vati. Aber Mutti, wenn sie uns schreiben könnte, sie würde schreiben: Wartet nicht!"

Darauf schwieg er. Nach einer Weile sagte er: „Du bist mir sehr viel wert, Fanny, weißt du das? Sehr viel. Du warst unser erstes Kind. Ich hab dich immer wieder angesehen. Du warst so ... lieblich, so rührend. Ich hab mir geschworen: Sie soll glücklich sein! Später die Jungen, ja sicher, ich war stolz, als sie kamen, einer nach dem anderen und jeder wohlgeraten. Aber du, Fanny... Sag es keinem, verrat es nie: Du bist immer mein liebstes Kind geblieben. Ich wollte für dich das Schönste, das Beste. Mutti war klug genug zu verhindern, daß du verzogen wurdest. Ich hätte dich verzogen. Die Gerechtigkeit befiehlt, dich nicht mehr zu lieben als deine Brüder. Wenn ich aber nun sehe, was du für sie tust, wie du dich plagst…, das geht mir entsetzlich gegen den Strich."

„Denkst du, ich plage mich bloß für die Jungs? Ich will mein Zuhause behalten. Das ist mehr als meine Bequemlichkeit. Wär ich deine Fanny, wenn ich anders dächte? Wenn nicht mein Vorbild Mutti wäre? Ich möchte ihr so gern ähnlich sein. Vielleicht ist es gerade das, was du an mir liebst?"

„Ich hab sie verloren. Ich hab nur noch dich."

„Du hast uns alle vier! Könntest du zum Beispiel Rainer hergeben, tät's dir gar nicht leid um ihn?"

„Doch!"

„Und Volker, der dir gleicht, in dem du dich erkennen müßtest?"

„Ach ja, Volker…"

„Und Rüdiger, der Schlaukopf, der immer einen Ausweg weiß? Der geht nicht unter, der Bengel. Den könntest du ins Heim stecken, und am nächsten Tag wär er schon wieder hier."

Der Vater lächelte.

„Siehst du", sagte Fanny. „Paß bloß auf! Mit dem Gefühl muß man vorsichtig sein, das reißt einen weg wie nichts. Und am Ende hat man's womöglich an einen Flattergeist verschenkt, der's nicht verdient."

„An einen Flattergeist?" fragte der Vater erstaunt.

„Na ja…, ich meine ganz allgemein."

„Bist du ein Flattergeist?"

„Ich nicht! Ich will mal eine Liebe, wie sie zwischen dir und Mutti war. Oder hast du etwa vorher hundert andere Mädchen gehabt?"

„Nun, hundert…, das gibt es wohl nicht."

„Doch, das gibt's. Solche Leute gibt's, mußt du wissen."

„Warum bist du auf einmal so ärgerlich?"

„Ach, ganz allgemein ärgert mich so was. Würdest du dich zum Beispiel von einer Kollegin kämmen lassen?“

Der Vater sagte nichts.

„Oder würdest du dich, immer nur als Beispiel genommen, mit lauter fremden Weibern im Schnee balgen und sie küssen?“

„Was sind das für Beispiele? Ich verstehe den Zusammenhang nicht.“

„Der Zusammenhang ... ist eben das Gefühl ganz allgemein. Vielleicht möchte man auch mal einen Kollegen kämmen, aber wenn ihn schon so viele kämmen, dann ist er einem verleidet. Das Gefühl sagt ja, und der Verstand sagt nein. So mußt du das sehen.“

Der Vater lachte.

„Zum Lachen ist das leider überhaupt nicht“, sagte Fanny. „Mit dem Gefühl willst du mich vorziehen, und mit dem Verstand weißt du, daß du's nicht darfst. Du darfst auch nicht mehr mit dem Gefühl auf Mutti warten. Du mußt deine Gefühle in den Griff kriegen, ganz fest, verstehst du? Sonst reißen sie dich weg wie nichts.“

„Sieh mal an!“

„Ja, Vati, manchmal wissen junge Leute auch schon, wie es im Leben zugeht. Ich bin kein Küken mehr, das piepsend umherläuft. Die meisten Mädchen bei mir im Betrieb sind solche Küken, die haben keine Ahnung, und wenn da einer kommt, der mit den Flügeln schlägt, dann rennen sie und piepsen, als wär's wunder was. Ich fall auf blauen Dunst nicht rein. Ich seh den Menschen ins Herz.“

„Hast du vielleicht ein bestimmtes Herz im Auge?“

„Aber nein! Ich meine nur ...“

„... ganz allgemein. Und trotzdem: Wer ist es denn, den du kämmen möchtest?“

„Du machst dich über mich lustig. Solche Sachen wollen ernsthaft besprochen sein.“

„Ich nehm dich ernst, Fanny. Wenn es einen geben sollte, der dir Kummer bereitet ... Gnade ihm Gott! Er bekäm's mit mir zu tun.“

„Du tappst in eine ganz falsche Richtung. Um mich mußt du dich nicht sorgen. Eher um die Jungen, was die immer treiben. Sie haben auf dem Hof Schnee gefegt, wo das gar nicht nötig ist“, erzählte sie schnell, froh, den Bogen erwischt zu haben, der den Vater auf andere Gedanken brachte. „Und warum? Um mit dem Seil zu hüpfen, stell dir vor! Dazu haben sie unsere Wäscheleine zerschnitten. Alle drei hüpfen sie wie kleine Mädchen. Man denkt, sie werden allmählich groß und vernünftig. Volker hat im Mai Jugendweihe ... und hüpft mit dem Seil. Wie findest du das?“

„Nicht weiter schlimm. Es handelt sich wohl um Sport.“

„Um Sport?“

„Soviel ich weiß, wollen sie sich in einer Sportgemeinschaft anmelden, beim Boxen.“

„Aha! Und das würdest du erlauben? Weißt du, daß man sich beim Boxen das Nasenbein bricht und daß die Augenbrauen aufplatzen? Und daß man da hungern muß, um Gewicht zu machen? Denk mal an Rainer, soll der etwa so klein und dünn bleiben, wie er ist?“

„Rainer will nicht zum Boxen. Er ahmt bloß seine Brüder nach. Jüngere Geschwister ahmen gern die älteren nach.“

„Mir wär's schon recht, wenn sie mich nachahmen würden. Leider merk ich davon nichts.“

„Laß sie man. Sport ist gut“, sagte der Vater. Er rieb sich die Augen, eine Bewegung, die Fanny an ihm kannte als Ausdruck müder Abwehr. Dann sagte er: „Die Jungen wären unter Aufsicht, sie hätten eine Beschäftigung.“

Ja, dachte Fanny, eine Aufsicht und eine Beschäftigung, zu der du dich nicht imstande fühlst, andere sollen sich um sie kümmern. Aber sie schwieg. Bestimmt hätte die Mutter jetzt auch geschwiegen, aus Klugheit, weil es sinnlos ist, zu bohren und zu stochern, wenn einer ohnehin schon leidet, und aus Liebe natürlich.

In der Schule lief anstelle des Unterrichts ein Rotkreuzkurs. Die Mädchen lernten Erste Hilfe, Maßnahmen bei Unfällen und Verletzungen, sie übten das Anlegen verschiedener Verbände. Manchmal ging es ins freie Gelände hinaus, in Frost und Sonnenschein, Entfernungen waren zu schätzen, Märsche durch hohen Schnee zu machen.

Fanny hatte wieder die Exa mit und fotografierte, aber die ganz große, die wirbelnde Freude wie bei den Aufnahmen mit dem Schneemann blieb aus. Die Aufnahmen waren nämlich alle nicht geraten, sie waren zum Teil überbelichtet, besonders die mit Sascha, weil Fanny in ihrer Aufregung vergessen hatte abzublenden. Solche schwerwiegenden Fehler waren ihr unterlaufen. Sie hätte heulen mögen. Sie hatte nicht gewagt, die Aufnahmen zu zeigen. Nun achteten die Mädchen kaum darauf, wenn Fanny fotografierte. Sie war ja doch bloß eine Pfuscherin, die sich dicktat. Das dachte wohl auch Sascha. Er fragte kein einziges Mal nach den Bildern. Sicher hatten ihm die Mädchen erzählt, daß nichts dabei herausgekommen war. Nur wenn sie allein war, betrachtete Fanny die Aufnahmen und sah, ihre Idee war gut gewesen, Sascha war gut gewesen, und alles, was sonst dazugehörte, hatte sie verpfuscht und vertan. Warum? Weil sie keine Übung hatte, weil ihr die Perfektion fehlte, die sichere Hand. Und wie hatte sie geprahlt. Wie würde Sascha jetzt lachen über ihre Zukunftspläne! Wenn sie trotzdem die Exa mitnahm, dann nur aus Trotz, nur um sich selber zu beweisen, daß sie mutig und hartnäckig war. Sollten sie doch alle lachen, sollten sie hinter ihrem Rücken sich an die Stirn tippen.

Hinter ihrem Rücken geschah so manches, worauf sie sich keinen Reim machen konnte. Warum wollten Volker und Rüdiger auf einmal zum Boxen gehen? Wer hatte ihnen den Quatsch mit dem Seilspringen eingeredet? Und diese Beflissenheit, diese Bereitschaft, zu helfen und sich nützlich zu machen, woher kam die? Einer steckte dahinter, einer mischte die Karten, aber zu welchem Zweck, war ihr unbegreiflich.

Sie holte den entwickelten Film vom Fotografen ab und hielt ihn draußen gegen das Licht. Trotz aller Rückschläge war sie jedesmal gespannt, und da sah sie nun plötzlich mit stockendem Atem vielversprechende Negative. Die Hände wurden ihr starr, sie merkte es nicht, sie schaute, sie stand und schaute und biß sich auf die Lippen. Dann lief sie in ihre alte Schule zu Herrn Kühn. Wann war der nächste Zirkelnachmittag, wann durfte sie mal kommen? Sie zeigte Herrn Kühn den Film. „Nicht wahr, er ist gut?"

„Ja", sagte Herr Kühn, und weil er ihre Erwartung sah und ihre Ungeduld und weil er sich denken konnte, daß sie vielleicht sogar Unterricht schwänzen würde, nur um am Zirkelnachmittag teilzunehmen, verabredete er sich mit ihr noch für denselben Tag. In zwei Stunden sollte sie wiederkommen, dann wollte er mit ihr die Abzüge machen.

Fanny saß in der Dunkelkammer vor dem Vergrößerungsgerät. Viele Monate, länger als ein halbes Jahr, hatte sie diese Arbeit entbehrt, und nun wurde ihr bewußt, wie sehr sie sie entbehrt hatte. Sie erzählte Herrn Kühn von ihrer Mutter, von der Berufsschule, von der Eintönigkeit an der Nähmaschine. Sie sei bereits so abgestumpft, daß ihr der Platz an der Nähmaschine nicht mehr so widerwärtig erscheine wie zuerst, sondern fast schon tröstlich und beruhigend, denn was da von ihr verlangt wurde, sei vergleichsweise leicht zu bewältigen. Sie wollte aber nicht das leicht zu Bewältigende, sie wollte das Schwierige, das Packende, Aufregende, täglich Neue, eben das Schöne, Lohnenswerte. Hatte sie kein Recht darauf?

Herr Kühn, ein dicker, schnaufender Mann, erwiderte: „Jeder hat ein Recht darauf. Wer sich bemüht, der bekommt es auch."

Er sprach zunächst wenig, ließ Fanny reden, sonst war er beredsamer. Er unterrichtete Russisch und Kunsterziehung. Es war erstaunlich, wie beweglich er war, wie reaktionsschnell und wie behutsam. Alle Schüler mochten ihn.

Er sagte: „Was einer aus sich macht, Fanny, liegt ganz bei ihm. Widerwille gegen eine Arbeit ist töricht. Sie verschließt sich dann, sie gibt ihren Reiz nicht preis. Den Reiz einer Arbeit muß man erst entdecken. Hat man ihn entdeckt, weiß man um ihren Wert, gibt sie zurück und fördert und bereichert und trägt immer weiter. Wie weit und wohin, bestimmt man selbst, auch wenn man sie verläßt, auch dann. Man darf sie nur nicht zu früh verlassen, nicht ohne ihren Reiz zu kennen. Einmal entdeckt, offenbart er sich immer wieder, in jeder Arbeit."

„Das versteh ich nicht", sagte Fanny betrübt.

„Man versteht es erst, wenn man es erfahren hat, und man erfährt es erst, wenn man keinen Widerstand mehr leistet. Das heißt nicht, die Sehnsucht nach dem Schönen, Lohnenswerten aufzugeben. Im Gegenteil, diese Sehnsucht muß man bewahren bis ans Ende seiner Tage." Und das sagte er mit einer Stimme, die ohne jedes Pathos war.

Dann zeigte er Fanny, welchen Bildausschnitt sie wählen sollte und welches Papier und welche Belichtungszeit. Kurzsichtig neigte er sich über das Entwicklungsbad, die Brille beschlug ihm vom schnaufenden Atem, aber er sah alles und beurteilte jedes Detail. Als er die Abzüge schließlich aus dem Trockner nahm, waren alle wohlgeraten, einer wie der andere. Er breitete sie auf dem Tisch aus, schob sie hin und her, nahm einen weg, ordnete neu und sagte: „So geht's, so kann man's machen. Jetzt ein guter Text dazu, und die Wandzeitung steht."

„Die Wandzeitung?"

„Unbedingt. Hier die Mädchen im Gelände, wie sie durch den Schnee stapfen, sehr schön die Zweige im Vordergrund. Und hier kommt das Licht schräg durchs Fenster, gut getroffen das Mädchen mit dem verbundenen Arm und das andere, das ihn verbindet, etwas unsicher, aber so eifrig."

Er wertete jede Aufnahme, wuselte plumphändig und geschickt auf dem Tisch umher, und Fanny sah die Wandzeitung entstehen, sah sie schon hängen im Treppenhaus der Berufsschule, sah die staunenden Mädchen davor. Sie raffte die Fotos zusammen. Kaum daß sie sich bei Herrn Kühn bedankte. Erhitzt und atemlos rannte sie nach Hause.

Eine Wandzeitung, etwas so Naheliegendes! Fingen denn nicht alle großen Leute klein an? Eine Wandzeitung..., vielleicht gar periodisch, allmonatlich? Die Schule, die Lehrwerkstatt, das Internat, Motive über Motive, und kritisch wollte sie sein, zeigen, wie auf der Toilette geraucht, wie Zeit verbummelt wurde, Material vertan. Man würde mit ihr zu rechnen haben! Loben würde sie natürlich auch, gute Beispiele durften nicht fehlen. Wie sollte die Wandzeitung heißen: Die Nadel? Die spitze Nadel? Oder dachte man da gleich an: aufgespießt? An Nadelstiche? Lehrzeit – Bewährzeit? Zu lang, zu pädagogisch. Die Schere? Der Fingerhut? Der Fingerhut!

Es war dunkel geworden. Schnee dämpfte die Straßengeräusche. Nur einen Fingerhut voll Zuversicht hatte sie gehabt, all die Zeit über, all die Wochen und Monate. Auch jetzt hatte sie nicht mehr, nein, sie machte sich nichts vor. Aber er war auf einmal randvoll, der Fingerhut, in diesem Augenblick wenigstens, in dieser Stunde war er voll, mochte er morgen schon wieder leer sein. Ihre Zeitung sollte „Der Fingerhut" heißen. Das würden die Mädchen lustig finden. Nur sie allein wußte, daß es gar nicht lustig war. Aber gerade deshalb sollte die Zeitung so heißen.

Zu Hause kramte und stöberte sie in allen Winkeln, in den Schränken und im Keller. Sie suchte eine Papptafel oder ein großes Brett und Stoff zum Bespannen und buntes Papier, um Buchstaben daraus zu schneiden. Volker und Rüdiger, die jede Menge Trödelkram besaßen, rückten bereitwillig kleine Nägel und Reißzwecken heraus und eine dicke Schnur, daran sich die Tafel würde aufhängen lassen. Nur leider das Wichtigste, nämlich die Tafel selber, war nicht vorhanden.

Rüdiger meinte, wenn Fanny schon bereit sei, eine Wandzeitung für die Berufsschule anzufertigen, dann könne die Schule zumindest das Material dazu geben. Sicher könnte sie und würde sie das, sagte Fanny, aber dann wär's keine Überraschung mehr. Lehrer, Lehrausbilder und Lehrlinge, alle sollten sie den Mund aufreißen vor Staunen und die Hände zusammenschlagen. Volker und Rüdiger zogen die Stirn kraus und wiegten den Kopf, sie tuschelten miteinander und nickten und beratschlagten hinter vorgehaltener Hand. Dann sagten sie, sie wüßten eine Lösung. Fanny solle sich zwei oder drei Tage gedulden.

Fanny schrieb Texte zu den Bildern. In jeder freien Minute saß sie und schrieb Texte. Ein guter Fotoreporter muß Texte schreiben können. Aber es war ungeheuer schwierig. Viel Platz wollte Fanny nicht opfern, kein Mensch liest an einer Wandzeitung ellenlange Texte. Dafür mußten die wenigen Zeilen um so prägnanter und schlagkräftiger sein. Das Wesentliche so kurz wie möglich. Fanny schrieb: „Vormilitärische Ausbildung in der Berufsschule des VEB Mädchenmode. Im Februar fand in unserer Berufsschule ein Lehrgang vom Deutschen Roten Kreuz statt. Durchdrungen vom Ernst und von der Bedeutung dieser Ausbildung, kämpften alle Mädchen um beste Ergebnisse..."

Stimmte das? Es stimmte nicht. Und außerdem wußte jeder, daß ein Lehrgang stattgefunden hatte. Warum lernte man nicht im Deutschunterricht, kurze, aussagestarke Texte zu schreiben, frei vom Brimborium und frei von Wunschbildern? Denn daß die Mädchen „kämpften", daß sie „durchdrungen" waren, wer sollte das glauben? Fanny knüllte das Papier zusammen. Sie schrieb: „Unser Ziel – gute Ergebnisse in der vormilitärischen Ausbildung." Als Überschrift schon besser, sachlicher, aber so trocken! Wie eine Losung. Sie grübelte, quälte sich, schrieb auf und verwarf. Dann ließ sie die Überschrift beiseite und machte sich an die Bildtexte. Lange und intensiv betrachtete sie das Foto mit den Zweigen im Vordergrund und den Mädchen auf dem weiten, sonnigen, verschneiten Feld. Sie schrieb: „Übung im Schnee." Aber den Schnee sah jeder. Wozu schreiben, was jeder sehen konnte? Sie kam nicht zu Rande mit den Texten.

Die Tage vergingen. Fanny verzweifelte fast. Durfte daran ihr „Fingerhut" scheitern, daß sie zu dumm war, Texte zu schreiben, und zu ungeschickt, eine Tafel zurechtzuzimmern? Aber da kamen Volker und Rüdiger. Sie brachten eine große Tafel, eine hölzerne Platte, bespannt mit dunkelblauem Stoff, kunstfertig gerahmt sogar, in der linken oberen Ecke ein FDJ-Emblem, in der rechten – Fanny stand starr –, in der rechten das Markenzeichen vom VEB Mädchenmode.

Träumte sie? Volker und Rüdiger, die Hände in den Hosentaschen, grienten und blinzelten und zogen die Schultern hoch. „Freu dich und frag nicht!" Natürlich fragte Fanny. Sie fragte morgens, mittags und abends. Aber die Jungen verrieten nichts. Sie hatten die Tafel angefertigt. Wo, mit wessen Hilfe, auf welche Weise, blieb ein Geheimnis.

Fanny lauerte im Betrieb auf Sascha. Kaum zu glauben, wie schwierig es war, ihn allein zu erwischen. Ahnte er, daß sie ihn erwischen wollte? Sie sah ihn kommen, und er bog bei der nächsten Treppe ab. Sie sah ihn mit seinem Werkzeugkasten über den Hof gehen, machte ein paar Schritte auf ihn zu, und er drehte sich um zu dem Lieferwagen, der dort stand, und fing ein Gespräch mit dem Kraftfahrer an. Sie wartete nach Schichtende. Er kam nicht.

Da fuhr sie in einer Nacht mit der Straßenbahn zur Südstadt hinaus. Er hatte Schicht gehabt, aber sie nicht, und daß sie hier stehen würde, an der Haltestelle, wo er einstieg, darauf war er nicht gefaßt. Er hustete, stampfte mit den Stiefeln im Schnee, zupfte am Schnurrbart, vergrub das Kinn im Schal.

„Nanu?" war alles, was er vorbrachte.

„Ja, nanu!" sagte Fanny. „Nanu, denk ich jetzt auch jeden Tag. Nanu, was ist denn mit meinen Brüdern los? Nanu, wo haben sie die Wandtafel mit unserem Markenzeichen her? Nanu, wer bringt ihnen das Boxen bei?"

Die Straßenbahn kam. Alle stiegen ein. Fanny blieb stehen. Sascha winkte seinen Kollegen und den Mädchen, die Schicht gehabt hatten. Er winkte, als führen sie ans Ende der Welt, und dann gab es nichts mehr zu winken. Dann mußte er Fanny antworten.

„Die Jungen sollten den Mund halten", murmelte er verdrossen. „So war's ausgemacht."

„Warum?"

„Weil du nichts wissen solltest."

„Wie einleuchtend! Sie haben den Mund gehalten. Aber du hättest dir doch sagen müssen, daß ich Verdacht schöpfen würde."

„Was ist denn verdächtig daran, wenn man sich unter Kollegen hilft?“

„Gut, das laß ich für die Wandzeitung gelten, und ich dank dir dafür. Bloß alles andere, was hat das zu bedeuten? Warum steckst du mit meinen Brüdern zusammen?“

„Sie brauchen's.“

Es paßte Sascha nicht, daß Fanny ihn zur Rede stellte. Sie änderte den Ton.

„Hör mal, Sascha“, sagte sie, und diesmal sprach sie ihn bewußt mit dem Vornamen an. Sie meinte, sie täte es zum erstenmal, aber er lächelte, als er es hörte, und durchschaute ihre Absicht und verbarg sein Lächeln hinter dem dicken Schal. „Soll ich dich“, fuhr sie fort, „für einen Menschenfreund halten, der Waisenkinder in sein Herz schließt?“

„Mein Herz ist groß.“

„Sehr groß, viel zu groß!“ rief sie wütend. „Du gibst also Boxunterricht. Nimmst du Geld dafür?“

„Mann!“ sagte er.

„Was sonst?“ fragte sie bohrend weiter. „Tust du das für nichts und wieder nichts?“

„Für ein Versprechen“, gab er widerwillig zu.

„Ja, für das Versprechen, den Mund zu halten. Und was springt für dich dabei heraus?“

Er hob das Kinn aus dem Schal und kam so dicht an Fanny heran, daß seine weißen Atemwolken ihr Gesicht streiften. „Fragst du nach mir? Interessierst du dich für mich?“

„Nein“, sagte sie zurückweichend.

„Doch“, sagte er, ehe sie weitersprechen konnte. „Doch, du fragst. Du fragst sogar nach meinem Herzen. Du fragst, was ich für einer bin, machst dir Gedanken, kommst nachts, um mich zu treffen!“

„Also das..., also das springt für dich dabei heraus?“

„So ist es.“

Fanny zog die Handschuhe aus und wieder an. Sie schüttelte die pelzbesetzte Kapuze ab und atmete tief die frostige Luft.

„Wird dir heiß?“ fragte er leise.

„Vor Wut!“

Er lachte. Er kam wieder näher. Sie spürte ihn, die Wärme, die von ihm ausging, den Geruch nach Maschinenöl und Zigaretten. Und wenn er sie nun küßte?

„Das Versprechen“, sagte er dicht an ihrem Ohr, so dicht, daß es sie kitzelte, und es hätte sie nur eine winzige Bewegung gekostet, daß seine Lippen und sein Schnurrbart sie berührten, „das Versprechen war Fairneß. Sportler müssen fair sein. Besonders gegen ein Mädchen, verstehst du? Ein tapferes Mädchen, und so allein, verstehst du? Verstehst du mich jetzt?“

„Mitleid?“ flüsterte sie. Ihre Augen füllten sich mit Tränen. Aus Mitleid verpflichtete er die Brüder zu anständigem Benehmen, aus Mitleid baute er eine Wandzeitung für sie.

„Auf Mitleid scheiß ich“, sagte er grob.

„Ich auch.“

Nein, er küßte sie nicht. Es wäre so leicht gewesen, aber er wollte nicht.

„Zeig mir die Wandzeitung“, bat er.

Sie nickte. Nun war sie froh, daß er nicht gewollt hatte, aus welchem Grund auch immer, daß er sie nicht eingereiht hatte in die Schar der vielen, die er küßte.

Er kam am Sonntag, als alle zu Hause waren, alle drei Jungen und der Vater. Er wäre wohl lieber alltags gekommen, aber da hatte Fanny früh den Lehrgang, und er hatte Spätschicht. Ihr war es recht. Dem Vater wurde er als Kollege Kahlbom vorgestellt, der keineswegs etwa Fannys wegen gekommen war, sondern gewissermaßen in gesellschaftlicher Tätigkeit während der Freizeit, nämlich wegen der Wandzeitung. Der Vater nahm es zur Kenntnis. Prüfend betrachtete er Sascha, besonders dessen Haar, das dunkle, glänzende, hinter die Ohren gekämmte. Er machte sich sogar die Mühe, im Zimmer der Jungen die Wandzeitung in Augenschein zu nehmen. Mit dem geübten Blick des Schriftsetzers sah er gleich, an welcher Stelle und wie groß die Überschrift sein müßte, wieviel Text man brauchte und auf welche Weise die Fotos am besten zur Geltung kamen. Dann zog er sich zurück, um mit Rainer Karten zu spielen. Volker und Rüdiger blieben. Sie lauschten auf jedes Wort, das Sascha sprach, und zeigten unbändiges Interesse an der Wandzeitung.

Fanny wunderte sich über die Art, wie Sascha mit den Jungen umging. Er nahm sie, als wären sie ihm gleichgestellt, hörte auf ihre Ratschläge und spornte sie sogar noch an. Warum tat er das? Sie störten doch! Wäre sie, Fanny, ihm wichtig gewesen, hätten die Jungen ihn auch stören müssen.

Sie war gereizt, aber sie ließ es sich nicht anmerken. Sie zeigte sich als freundliche, verständnisvolle Schwester. Sollte er nur sehen, wie gut sie mit den Brüdern zurechtkam und wie überflüssig seine Hilfe war, seine Einflußnahme hinter ihrem Rücken.

Die offene Bewunderung, mit der Sascha ihre Fotos bedachte, freute sie aber sehr. Alles wollte er wissen. Wer da mit großen Schritten als erste durch den Schnee stapfte und den Weg für die anderen bahnte? Das war selbstverständlich Daniela, dieses Mädchen, das sich Dan nennen ließ und am liebsten anstelle der Verbandstasche ein Maschinengewehr getragen hätte.

Sascha lachte. Er sagte: „Da müßte drunterstehen: Daniela, gah du voran, du hest de grötsten Stäbel an!"

„Meinst du?" fragte Fanny überrascht.

Er schüttelte den Kopf. „Ihr übt nicht zum Spaß. Also anders. Im Gelände immer an der Spitze: Daniela ... Wie heißt sie weiter? Ihr voller Name und das Lernaktiv dazu. Das wird sie freuen."

„Aufblähen wird sie sich noch mehr als sonst."

„Und dich in Zukunft unterstützen. Denn siehst du, es kann nicht deine Zeitung sein, deine allein. Das schöne Brett und alles, soll das nur für einmal taugen?"

„Nein!" rief Fanny und entwickelte ihre Pläne, ihre Vorstellungen und Ideen und nannte den Namen für die Zeitung.

Sascha hörte ernsthaft zu. Er fand gut, sehr gut, was Fanny

Wie Tiofilo Stivenson
Daniela, gah du voran, du hest de grötsten Stäbel an!

da an Einfällen vor ihm ausbreitete, aber wenn es Erfolg haben sollte, dann mußte sie eine Redaktion bilden, die FDJ einbeziehen. Kritik? Ausgezeichnet. Nur eben nicht im Alleingang.

„Denn das laß dir sagen: Da kommt einiges auf dich zu. So einfach, wie du es dir vorstellst, wird es nicht werden. Die Schulleitung wird mitsprechen wollen und entscheiden, was im Treppenhaus an der Wand hängt und was nicht. Um manchen Beitrag werdet ihr kämpfen müssen. Willst du die Zeitung frei halten von Schönfärberei, wird der Direktor so manches Mal zusammenzucken. Eigeninitiative der Jugend wollen sie wohl, bloß nicht zuviel! Ich kenn das, weißt du. Die Bremsklötze hinten und vorn, das regulierte Flußbett. Ihr müßt Stoßkraft entwickeln, auch wenn's mal schäumt, wenn welche ‚Halt, halt!' schreien. Traust du dir das zu?"

„Ja", sagte Fanny mit großen Augen.

„Und wer macht mit?"

„Ich weiß nicht. Vera vertritt die FDJ, aber bei uns in der Klasse geben ganz andere Mädchen den Ton an. Vera hat gar kein Feuer."

„Das Feuer hast du. Steck so viele an wie möglich."

„Ja", sagte Fanny wieder, aber während die Gesichter der Mädchen an ihr vorbeizogen, sah sie ihr schönes Projekt zu Wasser werden. Kleinlaut fragte sie: „Wie wär's denn mit dir, Sascha?"

„Mit mir kannst du rechnen, als Ratgeber, als graue Eminenz. Offiziell kann ich nicht in Erscheinung treten. Ich bin kein Schüler, kein Lehrling mehr. In der Schule hab ich gar nichts mitzureden."

Das wußte Fanny. Auch alles andere hätte sie wissen müssen. Sie hatte es bisher nicht bedacht.

Volker und Rüdiger hatten indessen die Fotos an der Tafel nach dem Vorschlag des Vaters befestigt. So, und was nun?

„Die Überschrift", sagte Sascha. „Jetzt schneidet ihr aus der gelben Pappe hier die Buchstaben für die Überschrift aus. Könnt ihr das?"

Natürlich konnten sie das. „Wie soll die Überschrift heißen?"

„Ich weiß nicht", sagte Fanny mutlos. Ihr war, als hätte Sascha ihr einen Eimer Wasser über den Kopf gegossen. „Kurz muß sie sein, und aussagen muß sie, worum es sich handelt, und nicht wie eine Losung..."

Sascha sah sie an. Dann vertiefte er sich erneut in die Betrachtung der Fotos.

„Lernt helfen!" sagte er. „Mit Ausrufezeichen. Hier, wo's ins Auge springt."

Fanny horchte auf. Zwei Wörter nur – und genau getroffen! Vielleicht traf er's auch bei den Texten?

Sascha stützte den Kopf in die Hände. Er zupfte am Schnurrbart, starrte auf die Fotos, und nach und nach fand er sie, die ergänzenden Sätze. Fanny schrieb. Hin und wieder berichtigte sie, fügte hinzu und strich aus. Das Wichtigste kam von Sascha, nämlich das sorgfältige Abwägen, wie die Texte auf den Betrachter wirken würden. Er dachte in die Zukunft, er warb bereits die Widerspenstigen, Gleichgültigen, er lockte und verführte sie, zog ihre Gedanken in die gewünschte Richtung, damit in ihnen das Verlangen wuchs, an dieser Wandzeitung einmal beteiligt zu sein.

Ja, das kann er, dachte Fanny, die Menschen locken, verführen, auf sich aufmerksam machen, schillern und gleißen, das kann er, wenn er will. Für die Wandzeitung sollte er es tun.

8

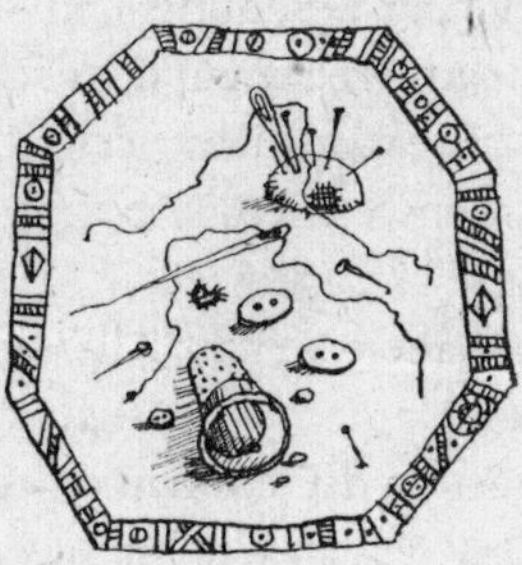

Mit Ungeduld wartete Fanny, bis der Rotkreuzlehrgang zu Ende war. Dann heftete sie die Auswertung und die Namensliste mit den besten Ergebnissen an die Wandzeitung und ließ sich von Volker und Rüdiger helfen, die sperrige Tafel zur Berufsschule zu transportieren. Noch wußte keiner davon, noch fragten sich die Mädchen verwundert, was Fanny mit ihren Brüdern wohl herbeischleppen mochte.

Sie setzten die Tafel im Treppenhaus der Schule ab, Fanny zog das schützende Packpapier beiseite, es war wie eine Denkmalsenthüllung. Die Mädchen riefen „Ah!“ und „Oh!“ Mädchen von der Frühschicht kamen die Treppen herunter. Die Tafel wurde hochgehalten, Lehrer und Lehrausbilder neigten sich über das Treppengeländer.

Der Direktor war erschienen. Er stand, der grauhaarige ernste Mann, vor der Wandzeitung, als müsse er zunächst den Gesamteindruck auf sich wirken lassen. Dann setzte er sich die Brille auf, um die Texte zu lesen, und während die Mädchen erwartungsvoll verstummten, überzog ein Lächeln sein Gesicht.

Fanny sah es. Sie hatte sich in den Hintergrund zurückgezogen. Nun wurde sie vorgeschoben, nun sollte sie sagen, ob sie dieses Werk ganz allein zustande gebracht hatte. In ihrer

Verwirrung zeigte sie auf die Brüder. Der Direktor betrachtete die beiden Jungen.

„Das ist ja erstaunlich“, sagte er. „Wie heißen Sie, aus welcher Klasse, welchem Lernaktiv sind Sie?“ Da sich Fanny noch nie auf irgendeine Weise, gut oder schlecht, hervorgetan hatte, war sie dem Direktor nicht persönlich bekannt.

Fanny flüsterte ihren Namen.

„Wie bitte?“ fragte er zurück.

Da riefen sie von allen Seiten. Alle Mädchen, die Fanny kannten, riefen Ihren Namen, und die zu ihrem Lernaktiv und zu ihrer Klasse gehörten, die standen plötzlich auch im Licht. Der Direktor sah Dan, er sah Ute und noch einige andere, die ihm leider durchaus ein Begriff waren.

„Frau Hanfs Klasse?“ vergewisserte er sich ungläubig.

Ja, die Hänflinge hatten dies vollbracht, aus ihrer Mitte war unversehens ein Glanz aufgestiegen, sie waren auf der Wandzeitung abgebildet, und nicht genug damit, belegten zwei von ihnen, nämlich Irina und Dan, vordere Plätze bei der Lehrgangsauswertung. Da stand es deutlich zu lesen, nicht wahr? Ohne die Wandzeitung wäre das womöglich gar nicht zur Geltung gekommen. Und Fanny Schill, so wurde dem Direktor nun bedeutet, war keineswegs ein unbeschriebenes Blatt. Vielmehr hatte sie schon oft fabelhafte Fotos gemacht, gleich am ersten Tag im September, und später immer wieder, so daß die Mädchen aus ihrer Klasse jetzt eigentlich nicht besonders überrascht waren. Nein, im Grunde hatten sie dergleichen erwartet, und sie umstanden Fanny voller Genugtuung.

„Höchst erstaunlich und erfreulich“, sagte der Direktor. „Ich gratuliere.“ Er gab Fanny die Hand, alle Blicke ruhten auf ihr, und sie, während des Händedrucks, deutete einen Knicks an, wie sie es mit ihren fast siebzehn Jahren noch immer tat, wenn sie befangen war. Keiner fand es lächerlich. Eine Woge von Wohlwollen und Anerkennung schlug ihr entgegen und trug sie, daß es ihr den Atem nahm.

Ein Tag genügte, ein Tag, an dem die Wandzeitung im Treppenhaus hing, und Fanny war in der ganzen Schule bekannt. Sie merkte, daß man ihr nachschaute, daß einer zum anderen sagte: „Das ist sie!“ Es war schön und beklemmend zugleich. Sie bekam Angst, die Woge, die sie trug, könne sie ebenso von einem Tag zum anderen aufs Trockene werfen. Worauf hatte sie sich da eingelassen? Warum unternahm sie dauernd die größten Waghalsigkeiten, zu Hause und jetzt auch hier? Was für eine Vermessenheit, allmonatlich eine Wandzeitung gestalten zu wollen, die den Maßstäben standhielt, die sie mit der ersten Ausgabe selber gesetzt hatte, nur weil zufällig mal ein Film gelungen war! Als gäbe es keine Fehlschläge, als hätte sie die Hände frei und Zeit in Hülle und Fülle. Aber wenn ihre Wandzeitung unaktuell geworden sein würde und jedem bis zum Überdruß bekannt, was dann? Würde sie die schöne Tafel sang- und klanglos wieder entfernen? Oder würde sie zusehen, wie andere die Tafel mit lustlos ausgeschnittenem Zeitungsmaterial beklebten, mit Überschriften aus der Tagespresse: „Vorwärts zu neuen Erfolgen?“

Sie traf Sascha auf dem Hof, während der Arbeitspause.

„Wie finden die Mädchen deinen Plan?“

„Ich hab noch nichts gesagt. Dieser Plan, ich weiß nicht, er ist Wahnsinn!“

„Du mußt das Eisen schmieden, solange es heiß ist.“

„Aber die sind mir alle fremd, die Mädchen. Ich hab mich nie um sie gekümmert. Jetzt soll ich auf einmal...“

„Jetzt oder nie!“

Dann wurden sie getrennt. Sascha gehörte allen. Kaum sprach er mit einer allein, kamen gleich andere und machten boshaft witzige Bemerkungen, und er, anstatt sich zu wehren, er ließ sich mit Beschlag belegen, ließ sich necken und war doch bloß ein Zeitvertreib. Oder war er mehr? Gab es einzelne, für die er mehr war? Einmal hatte Fanny ihn und ein Mädchen im Stauraum überrascht, sie fuhren auseinander, und sein Haar war zerwühlt. Einmal war ein Mädchen aus der Mechanikerwerkstatt gekommen, wo der Zutritt für Unbefugte verboten war. Einmal hatte er Ute in den Schnee geschubst, hatte ihr aufgeholfen, hatte sie auf den Arm genommen und getragen, und sie hatte ihn aufs Ohr geküßt. Widerlich war das alles! Glücklicherweise gehörte sie, Fanny, nicht zu diesen widerlichen Mädchen. Das hatte er wohl gemerkt, als er in der Nacht, an der Straßenbahnhaltestelle, so nah an sie herangekommen war. Ja, da hatte er ihre eisige Verachtung gespürt und sie nicht zu küssen gewagt. Sehr froh war sie darüber, sehr froh!

Frau Hanf kam in die Lehrwerkstatt. Sie stand neben der Nähmaschine und sah Fanny bei der Arbeit zu. Auch Frau Zickhus stand da, von mütterlichem Stolz erfüllt. Sie war, ähnlich wie die Mädchen, nicht allzu überrascht. Sie, so sagte sie zu Frau Hanf, sie kenne Fanny und wisse, was in ihr stecke. Sie kenne jedes ihrer zehn Mädchen sehr genau, denn, fügte sie hinzu, eine ganze Klasse zu leiten, mit Mädchen aus verschiedenen Lernaktiven, da könne man wohl nicht jede genau einschätzen, zumal Frau Hanf die Mädchen nur stundenweise sehe. Was nun Fanny betreffe, ei freilich, da habe sie schon seit längerem besonders Obacht gegeben, weil doch die Mutter gestorben sei, gell, und das Mädchen belastet sei mit häuslichen Pflichten, mehr als alle anderen Mädchen. „Ich hätte es verstanden, wenn Fanny zurückgeblieben wäre, ich hätte ihr geholfen, ihr am meisten. Ich hatte mir vorgenommen, sie auf jeden Fall durch die Prüfung zu bringen. Ja, Frau Hanf, und nun schauen Sie hier den Leistungsspiegel! Der kann sich sehen lassen, gell, Fanny? Zu Anfang war's mäßig, da war keine Lust und keine Freude bei der Arbeit, und jeden Tag ein mürrisches Gesicht. Gell, Fanny, ich kann's sagen? Es ist ja längst vergessen. Schauen Sie nur, Frau Hanf!"

Und Frau Hanf schaute. Daß Ute die Beste war, wußte sie. Ute hatte schon vor der Lehre nähen können, sie war geschickt und talentiert und übertraf die Norm mühelos. Sie war ehrgeizig, sie hätte es nicht ertragen, sich überrundet zu sehen. Sie hatte inzwischen gelernt, ihre Zappligkeit im Zaum zu halten. Als Aktivleiterin müßte sie freilich, wie Frau Zickhus erklärte, besonnener und ernsthafter werden. Wenn Frau Zickhus mal den Raum verließ, war es leider gerade Ute, die

Unfug trieb. Ja, das wußte Frau Hanf. Aber nicht gewußt oder zumindest nicht recht beachtet hatte sie Fannys allmählichen stetigen Leistungsanstieg.

Die beiden Frauen standen vor dem Leistungsspiegel und sprachen leise miteinander, während die Nähmaschinen surrten. Fanny lächelte in sich hinein. Was wußten die! Glaubten sie, Fanny habe ihr Herz für die Produktion entdeckt? Meinten sie, der Platz an der Nähmaschine sei das Ziel ihrer Wünsche? Sie nähte nur, weil es leicht war, nichts anderes tun zu müssen, als zu nähen. Weil das Gesurr der Maschinen sie besänftigte, weil das Geplauder der Mädchen sie ablenkte. Wenn sie woanders arbeiten würde, wär's das gleiche. Ob ihr die Arbeit lieb war oder nicht, sie half ihr weiter.

In der Pause ging Frau Hanf mit Fanny die Treppen hinunter. Vor der Wandzeitung blieben sie stehen. Fanny hatte nicht vorausgesehen, im Überschwang der Freude nicht bedacht, was es bedeuten würde, in den Mittelpunkt gerückt zu sein. Nun waren wieder die Mädchen um sie herum, und sie, Fanny, stand in der Mitte.

„Hört mal, Mädchen“, sagte Frau Hanf, „mit dieser Wandzeitung hat Fanny uns einen Vorschlag unterbreitet. Nicht mit Worten, sondern durch die Tat. Es wird uns gar nichts anderes übrigbleiben, als weiterzumachen. Jetzt ist die ganze Schule auf uns aufmerksam geworden. Oder wie seht ihr das?“

Die Mädchen hatten nichts dagegen, fotografiert zu werden und abgebildet zu sein. Fanny solle nur immer tüchtig fotografieren und sich Neues ausdenken zu ihrer aller Lob und Preis.

Unwillig schüttelte Frau Hanf den Kopf. Was muteten sie Fanny zu? Konnte einer allein die ganze Arbeit tun und die volle Verantwortung tragen? „In der nächsten FDJ-Gruppenversammlung werden wir ausführlich darüber sprechen. Überlegt es euch bis dahin.“

Dann zog sie Fanny beiseite. „Sag mir, Fanny, hast du schon konkrete Vorstellungen?“

Fanny nickte. Sie sprach erst stockend, dann redete sie sich in Eifer. Frau Hanf hörte ihr zu mit unverhohlenem Erstaunen.

„Bereite dich vor“, sagte Frau Hanf. „Sprich auf der Versammlung, wie du eben zu mir gesprochen hast.“

Als die Versammlung herannahte und als Fanny schließlich vor den Mädchen stand, sank ihr Mut. Mit welchem Recht stand sie hier, sie, die sich noch nie für die Probleme der Klasse, für den Wettbewerb, wofür auch immer, interessiert hatte, sie wollte eine Redaktion leiten?

Sie sprach leise, und sie spürte, daß gar kein Funke übersprang. Als sie es wagte, die Augen aufzuschlagen, sah sie dicke Trägheit, Unverständnis, stirnrunzelnde Abneigung. Das war bloß Arbeit, Rennerei, Freizeitvergeudung, davor würde man sich hüten. Sollte sie nur ihre Wandzeitung allein machen, übereifrig, wie sie anscheinend war.

Frau Hanf bat ums Wort. Sie schuf, wie geübte Redner es tun, zunächst einen Überraschungseffekt. Fanny, sagte sie, sei ein Mensch mit schöpferischen Impulsen, an dem Goethe seine Freude gehabt hätte. Denn Goethe habe befohlen: „Bilde, Künstler, rede nicht!“ Fanny sei wohl imstande, etwas zu schaffen und zu planen, aber sie könne es nur schwer in Worte fassen. Das wolle sie, Frau Hanf, nun versuchen.

Sie versuchte es, und die Mädchen hörten zu. Frau Hanf sprach klar und verständlich, aber sie war Lehrerin. Daß Lehrer dauernd zu irgendwelchen Aktivitäten aufriefen, konnte man ihnen nicht übelnehmen. Es war ihre Pflicht. Am besten fuhr man als Schüler, wenn man sie geduldig reden ließ, freundlich nickte, halbe Zugeständnisse machte, gelegentlich hier und da zur Hand ging, bis schließlich alles im Sande versickerte.

Fanny saß, den Kopf in die Hände gestützt, und langsam wuchs Zorn in ihr. Sie wußte genau, was die Mädchen dachten, und Frau Hanf wußte es sicher auch. Trotzdem kämpfte sie. Was war sie, Fanny, wert, wenn sie gleich aufgab? Es war keine Kunst gewesen, Frau Hanf zu überzeugen, die sich nur allzugern hatte überzeugen lassen. Die dicke Trägheit überwinden, das war Kunst!

Fanny stand auf. Die gleiche Entschlossenheit erfüllte sie wie damals, als sie Rainer ergriffen hatte und mit ihm vor Tante Lisa und dem Vater in die Mansarde geflüchtet war. Ganz gleich, ob und wie sehr sie sich verbrennen würde, sie packte das heiße Eisen und schleuderte ihren Vorschlag für die nächste Ausgabe der Wandzeitung in den Raum. Das Lehrlingswohnheim! Die Mißstände dort, die Enge, die Gängelei, die groben Disziplinverstöße, das ständige Wehgeschrei der Erzieherinnen über das nahe gelegene Lehrlingswohnheim der Jungen vom Landmaschinenbau, wegen Fensterkletterei, wegen Einschmuggelns von Alkohol.

„Und das alles“, rief Dan mit tiefer Stimme dazwischen, „das alles sollen wir, soll unsere Klasse ändern?“

„Nein! Ändern soll's, wer dafür zuständig ist. Wir stellen nur mit der Wandzeitung die Fragen, und vielleicht bieten wir auch Antworten an, zum Beispiel in Form von Interviews. Entscheiden und durchführen können und wollen wir nichts.“

Fanny hielt inne. Wildes Gerede hatte sich erhoben, gemischt aus Einwänden, Beifall und Spott. Vera mühte sich, die Versammlung zu bändigen. Weiß der Himmel, tausendmal lieber hätte Fanny ein anderes, weniger brisantes Thema vorgeschlagen. Seit Monaten erregte das Lehrlingswohnheim die Gemüter. Heimleitung, Schulleitung, Betriebsleitung, FDJ-Vertretung und Lehrlinge bildeten zerstrittene Fronten, und an diesen Zündstoff legte Fanny die Lunte. Besser, dachte sie, besser ein Riesenknall als die dicke Trägheit.

Dan verschaffte sich Gehör. Sie stand da, stämmig, breitbeinig, das sehr kurz geschnittene Haar zerzaust, so daß es aussah, als sträube es sich vor Kampfeslust. „Ich bin einverstanden, ich mache mit. Endlich haben wir die Gelegenheit, der Heimleitung mal tüchtig eins auszuwischen.“ Sie gehörte zu denen, die im Internat wohnten, sie war einer der Unruhestifter, in der Wahl ihrer Mittel alles andere als zahm und daher dauernd in Schwierigkeiten, aber sie war durchaus nicht immer im Unrecht. „Die behandeln uns wie unmündige Kinder. Jetzt werden sie mal sehen, wie wir zurückschlagen.“

Die Mädchen nickten, sie lachten, sie freuten sich im voraus. Zuschlagen mit Dan an der Spitze!

Fanny hob die Hände. Sie mußte mehrmals ansetzen, bevor ihre Stimme durchdrang. „Als erstes ..., als erstes ... Hört doch! Als erstes brauchen wir eine Redaktion. Die Redaktion berät, wie das Thema gestaltet wird. Einseitig jedenfalls nicht. Heimleitung und Schulleitung haben ebenfalls Anspruch, ihre Meinung zu sagen. Deshalb sollte die Redaktion Interviews machen und Bilder von den Zimmern, wie es da aussieht, und eins, wie es aussehen könnte, wenn die Heimleitung den Mädchen freie Hand ließe bei der Ausgestaltung der Räume. Wir müßten zeigen und beweisen, daß die vielen Vorschriften mehr beengen als der fehlende Platz. Aber wir dürfen auch nicht verschweigen, was die Mädchen selbst verschulden.“

„Ach, du bist sehr schlau, du wohnst ja gar nicht da!“ erwiderte Dan. „Du kannst bestenfalls die Bilder machen. Alles andere überlaß man schön uns, die wir Bescheid wissen. Ich will in die Redaktion. Wer noch?“

Wie so oft, wenn Dan zum Mitmachen aufforderte, fanden sich Bereitwillige in großer Zahl. Dan wählte aus: die temperamentvolle Ute natürlich und Franka, ein merkwürdig boshaftes, schwer durchschaubares Mädchen, äußerlich von bestrickender Liebenswürdigkeit, und noch zwei oder drei. Zum Schluß deutete Dan großzügigerweise auf Fanny.

Der verschlug es die Sprache. Sie zog die Schultern hoch und blickte Frau Hanf an.

Frau Hanf lachte. „Also, Daniela“, sagte sie ruhig, „dein Eifer in allen Ehren, aber so geht es nicht. Ich denke, Vera, euern gewählten FDJ-Vertreter, könnt ihr auf keinen Fall übergehen.“

„Vera ist ungeeignet!“

„Ihr habt sie gewählt, folglich ist sie geeignet. Weiter: du selber, Daniela, und Ute? Einverstanden. Fanny selbstverständlich und außerdem vielleicht noch Franka.“

„Und Irina“, fügte Fanny hinzu. Sie hielt Ausschau nach dem Wuschelkopf, sie bat mit Blicken: Sag ja! Von Irina wußte sie, daß sie ehrlich war und unbeeinflußt von Dan, und wenn auch ihre Mitarbeit nur darin bestehen sollte, die Waage zusammen mit Vera und Fanny im Gleichgewicht zu halten, so war sie brauchbar.

Irina nickte ohne große Begeisterung.

Vera rief zur Abstimmung auf. Dan protestierte, die Zusammensetzung der Redaktion wäre noch gar nicht ausdiskutiert.

„Du hast schon gesprochen“, sagte Vera, sie war in diesem Augenblick erstaunlich souverän. Zum erstenmal fühlte sie sich nicht in hoffnungsloser Minderheit. „Wer wünscht noch das Wort?“

Dan stieß Ute an, aber Ute blickte interessiert durch ihre großen Brillengläser auf Fanny, dieses Küken, das sich da plötzlich so mauserte. Ute wollte sich nicht festlegen. Wen sie im Streitfall unterstützen würde, stand dahin. Durchaus möglich, daß sie sich für Fanny entschied, denn Dan sorgte für Abwechslung, aber sie konnte einem auch auf die Nerven gehen mit ihrer Selbstherrlichkeit. Wenn Fanny imstande war, auf feinere Art im Alltagseinerlei Spannung zu erzeugen, sollte es Ute recht sein. Deshalb schwieg sie, und da sich weiter keiner meldete, wurde abgestimmt.

Fanny hatte Utes interessierten Blick aufgefangen und richtig gedeutet. Wenn sie nur wollte, könnte sie die intelligente Ute sicher auf ihre Seite ziehen und in der Redaktion hervorragend einsetzen. Bloß eben, daß sie Ute nicht mochte. Vom ersten Tage an hegte sie gegen Ute einen nagenden Groll. Der war entstanden in dem Augenblick, als Ute dem Mechaniker Sascha eine Zigarette zwischen die Lippen geschoben hatte. Von allen Mädchen, die Sascha umgirrten, war Ute die Schlimmste, weil sie sich nicht begnügte mit unverfänglicher Schäkerei, sondern aufs Ganze ging. Fanny war überzeugt, Ute wollte Sascha ins Bett haben, vielleicht hatte sie ihn sogar schon soweit gebracht! Er ließ ja alles mit sich geschehen.

Und nun sollte sie zusammen mit Ute in der Redaktion arbeiten! Außerdem mit Dan und mit Franka, dieser Schlange.

Bowle
Vorwärts
Fanal?
Fanfare!
Der Fingerhut?
Tratsch
Tratsch

Fanny seufzte. Zum Glück bot Frau Hanf sich als Beirat an, und das konnte ihr die Klasse schlecht abschlagen.

Frau Hanf war es auch, die den Namen der Zeitung zur Debatte stellte: „Der Fingerhut". Zuerst guckten die Mädchen verblüfft. Sie hatten wohl etwas Markigeres erwartet, etwas wie „Vorwärts" oder „Fanal" oder „Fanfare". Wieso und warum ausgerechnet „Der Fingerhut"? Wer hatte sich das ausgedacht? „Fanny natürlich", sagte Frau Hanf lächelnd. „Daß Fanny uns verblüfft, daran werden wir uns wahrscheinlich gewöhnen müssen."

Die Mädchen nickten beifällig. Nur immer her mit den Überraschungen, mit den vergnüglichen, unterhaltenden Einfällen! Sie lehnten sich zurück auf ihren Stühlen wie Theaterbesucher, die sich erwartungsvoll zurechtsetzen.

Fanny preßte unter dem Tisch die Hände zwischen die Knie. Wenn sie doch eine innere Stimme gewarnt hätte, als sie sich ausmalte, wie alle vor ihrer Wandzeitung stehen und staunen würden. Wenn ihr da doch einer zugerufen hätte: Halt ein, Fanny, laß die anderen machen, bleibe im Schatten! Aber nein, sie hatte sich unbedingt hervordrängen wollen.

„Ein Fingerhut", erklärte sie leise, „ist klein und nützlich. Unsere Wandzeitung ist klein, sie wendet sich an einen kleinen Kreis, und nützlich soll sie sein. Gerade weil unsere Wandzeitung bescheiden ist und keine Parolen raushaut, wird sie vielleicht was bewirken. Nehmen wir zum Beispiel den Wettbewerb. Man kann sagen: Es ist klar, warum ein Wettbewerb geführt wird, wozu den Wettbewerb noch an der Wandzeitung breittreten? Ja, warum der Wettbewerb geführt wird, ist klar, aber wie er manchmal geführt wird, wie vordergründig und plakativ, und wie er geführt werden könnte und müßte, das ist durchaus nicht immer klar. Versteht ihr, wir wollen nicht sagen, was sowieso jeder weiß, sondern das andere, worüber bloß immer allgemein geredet wird. Und wenn wir weiter nichts bewirken, als daß manch einer nachdenklich wird, dann setzen wir einen Fingerhut voll Nachdenklichkeit gegen ein Meer von Gleichgültigkeit und einen Fingerhut voll Zuversicht gegen die Ansicht: Ja, so ist das nun mal, und so bleibt das auch, und da können wir gar nichts gegen machen."

Sie war aufgestanden, während sie sprach, sie sah schon alles vor sich, die Bilder, die Texte, die Überschriften. Sie hätte sofort beginnen mögen. Als sie aber innehielt, sah sie die Gesichter der Mädchen. Betretenes Schweigen. Sie sah ihnen an, was sie dachten. Hier preschte einer vor in der Absicht, ihnen allen nahezutreten! Das konnte heiter werden. Manche Bereiche, und gerade die des Wettbewerbs, blieben weiß Gott besser unangetastet. Was träte denn zu Tage, risse man den Teppich fort, der über solchen Untiefen wie Lerneifer, Arbeitsmoral und Pünktlichkeit ausgebreitet lag?

„Schön und gut", sagte Dan schließlich, „das wird sich zeigen und ergeben, wie wir die Wandzeitung gestalten. Mit dem Namen bin ich einverstanden, er ist drollig und unverbindlich und verpflichtet zu nichts. Lassen wir's ruhig dabei. Kein vernünftiger Mensch wird von einem Fingerhut kübelweise Erkenntnisse und Weisheiten erwarten, wie Fanny sie hier auf einmal ausschüttet, um uns zu verblüffen."

„... beziehungsweise zu bluffen", fügte Ute hinzu.

Die Mädchen lachten, Fanny fühlte sich aus dem Feld geschlagen. Die Leitung der Redaktion wurde ihr zwar übertragen, aber sie wußte und sah an Vera, eine Funktion innezuhaben, war das eine, sie auszuüben, das andere. Sie rechnete jedoch mit der Trägheit, die ja auch ihre guten Seiten hat. Mitreden wollten alle, handeln würden sie weniger gern. Da blieb für Fanny ein weiter Spielraum. Wenn sie nur Zeit hätte!

In Gedanken feilte sie unablässig an der nächsten Ausgabe der Wandzeitung, die im März erscheinen sollte. Beim Saubermachen, beim Geschirrspülen, beim Einkaufen überlegte sie, notierte sie und verwarf. Während der Unterrichtsstunden in der Berufsschule schrieb sie an den Texten. Sie stellte die Fragen zusammen, die sie dem Direktor, der Heimleiterin und der FDJ-Leitung vorlegen wollte mit der Bitte, sie kurz und präzise für die Wandzeitung zu beantworten. So bewältigte sie, gewissermaßen nebenbei, die gesamte geistige Vorarbeit. Aber wann in aller Welt, wann sollte sie fotografieren? Das war diesmal nicht im Handumdrehen zu machen. Für die Innenaufnahmen im Wohnheim brauchte sie ein Blitzlichtgerät. Vielleicht würde ihr Herr Kühn eins leihen. Dann würde sie damit zunächst etwas üben müssen, damit die Aufnahmen auf Anhieb gelangen. Wer würde verstehen, daß ein Reporter nicht nur einmal, sondern immer wieder erscheint und die Leute belästigt, bloß weil er sein Handwerk nicht beherrscht?

Sie begann, die Hausarbeit zu hassen. Wie lästig, wie zeitraubend, wie unergiebig waren all diese Pflichten, diese täglich sich wiederholenden Aufgaben. Wie schade, Gedanken daran zu verschwenden, was nötig war, nur um zu essen, zu trinken, zu schlafen, sich zu kleiden, eine warme Wohnung zu haben! Dafür gab es kein Geld, keine Anerkennung, keinen Dank, und sie schmiß mit den Türen, sie schrie die Brüder an, sie wirtschaftete wütend in der Küche, bis Geschirr zerbrach, bis Essen anbrannte, und dann, in ihrer Verzweiflung, weinte sie.

Eines Abends teilte ihr Volker mit, er habe zu seinem Geburtstag vier Jungen und fünf Mädchen eingeladen.

„Warum fragst du mich nicht? Neun Gäste und wir dazu, das sind ja, Vati eingerechnet, vierzehn Personen!“ Fanny war entsetzt.

„Hab ich kein Recht mehr, meinen Geburtstag zu feiern? Mutti hat jeden Geburtstag mit uns gefeiert, und immer durften wir Gäste einladen.“

„Aber so viele! Wie soll ich das schaffen? Wo soll ich auf einmal das Geld hernehmen? Ich hab's überhaupt nicht eingeplant. Du hast im Mai Jugendweihe, da wird gefeiert. Vorher nicht!“

„Das kannst du voll vergessen“, sagte Volker und beschwerte sich beim Vater.

Mit Erfolg. Der Vater gab ihm fünfzig Mark. Triumphierend schwenkte Volker den Schein vor Fannys Augen.

„Und ob wir feiern! Mit Bowle und allem Drum und Dran. Ich werd vierzehn. Das ist kein Kindergeburtstag mehr. In die Bowle kommt Schnaps rein.“

„Gib sofort das Geld her!"

Volker tippte sich an die Stirn. „Damit du uns mit Kakao und Eisbechern abspeist? Das kannst du voll vergessen."

Nun beschwerte sich auch Fanny beim Vater.

„Weißt du, Vati, was Volker mit dem Geld machen will? Er will Schnaps dafür kaufen."

„Reg dich nicht auf, Fanny. Die Bowle werde ich selber ansetzen. Über das Geld verfügt ihr gemeinsam."

Da begann zwischen Volker und Fanny ein erbittertes Feilschen. Er traute ihr nicht, er wollte ihr nur fünfundzwanzig Mark geben, für Kuchen und Abendbrot, nicht für Getränke. Schließlich erkämpfte sie sich dreißig Mark, und sie rechnete hin und her, wie sie davon vierzehn Personen satt machen könnte. Sie rührte Kuchenteig, sie hätte zehn Hände haben müssen. Sie bebte vor verhaltenem Zorn darüber, was ihr nun durch Volkers Schuld noch zusätzlich wieder aufgebürdet worden war.

Sie deckte den Tisch im Wohnzimmer und den großen Tisch im Zimmer der Jungen, denn an einem Tisch fanden gar nicht alle Platz. Sie zündete Kerzen an und kochte Tee und schnitt Kuchen und rannte hin und her, während Volker seine Gäste begrüßte und der Vater, der glücklicherweise Nachtschicht hatte, sich um die Bowle kümmerte. Solange der Vater zu Hause war, fühlte Fanny sich einigermaßen sicher, aber als sie alle Abendbrot gegessen hatten, da ging es erst richtig los. Da rückten sie die Tische beiseite, da wollten sie tanzen, da legte Volker Schallplatten auf. Und der Vater mußte zur Setzerei.

„Um zehn Uhr ist Schluß", schärfte er Volker ein, bevor er ging. „Versprich es, um zehn ist Schluß!"

Volker versprach alles.

Die Bowle nahm rapide ab. Fanny goß Selterswasser nach. Sie drängte sich durch die tanzenden Paare und konnte sich nicht erklären, wovon die Jungen und Mädchen dermaßen rote Gesicher und verräterisch glänzende Augen bekamen. Rainer hopste und sprang umher. Dann wurde er blaß und mußte sich auf der Toilette übergeben. Er hatte auch von der

Bowle getrunken. Fanny stützte ihn, sie hielt ihm den Kopf. Sie hörte kaum hin, als es an der Tür läutete. Sollte doch Volker öffnen. Sicher waren es Nachbarn, die sich über den Lärm beschwerten.

Es war Sascha. Sascha – und zu dieser Stunde? Volker hatte ihn eingeladen.

„Wußtest du das nicht?" fragte Sascha.

Fanny schüttelte den Kopf. Er zupfte an seinem Schnurrbart und sah sie an. Dann blickte er sich um.

„Was ist denn hier los?"

„Wir feiern!" schrie Volker. „Los, singt mal alle: ‚Happy birthday...'!"

Sie sangen. Sie klatschten in die Hände. Sie setzten Volker auf einen Stuhl und wuchteten den Stuhl in die Höhe. „Hoch soll er leben!" Still an der Wand im Korridor stand Fanny. Volker hatte Sascha eingeladen und ihr nichts davon gesagt! Und nun erlebte Sascha hier in der Schillschen Wohnung ein Tohuwabohu sondergleichen und dachte sich wohl sein Teil dabei. Wenn er eine Spur von Taktgefühl hätte, müßte er gehen. Er ging nicht.

Er bahnte sich einen Weg zur Bowle. Er hob den Schöpflöffel und trank daraus. Dann bückte er sich und suchte unter Tisch und Stühlen. Unter der Couch fand er zwei leere Flaschen.

„Wer war das?"

Fanny wollte es zuerst nicht glauben. Hatten die Jungen heimlich Schnaps in die Bowle gegossen, hatten sie das wirklich getan?

Sascha lächelte tröstend. Er ahmte Frau Zickhus nach und sagte: „Ei freilich! Die Buben haben Obacht gegeben, daß du's nit merkst."

Aber Fanny stand mit entsetzten Augen und erwiderte sein Lächeln nicht. Da drehte er sich um. Er schob die Lippen vor, er schnaubte durch die platte Nase. Er ging auf Volker zu, packte ihn vorn am Kragen und drehte die Faust, daß Volkers Halsadern anschwollen.

„Wer war's? Wer hat's gewußt?"

„Alle“, keuchte Volker.

„Aha! Und wo wohnen die alle?“

„In der Nähe.“

„Sehr schön. Dann werd ich sie jetzt nach Hause bringen, alle, damit ihnen unterwegs nichts passiert, und den Eltern werd ich sagen, daß sie sich heimlich besoffen haben und was für ein ekelhaftes Spiel ihr mit Fanny getrieben habt. Glaub mir, Freundchen, ich habe große Lust, dich und deine Kumpane zusammenzuschlagen. Ich tu's nicht, Fannys wegen. Aber wehe!“ Und er drehte den Kragen noch etwas fester zu. „Wehe, wenn du jetzt nicht die ganze Wohnung picobello aufräumst und das Geschirr abwäschst.“ Er ließ ihn los und fragte gefährlich leise: „Hast du verstanden?“

Volker nickte.

„Hast du verstanden?“ wiederholte Sascha scharf.

„Ja“, sagte Volker.

9

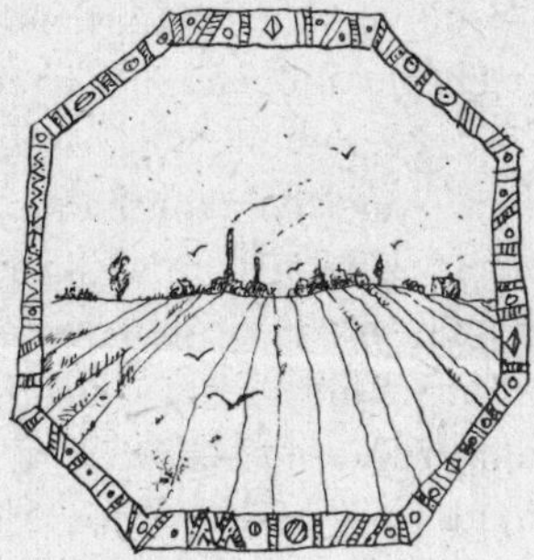

Nach diesem Erlebnis hielt Sascha es für angebracht, öfter bei den Schills nach dem Rechten zu sehen. Er tat es mit einer Selbstverständlichkeit, als sei er ein älterer Vetter. Manchmal brachten ihn die Jungen von draußen mit, sie hatten ihn irgendwo getroffen. Manchmal klingelte er an der Tür und kam herein, ohne nähere Erklärungen abzugeben. „Hallo, wie geht's?"

Er ließ Fannys Erstaunen an sich abprallen, fragte nach den Brüdern, alberte mit ihnen herum, hörte interessiert auf ihre belanglosen Reden und gab ihnen Ratschläge und Hinweise, und Volker und Rüdiger lauschten auf jedes seiner Worte. Was er anordnete, wurde prompt befolgt. Streitereien, die er schlichtete, flammten nicht wieder auf. Keineswegs war er immer freundlich. Wenn er entdeckte, daß die Jungen bloß Unsinn getrieben hatten, anstatt im Haushalt zu helfen, fauchte er sie an. Er fragte Fanny: „Kommst du klar?" Und wehe, sie hatte Grund zu Klagen! Es machte ihm gar nichts aus, eine freche Bemerkung mit einer Ohrfeige zu beantworten. Pädagogische Grundsätze hatte er nicht. Er handelte spontan und bedenkenlos autoritär. Gleichzeitig aber war er ein Kumpel, der sich balgte und Sinn hatte für Eulenspiegeleien jeder Art. Was immer man ihm erzählen mochte, er hatte Zeit, hörte zu, und zwar nicht wie ein Erwachsener, der sich von seiner Warte auf die Warte halbwüchsiger Jungen begibt, um sie zu verstehen, sondern als einer von ihnen, der alles verstand, der sich brüllend vor Lachen hintenüber auf die Couch warf, der beim Kartenspiel mogelte, der über Schweinigeleien grinste und Verstöße gegen die Schulordnung normal fand.

Fanny wußte nicht, was sie davon halten sollte. Einerseits schaffte Sascha ihr einen Berg von Schwierigkeiten aus dem Weg. Sie brauchte nicht mehr zu schreien und in die Hände zu klatschen. Sie brauchte nur anzudeuten, daß sie Sascha dies oder jenes stecken würde, und schon verwandelten sich die beiden in dienstbereite Kameraden. Andererseits aber war ihr diese Freundschaft zwischen Sascha und den Brüdern ein Rätsel und ein Dorn im Fuß. Wen besuchte er in Wahrheit, die Brüder oder sie? War zum Beispiel der Vater zu Hause und öffnete die Tür, dann behauptete Sascha immer, er komme zu Fanny. Das war viel einleuchtender, und der Vater glaubte natürlich wie die Jungen, Sascha wäre Fannys Freund. Aber er war es nicht! Er, der mit allen anderen schäkerte, bedeutungsvolle Blicke tauschte und wunder wie vertraulich tat, er war ihr gegenüber zurückhaltend.

Auch die Mädchen in der Schule fingen allmählich an, in Fanny und Sascha ein Paar zu sehen. Wie sollten sie es sich sonst wohl erklären, daß diese beiden nach Schichtende nicht wie alle anderen zur Straßenbahnhaltestelle gingen, sondern zusammen den weiten Fußweg durch den Schloßgarten vorzogen? Sie gingen zwar nicht Hand in Hand, wie es eigentlich bei Paaren üblich war, aber sie sonderten sich ab, und das gab zu denken. Es gab auch Anlaß zu allerlei mehr oder weniger offenen Anspielungen und Fragen, die Fanny verlegen machten, weil sie keine Antwort wußte. Ja, hätte sie sagen mögen, wir gehören jetzt zusammen! Dann hätte sich keine mehr herausnehmen dürfen, Sascha von ihrer Seite wegzulotsen, aber das ging weiter, daran änderte sich nichts. Fanny beobachtete nun noch viel schärfer, folglich sah sie noch viel mehr, was ihren Argwohn erregte. Sie war wütend auf sich.

Immer wieder nahm sie sich vor, Sascha beim nächstenmal eine Abfuhr zu erteilen und nicht mit ihm durch den Schloßgarten zu gehen. Doch wenn er sie fragte, war sie sofort einverstanden. Sie verwünschte sich dafür.

Es hatte zu tauen begonnen. Die Schneeberge sanken zusammen, und das Wasser sickerte unter dem Schnee fort. Die Bäume standen starr und schwarz, das dürre Schilfstroh am Ufer raschelte. Unter der Decke aus Eis und Schnee regte sich der See, denn sein Panzer war porös geworden und färbte sich dunkel, wo die Sonne ihn traf. Sascha trug seinen Schal nicht mehr. Er knöpfte sich sogar die Jacke auf. Es sei, so sagte er, seine Lust und seine Freude zu wandern, den blassen Himmel über sich zu sehen, die klare Luft zu atmen, den Wind zu spüren, zu sehen, zu hören, zu schmecken, wie das Jahr kommt und geht, in jedem Monat anders. Ob ihr das auch Spaß mache?

„Ja“, sagte Fanny. Aber eigentlich hatte sie darüber noch nie nachgedacht. Wenn sie unterwegs war, dann mit der Kamera und immer auf der Suche nach Motiven. Nur so gehen, womöglich ohne Ziel, nur atmen und froh sein, daß man lebte, nur das Gesicht zur Sonne heben und die Gedanken hierhin und dahin schweifen lassen, das war nicht ihre Art. Sie fand aber Gefallen daran, obwohl sie dachte, daß es Zeitverschwendung sei.

Sascha dagegen hielt gerade die ungenutzte Zeit für die kostbarste. Nicht aus Faulheit, nein. Wozu arbeitet und kämpft der Mensch, wenn nicht für das Recht und die Möglichkeit, die Welt und alle ihre Freuden zu genießen? Ein armer Wicht, der das verpaßt. Und er machte sie auf dies und jenes aufmerksam, worauf sie allein nicht geachtet hätte. Sie war ein Augenmensch, für sie war das Sehen am wichtigsten, sehen und beobachten und möglichst alles auf dem Film festhalten.

„Hier riecht es anders“, sagte Sascha, „hier wird das Eis bald brechen.“ Oder er sagte: „Halt, bleib stehen! Hörst du den Baum flüstern? Dieser Baum wacht schon auf, die anderen schlafen noch.“ Fanny hörte nichts. Sascha sagte: „Leg die Hand an die Rinde, dann spürst du’s vielleicht.“

Fanny sah nicht den Baum, sie sah Sascha an, und was sie spürte, war, daß sie ihn liebte, ob sie es wollte oder nicht.

Er erzählte ihr von zu Hause, von seinem Vater, der Stadtrat war. Mit dem Vater diskutierte Sascha über Politik und Wirtschaft und Sport. Er stritt sich mit ihm auch herum, weil er sich eine Meinung bilden wollte, die wirklich seine eigene und nicht einfach übernommen war. Deshalb stellte er öfter Behauptungen auf, die er eigentlich selber nicht recht glaubte, und durch den Widerspruch des Vaters schärfte sich dann sein Blick für die Probleme. Und er sprach über Maxim, seinen älteren Bruder. Maxim war zur Zeit bei der Armee. Darüber war Sascha froh, denn Maxim war ein Problem, mit dem Sascha noch nicht fertig geworden war. Immer hatte der Bruder ihn in den Schatten gestellt, war klüger, stärker, wußte alles besser, glänzte in der Schule, wo Sascha nur gerade so im Mittelfeld trottete. Maxims Zeugnisse und Saschas waren ein großer Unterschied. Jahrelang hatte Sascha sich verunsichert gefühlt durch den Wunsch des Vaters, beide Söhne gleichermaßen tüchtig zu sehen. Da war Sascha zum Boxen gegangen, im Grunde nur, um auch einmal Ruhm zu ernten und um sich gegen Maxim zu behaupten.

Mit dem Ruhm ist es aber ein eigen Ding. Sucht man ihn um seiner selbst willen, macht er sich rar. Sascha nahm mehr Niederlagen hin als Siege. Das wäre noch zu verwinden gewesen, hätte er nicht erkannt, daß diese Sportart ganz einfach seinem Charakter nicht entsprach. Er schlug und balgte sich gern mit anderen Jungen herum, aber er scheute sich, ihnen ernsthaft weh zu tun. Durfte man so hart schlagen, daß der andere in die Knie ging? Es gehörte dazu, aber er mochte es nicht, und ebensowenig mochte er selber zusammengeschlagen werden. Seine Mutter hatte ihn verstanden, sie war Ärztin in der Poliklinik. Als er ihr einmal zeigte, welche Stellen an Kopf und Körper man treffen müßte, um die größte Wirkung zu erzielen, hatte sie gesagt, der menschliche Körper sei sehr empfindlich und es sei schändlich, ihn bewußt zu verletzen, wie und auf welche Weise auch immer.

Sascha sprach von seiner Mutter mit behutsamer Zurückhaltung. Er wollte Fanny, die ihre Mutter verloren hatte, nicht traurig machen. Sie hörte aber dennoch heraus, welchen Platz sie in seinem Herzen einnahm. Von ihr stammten die meisten seiner Anschauungen, sie hatte in ihm geweckt und gefördert, was vielleicht sein Schönstes war, obwohl er sich dessen ein wenig schämte, weil er es für Schwäche und Weichlichkeit hielt. In Wahrheit wäre er wohl gern ein Durchreißer, ein stählerner Typ. Daß er es nicht war, bekannte er vor Fanny nur versteckt und zögernd.

Ein bißchen besser verstand sie allmählich die Rolle, die er bei ihren Brüdern spielte. Es gefiel ihm, dort das Kommando zu führen und den Ton anzugeben, ähnlich wie Maxim es mit ihm getan hatte. Aber war das wirklich alles?

Sie sah ihn von der Seite an. Jetzt sprach er von Charlie, der seines Rheumas wegen bei dem Schnee nicht rauskonnte, und in eleganter Überleitung, gleichsam unbeabsichtigt, kam die Frage: „Hast du Lust, ihn zu besuchen?"

„Wenn ich mehr Zeit hätte, vielleicht", antwortete Fanny vorsichtig, denn sie wußte, wie leicht zu kränken Sascha in bezug auf Charlie war. Außerdem spürte sie, daß Sascha eigentlich etwas anderes meinte. Er kam oft zu ihr, aber sie war noch nie bei ihm gewesen. Sein Angebot reizte sie, und gleichzeitig scheute sie zurück.

„Zeit", murrte er. „Hundertmal hab ich dir schon gesagt: ‚Du hast Zeit!' Wozu hämmre ich den Jungen ein, daß sie genausoviel Verantwortung tragen müssen wie du? Volker hat bald Jugendweihe, aber du behandelst ihn, als säße er noch im Kinderwagen, und deinen Vater möchtest du am liebsten ins Laufgitter setzen, alle schön unter deiner Obhut. Was gefällt dir bloß daran?"

„Ob es mir gefällt, ist gar nicht die Frage, sondern ob es nötig ist. Früher hat meine Mutter alles geordnet und geregelt."

„Meinetwegen, das war früher, und jetzt ist jetzt. Zumindest dein Vater müßte wissen, daß es da einen Unterschied gibt."

Schon lange war Sascha unzufrieden mit Fannys Vater. Er sagte es nicht direkt, aber er ließ es immer wieder durchblicken. Um so mehr verteidigte Fanny ihren Vater.

„Er gibt sich Mühe. Soll ich verlangen, daß er pfeift und singt? Er ist bloß noch ein halber Mensch."

„Vermutlich ist er nie ein ganzer gewesen."

„Wie?"

„Na ja, so unselbständig, wie er ist, so abhängig. War er von deiner Mutter abhängig?"

„Natürlich, findest du das schlecht? Das war eine große Liebe zwischen beiden, ganz ohne Krach und Streit. Eine solche Ehe kannst du mit der Lupe suchen."

„Wozu? Ich hab die von meinen Eltern vor Augen. Sie sind eine Ewigkeit verheiratet. Man sollte meinen, die Sache zwischen ihnen hätte sich längst eingeschliffen. Aber sie müssen jeden Tag neu damit fertig werden. Manchmal schreien sie sich an, als verkrachten sie sich auf Lebenszeit, und hinterher ist alles wie vorher. Sie haben Maxim und mir nie eine Idylle vorgespielt. Trotzdem war ich immer sicher, daß sie zusammengehören. Das merkt man. Meine Mutter hat mal zu mir gesagt: ‚Ja, was denkst du denn, Sascha, denkst du, zwei Menschen, ein Mann und eine Frau, könnten aufhören, zwei verschiedene, selbständige Menschen zu sein? Dadurch wird die Liebe doch gerade erst interessant.'"

„Interessant?" fragte Fanny verwundert.

„Ja. Ich finde, Liebe muß interessant sein."

„Heißt das schwierig?"

„Aber ja. Was leicht zu haben ist, hängt einem schnell zum Hals raus."

„Meinst du Mädchen, die leicht zu haben sind?"

Er lachte und antwortete nicht.

Nach einer Weile sagte sie: „Meine Eltern haben uns auch keine Idylle vorgespielt, nein, bestimmt nicht. Sie haben sich einwandfrei ergänzt. Mein Vater war zum Beispiel für den

Keller zuständig, für die Kohlen und für alles, was im Haushalt mal kaputtgeht. Er hat Türen gestrichen und Fenster geputzt und die Fahrräder in Ordnung gehalten. Meine Mutter hat das Geld eingeteilt und überhaupt die ganze Arbeit. Sie hat sich um uns gekümmert, um die Schule, die Hausaufgaben, und sie hat den meisten Ärger abgefangen, weil mein Vater immer alles so aufbauscht."

„Er war also Hausmeister, und deine Mutter war Kaderleitung, Buchhaltung und Direktion."

„Das kannst du nicht beurteilen! Sie haben sich geeinigt, wie's am besten geht!"

„Aber dabei ist jeder irgendwie zu kurz gekommen. Hat sich deine Mutter nie was anderes gewünscht?"

„Nein, sie hat sich keinen anderen Mann gewünscht."

„Das vielleicht nicht, aber sie hat ihm wenig zugetraut. Damit wär ich nicht einverstanden. Meine Frau soll mal viel von mir halten."

„Hoffentlich soll sie dich nicht anhimmeln."

„Wenn sie das täte, wär sie mir schon verleidet. Da kommt einen ja das Gähnen an."

„Du magst doch gern bewundert werden."

„Du kennst mich schlecht, Fanny."

„Ich kenn dich! Ich seh, wie du's treibst!"

Er blieb stehen. Er lehnte sich an das Geländer der Schloßbrücke, legte den Kopf in den Nacken und ließ den Blick schweifen über die Wipfel der Bäume bis hinauf zu den Fenstern und Türmen des Schlosses.

„Und was treib ich?" fragte er.

„Mit allen treibst du's."

„Ha, da hätt ich viel zu tun!"

Sie schwieg, um sich nicht noch mehr zu verraten.

Er zupfte am Schnurrbart und sagte: „Pausenlos müßte ich spähen, erkunden und herausfinden, was jede einzelne so denkt und tut, wie sie lebt, ob sie klug ist oder dumm, ob sie zu mir paßt oder nicht. Bei einer ist das schon knifflig genug. Wie sollte ich es bei allen schaffen? Das sag mir mal!"

Sie zuckte die Schultern. „Weiß nicht. Vielleicht ist es gar nicht nötig."

„Doch! Und dann muß ich wissen, ob die eine, auf die ich aus bin, mich überhaupt mag. Man kann nämlich eine Menge verpatzen. Man kann sie verprellen und kopfscheu machen." Er sah zu den Möwen auf, die schreiend, mit wildem Flügelschlagen über der Brücke kreisten. Am Geländer auf der anderen Seite standen eine alte Frau und ein noch älterer Mann beieinander und warfen Brotkrumen in die Luft. „Die beiden da drüben", fuhr Sascha fort, „die wissen schon alles, denk ich mir. Die brauchen gar nicht mehr viel zu reden. Sie weiß, was er denkt, und er weiß, was sie wünscht. Aber ich weiß nichts."

„Was willst du denn wissen?" fragte Fanny leise.

„Ob du mich magst."

„Bin ich es also, auf die du aus bist?"

„Das dürfte wohl klar sein."

„Aber all die anderen..."

„Wen meinst du?"

„Die Mädchen im Betrieb."

Ungeduldig, als hätte sie sich nach den Möwen über der Brücke erkundigt, fragte er zurück: „Was ist mit denen?"

Und Fanny erkannte, sie lagen ihm in diesem Augenblick so fern, daß er den Sinn ihrer Frage nicht begriff. „Ach, nichts weiter", murmelte sie.

„Willst du nicht antworten? Sag ruhig, wenn ich nicht dein Typ bin."

„Mein Typ..., also ... den hab ich mir immer anders vorgestellt..., aber trotzdem...," stotterte Fanny in dem Bemühen, ehrlich zu sein.

„Anders? Wie anders?" fragte Sascha drängend.

Sie wußte nichts zu sagen, lächelte hilflos und schwenkte ihre Schultertasche am Riemen hin und her. Sascha beobachtete sie mit zur Seite geneigtem Kopf. Er suchte in den Taschen seiner Jacke nach Zigaretten, zündete sich eine an und stieß den Rauch durch die Nase.

„Du gefällst mir trotzdem", sagte sie.

„Schon gut, hab verstanden. Ich bin nicht der Rechte. Brauchst deshalb keinen Schmus zu machen."

„Mach ich auch nicht, Sascha. Bloß eben..., ich hab immer an ganz was Besonderes gedacht, was Ernstes..."

„Was Bedeutendes bin ich nicht. Maxim eher, ich nicht."

„Ich mein ja nicht den Typ, ich mein die Sache."

„Welche Sache?"

Sie räusperte sich und sagte: „Liebe."

Unwillkürlich lachte er auf.

„Siehst du, darüber lachst du. Das ist es, was ich nicht mag an dir. Du hast keinen Ernst."

„Wär's mir nicht ernst, wozu dann all die Vorarbeit? Ich hab ziemlich lange gewartet, findest du nicht? Ich hab dich erst mal kennenlernen wollen, hab dir von mir erzählt, damit du weißt, wer ich bin. Anfangs hast du mich ja nicht gemocht, das war deutlich. Ich hab überlegt: Warum bloß nicht? Dann ließ das ein bißchen nach, aber sicher war ich nie. Ich weiß nicht, wie ich sein soll. Ich kann nicht anders sein, als ich bin."

„Und ich auch nicht, Sascha, und ich war ja auch nie sicher. Dauernd hängen dir Mädchen am Hals, als wärst du die goldene Gans, an der jeder festklebt. Ich bin nun mal so, ich mag nicht in der langen Reihe gehen, festgeklebt wie alle. Für mich ist Liebe was Besonderes. Ich will einen ganz allein für mich."

Er rauchte, schwieg und blickte auf das eisfreie Stück Wasserfläche, wo dicht bei dicht Enten schwammen. In seinen Augenwinkeln saß ein belustigtes Lächeln.

„Da", sagte er schließlich und wies auf die Enten, „es sind Erpel dabei. Jeder Erpel hat eine bestimmte Ente, wußtest du das? Die kennt er genau. Was soll er nun machen, wenn er an eine Ente gerät, die einen Drahtkäfig über ihn stülpen möchte? Da sitzen sie dann beide drin und finden kein Futter mehr."

„Wir sind keine Enten", sagte Fanny.

„Aber im Schwarm leben wir wie sie. Oder kennst du eine einsame Insel, wohin wir auswandern könnten?"

„Du willst mich einfach nicht verstehen."

„Ich versteh dich."

Entschlossen drehte er sich plötzlich um und ergriff ihre Hand. Es kam so unerwartet, daß sie zusammenfuhr.

„Erschrick nicht", sagte er. „Wir machen das jetzt immer so. So und nicht anders." Er preßte ihre Hand. „So gehen wir. Willst du?"

Sie nickte.

„Magst du mich?"

Da hob sie sich auf die Zehenspitzen und küßte ihn. Es geschah hastig und ungeschickt, und sie traf nur seine Wange, aber sie hatte seine Frage beantwortet. Er schloß für einen Moment überrascht die Augen. Dann stieß er einen Pfiff aus, daß die beiden alten Leute auf der anderen Seite der Brücke sich zu ihnen umdrehten. Hand in Hand gingen Fanny und Sascha weiter. „Das macht der Frühling", hörten sie den Mann sagen, und sie sahen, wie er seiner Alten zunickte, so als habe er die ersten Schneeglöckchen entdeckt.

In der Frühstückspause am nächsten Tag stand Sascha in der Schlange, wo Getränke und Brötchen und Würste verkauft wurden. Fanny ging zu ihm, reichte ihm ein Geldstück und bat ihn, er möge ihr eine Flasche Kakaomilch mitbringen. Vor aller Augen und Ohren, ohne die Stimme zu senken, bat sie ihn. Normalerweise hätte auch sie in der Schlange anstehen müssen.

Sascha sagte: „Deine paar Kröten laß man stecken."

Das hieß, er zahlte für sie. Fanny errötete vor Freude. Am liebsten hätte sie sich nach allen Seiten umgeblickt, um zu sehen, wie die anderen dies aufnahmen. Aber sie nickte nur. Dann suchte sie im Imbißraum zwei freie Plätze.

Vera, die immer ein bißchen langsam schaltete, fragte: „Warum gleich zwei?"

„Für Sascha und mich natürlich", antwortete Fanny.

In jeder Pause saßen oder standen sie nun beisammen. Unter dem Tisch hielten sie sich an den Händen. Sie flüsterten und lachten miteinander auf eine Art, die jeden Zweifel ausschloß.

Dafür sorgte Fanny. Ein Spielball für die Launen der Mädchen, ein Zeitvertreib zum Schäkern und Tändeln war Sascha lange genug gewesen, und lange genug hatte sie sich gegen ihr Gefühl gewehrt. Jetzt hatte sie sich entschieden. Sie dachte: Was du tust, das tue ganz. Sollten die Mädchen ruhig die Köpfe zusammenstecken und tuscheln und rätseln, wieso ausgerechnet Fanny den Sascha gefischt hatte. Sie würden es schon verstehen, wenn sie erst merkten, daß Sascha durch sie, durch Fanny, ein ganz anderer geworden war. Er wurde noch rückfällig, leider. Kaum war sie mal nicht in seiner Nähe, ließ er sich prompt zu Albernheiten verleiten. Nach und nach wollte Fanny ihm das abgewöhnen. Oder war es unmöglich, einem Menschen, den man liebt, die Flausen auszutreiben?

Sie wußte nicht, wen sie danach hätte fragen können. Sie versuchte zu erraten, was ihre Mutter ihr geantwortet hätte. Da meinten nun die Leute, Oma zum Beispiel und Tante Lisa, für kleine Kinder wie Rainer sei es am schwersten, ohne Mutter auszukommen. In Wirklichkeit wurde das Leben, je älter man wurde, immer komplizierter. Bettina hatte gesagt: „Du bist viel zu kompliziert, zu kritisch, zu anspruchsvoll..." Stimmt es, fragte sich Fanny nachts im Dunkeln, wenn sie wach lag, stimmt es, Mutti, bin ich zu anspruchsvoll? Erinnerungen stiegen in ihr auf. Von Rüdiger hatte die Mutter verlangt, ehrlich zu sein. Von Volker hatte sie verlangt, Rücksicht zu nehmen, nicht immer seine Wünsche über die der Geschwister zu stellen. Die Mutter kannte die Schwächen ihrer Kinder, auch Fannys Schwäche, den Vater als eine ihr wohlgesonnene Instanz anzurufen, wenn sie sich ungerecht behandelt fühlte, also Rückhalt zu suchen, anstatt selbständig zu urteilen und einen Fehler einzusehen. Jetzt suchte sie wieder Rückhalt. Beurteilte sie Sascha falsch?

Einmal sagte Vera zu ihr: „Über dich wird geredet, Fanny, weißt du das?"

„Ich kann's mir denken. Sollen sie reden. Ist Sascha etwa volkseigen wie der Betrieb?"

„Nein, nein", versicherte Vera schnell.

„Oder hab ich ihn einer anderen weggenommen?“ fragte Fanny und musterte Vera scharf, ob sie vielleicht etwas vor ihr verbarg, schüchtern und rücksichtsvoll, wie sie war.

Vera verneinte wieder. Jedenfalls war ihr nichts bekannt. Sie wollte Fanny nur aufmerksam machen, daß viele Mädchen lästerten, weil sie sich auf einmal immer neben Sascha hielt, sowie er bloß auftauchte, und wenn sie nach der Schicht alle zusammen zur Straßenbahnhaltestelle gingen, dann ging Fanny mit Sascha auf der anderen Straßenseite und hielt ihn an der Hand wie einen Hund an der Leine.

„Unsinn, er geht mit mir, weil er's so haben will“, antwortete Fanny betreten, denn sie war es ja immer, die es unbedingt so haben wollte.

Am liebsten war sie mit Sascha allein bei den Spaziergängen, die er immer weiter ausdehnte, oder zu Hause in ihrer Mansarde. In der Wohnung fühlte sie sich seltsamerweise weniger durch die aufdringlichen Brüder als vielmehr durch ihren Vater gestört. Anfangs hatte der Vater Saschas häufiges Erscheinen ziemlich gleichgültig hingenommen. Aber jetzt, als hätte er einen siebten Sinn, wurde er brummig, ja geradezu unhöflich zu ihm. Wenn Fanny nach Hause kam, fragte er lauernd: „Wo warst du?“ Das hatte er früher nie getan.

Sie wies die Exa vor. „Draußen, Aufnahmen machen.“

„Was für Aufnahmen?“

„Du kannst sie sehen, später, wenn sie entwickelt sind.“

„Besten Dank, kein Interesse. Kahlboms Anblick in natura genügt mir schon.“

Fanny lenkte ab, sprach von was anderem, um den Vater aufzuheitern. Er aber kam nach einiger Zeit darauf zurück.

„Wieviel Aufnahmen hast du mittlerweile von Kahlbom gemacht? Wird das nicht langweilig?“

Fanny lächelte, und er korrigierte sich mit bissigem Unterton: „Natürlich nicht. So was wird ja nie langweilig.“

Fanny hielt es für am klügsten, solche Bemerkungen zu überhören. Sie wunderte sich nur, auf welche Weise der Vater gemerkt haben könnte, daß sich zwischen ihr und Sascha etwas geändert hatte. Sie waren doch zu Hause nie auffallend vertraulich miteinander, nicht in Gegenwart der Brüder und schon gar nicht vor den Augen des Vaters.

Einmal sagte der Vater sogar: „Die Mansarde ist jetzt im Winter viel zu kalt. Es ist gesünder, du schläfst hier unten auf der Couch."

„Wieso? Die Mansarde läßt sich doch heizen."

„Das ist Verschwendung. Wir haben genug Platz hier unten. Die Mansarde wird nicht mehr geheizt."

„Willst du mir etwa die Mansarde wegnehmen?"

„Nicht wegnehmen", erwiderte der Vater, „nur vorübergehend könntest du mir den Schlüssel geben, damit ich sie bei Gelegenheit mal renoviere. Neue Tapeten zum Beispiel..."

„Ich möchte keine neuen Tapeten, Vati. Ich möchte lieber, daß du nicht so mißtrauisch bist."

„Aha! Ich hab kein Wort von Kahlbom gesagt, aber du hast dauernd bloß ihn im Sinn!"

„Was hast du gegen ihn?"

„Ich bin nicht blind."

„Na schön, und was siehst du?"

„Diese Samtaugen seh ich, die der macht. Als Mann kennt man sich aus. Du fällst natürlich auf die Samtaugen rein, du erkennst seine Absichten nicht. Ich seh das klarer."

„Wenn dir Saschas Augen nicht gefallen, dann sag mir mal, woher er andere nehmen soll. Bei der HO gibt's bestimmt keine zu kaufen."

„Mach dich man lustig über deinen Vater."

„Nein, Vati, lustig ist das gar nicht. Ich finde es schade, daß ich mit dir nicht über Sascha reden kann. Mit Mutti hätte ich reden können, aber du bist dermaßen mißtrauisch..."

„Vorsichtig bin ich! Hat man eine Tochter, muß man vorsichtig sein."

„Das versteh ich erst recht nicht. Heutzutage ist es gar kein Unterschied mehr, ob man Söhne hat oder Töchter."

„Verschone mich bloß mit solchen modernen Theorien!"

„Wieso? Du bist doch ein moderner Mensch."

„Wieso…, wieso..?“ rief der Vater mit fahriger Handbewegung, „Theorie und Praxis ist eben zweierlei, auch heute noch!“

„Aber Mutti würde…“

„Ich will nichts mehr hören“, fiel er ihr barsch ins Wort. „Du weißt jetzt Bescheid, und damit gut!“

Fanny fragte nicht weiter, obwohl sie keineswegs Bescheid wußte. Sie kannte ihren Vater. Einmal in Widersprüche verwickelt, versteifte er sich nur noch mehr. Wieder vermißte Fanny ihre Mutter, die den Vater mit Geduld hätte zur Einsicht führen können.

Seine Abneigung gegen Sascha beschäftigte sie aber weiterhin, so daß sie schließlich zu Sascha davon sprach. Sie saßen beide in der Mansarde auf dem Bett und betrachteten Fannys Fototagebuch. Er hatte den Arm um sie gelegt, und jedesmal, wenn sie eine Seite umschlug, küßte er ihren Hals, ihr Ohr oder den Haaransatz an ihrem Nacken. Beharrlich hielt sie das Fototagebuch auf den Knien, gerade weil sie spürte, daß Sascha es liebend gern beiseite gelegt hätte. Sie hatte den gleichen Wunsch, und das war noch viel gefährlicher.

Sie tippte auf ein Foto und sagte mit belegter Stimme: „Hier, mein Vater. Wie findest du ihn?“

„Gut getroffen.“

„Ich meine, überhaupt. Magst du ihn?“

„Warum nicht?“

„Das hab ich ihn auch gefragt: ‚Warum magst du Sascha nicht?‘ Er kann dich nämlich nicht recht verknusen, er hat was gegen dich. Hast du das schon gemerkt?“

„Ja klar. Was hat er denn gegen mich?“

„Wenn ich's wüßte, wär mir wohler. Er behauptet, du hättest Samtaugen.“

Sascha lachte. „Und du? Was hast du darauf geantwortet?“

„Ich hab gesagt, daß man sich keine neuen Augen in der HO kaufen kann.“

„Stell dir vor, man könnte es!“ rief er, entzückt über diesen Einfall. „Auswahl hätte man natürlich nicht. Man müßte nehmen, was gerade vorrätig ist, während die begehrten veilchenblauen oder nachtschwarzen unter dem Ladentisch verschachert werden. Zum Beispiel verliert einer durch Unfall ein Auge, selbstverständlich sucht er dann ein farblich passendes, aber er muß zu seinem braunen ein graues nehmen."

Er warf sich zurück und lachte.

Fanny klappte das Fotoalbum zu. Für den Augenblick war ihr nahes Beisammensein in der Mansarde so unverfänglich wie nur möglich. Sie lachte auch und dachte, daß ebendies besonders schön war zwischen Sascha und ihr. Einer hatte einen Gedanken, und der andere nahm ihn auf und spann ihn weiter, und dann, je nachdem, lachten sie schallend, oder sie erörterten ernsthaft höchst verzwickte Probleme.

„Ja, aber", sagte Fanny nach einer Weile, „eigentlich meint mein Vater was anderes. Er meint hier die Mansarde, weißt du. Er möchte den Schlüssel haben."

Sascha richtete sich auf.

„Wie findest du das?" fragte sie.

„Unklug aus zwei Gründen: Erstens kann er sein Töchterchen sowieso nicht vor bösen Buben behüten. Und zweitens unterstellt er uns, daß wir was tun, was ihm sehr logisch erscheint. Dadurch bringt er uns drauf, daß es wirklich logisch ist."

„Ist es das?" fragte Fanny.

Sie rückte von ihm ab, aber er rückte sofort nach.

„Meinst du nicht?"

„Ich weiß nicht."

„Hast du Angst?"

„Ich weiß nicht."

„Warum weißt du solche einfachen Sachen nicht?"

Da lag sie bereits neben ihm auf dem Bett, und es war tatsächlich viel einfacher, Saschas Hände gewähren zu lassen, als ihn fortzustoßen.

„Liebst du mich?" flüsterte sie.

„Ja."

„Und keine andere?"

„Ja.“

Aber er wußte schon nicht mehr, was er sagte, und Fanny hörte auf zu fragen.

Dann sah sie ihn an, wie er auf dem weißen Laken lag, die Hand mit der Zigarette auf das angewinkelte Knie gestützt. Sie liebte ihn. Nur das zählte, daß sie ihn liebte und daß er bei ihr war, so nahe wie noch nie. Sie bereute nichts.

Mit einem Anflug von Trotz besann sie sich auf ihren Vater. „Er will's nicht“, sagte sie, „aber er denkt ja sowieso, daß wir's tun. Wenn wir hier sind, in der Mansarde, kann das seiner Meinung nach nur eins bedeuten. Na schön, dann hat er eben recht.“

Sascha lächelte. „Er ist eifersüchtig“, sagte er. „Eltern können mächtig eifersüchtig sein, besonders Väter. Mütter auch, aber Väter noch mehr.“

„Woher weißt du das?“

„Väter beäugen einen oft so mißgünstig.“

„Kennst du viele Väter?“

„Einer hat mir mal das Abschlußzeugnis versaut. In der zehnten Klasse sollte mir die Beste in Russisch ein bißchen auf die Beine helfen, deshalb mußte ich zu ihr gehen und mit ihr büffeln. Von Mal zu Mal wurde ihr Vater giftiger, und schließlich hat er angeordnet, daß wir nicht bei ihr im Zimmer, sondern beim ihm im Wohnzimmer pauken, und da hat er wie ein Wachhund mit seiner Zeitung dabeigesessen. Ich bin nicht mehr hingegangen, es war mir zu dumm, ich hab die Vier in Kauf genommen.“

„Der Vater hatte wohl allen Grund aufzupassen.“

„Eben nicht, sie schielte nämlich.“

„Und wenn sie nun nicht geschielt hätte?“

Er lachte.

„Warum störte dich denn das Schielen beim Russischlernen?“ fragte Fanny bohrend weiter. „Und warum störte dich der Vater? Das paßt alles nicht zusammen.“

„Kann sein, aber es paßt zu mir.“

„Die Vier im Zeugnis, weil das Mädchen schielte?“

Sascha winkte gelangweilt ab. Fanny jedoch, auch während seiner Zärtlichkeiten, vergaß die Väter nicht.

„Wie viele Väter hast du gekannt?"

„Laß doch jetzt die Väter!"

„Nein, sie interessieren mich."

Er lachte, aber sein Blick drückte schon etwas wie Befremden aus. Fanny faßte ihn an den Ohren und zog seinen Kopf dicht neben ihr Gesicht auf das Kopfkissen.

„Liegt das bei euch in der Familie?" fragte Sascha. „Seid ihr alle eifersüchtig?"

10

Entschlossen hatte sich Dan an die Arbeit gemacht. Fanny konnte sich ungefähr denken, was dabei herausgekommen war, denn Vera hatte ihr von dunklen Drohungen erzählt, die Dan vor Erzieherinnen im Lehrlingswohnheim hören ließ, Drohungen mit Hinweis auf die nächste Wandzeitung. Nun las Fanny Dans Artikel, und ihre Befürchtungen wurden noch übertroffen.

„Na, was ist?“ fragte Dan streitsüchtig, während Fanny kopfschüttelnd las.

„So geht es nicht“, stellte Fanny fest. „Gut, Dan, du hast dir mal alles von der Seele geschrieben. Das kann man in einem Brief machen, aber nicht in einem Artikel. Du mußt bedenken, wie das wirkt!“

„Es soll ja gerade wirken.“

„Aber wie? Was erreichst du zum Beispiel mit solchen Ausdrücken wie ‚Saustall‘? Ist das sachlich, überzeugt man damit die Leser? Jeder erkennt auf den ersten Blick die haarsträubende Übertreibung und wendet sich gegen dich, gegen uns, gegen die Zeitung.“

„Das ist deine größte Sorge. Weiter hast du nichts im Sinn, als daß die Zeitung in Verruf kommen könnte. Stimmt's?“ wandte Dan sich beifallheischend an Ute.

Ute jedoch wiegte zweifelnd den Kopf. Dan war zu offensichtlich im Unrecht.

„Du mußt ändern", sagte Fanny entschieden, „den ganzen Artikel über das Lehrlingswohnheim von Anfang bis Ende neu schreiben."

Dan riß ihr die beschriebenen Blätter aus der Hand. „Kein Wort schreib ich anders. Schreib selber oder such dir wen, der nach deiner Pfeife tanzt. Irina wohnt ja auch im Wohnheim, soll Irina schreiben."

Irina fuhr erschrocken zusammen. Auf gar keinen Fall würde sie schreiben. Erstens, erklärte sie, könne sie nicht schreiben, und zweitens wolle sie es nicht. Auf die Zwischenfrage von Dan, warum sie sich überhaupt in die Redaktion habe wählen lassen, antwortete Irina, sie habe ein bißchen zeichnerisches Geschick, sie sei bereit, Schriften zu malen.

Fanny seufzte. „Vera, also dann du."

Vera nickte ergeben. Sie selbst wußte am besten, wie schwer ihr schon einfachste Formulierungen fielen. Und bei dieser Sache wog jedes Wort! Stunden der Qual lagen vor ihr. Wenn Ute ihr helfen würde?

„Ute wohnt zu Hause", wies Dan die Bitte ab, denn sie war sicher, allein würde Vera kaum etwas zustande bringen, so daß man am Ende doch auf ihre wilde Anklageschrift würde zurückgreifen müssen.

Aber Ute war einverstanden. Sie könne ja so schreiben, wie Vera es sage, gewissermaßen Veras Gedanken den journalistischen Schliff geben. Sie rutschte auf dem Stuhl hin und her, rückte an den großen Brillengläsern. Es war klar, der Artikel über das Lehrlingswohnheim würde das Kernstück der neuen Ausgabe sein, und wer dazu den journalistischen Schliff gab, der beeinflußte natürlich, Wendigkeit und Raffinesse vorausgesetzt, auch den Inhalt.

Auf dem Tisch lagen die Fotos, die Fanny gemacht hatte, mit Herrn Kühns Blitzlichtgerät und mit Herrn Kühns Hilfe beim Entwickeln. Da sah man die aus den Fenstern geworfenen leeren Flaschen, Papier und Abfall in den Kellerschächten, verstopfte Toiletten. Drei Aufnahmen von Zimmern: eins unaufgeräumt und schlampig, eins peinlich korrekt, dafür kahl und trostlos, aber von der Heimleiterin als vorbildlich ausgezeichnet, und dann noch eins, das die darin Wohnenden extra zu diesem Zweck nach ihren Wünschen hergerichtet hatten, und zwar mit Postern an den Wänden, mit allerlei verspieltem Krimskrams, mit Phantasiegebilden aus buntem Papier, Strohblumen und Stoffresten und mit einem offen auf dem Tisch stehenden Kofferradio, wie es viele Mädchen zwar besaßen, aber nur heimlich hören konnten, denn das war verboten. Und verboten war es, zu rauchen, verboten, in den Zimmern Besuch zu empfangen, verboten das Trocknen von Wäsche, Singen und lautes Sprechen. Was war erlaubt? Fanny zeigte es auf einer weiteren Aufnahme, da lag ein Mädchen im Bett und schlief. Das war erlaubt. Soll man so eine Woche lang leben, arbeiten und schlafen, schlafen und arbeiten?

Eigentlich sprachen die Fotos für sich. Sie waren sogar schon eine bedenkliche Zuspitzung, weil die Schichtarbeit natürlich besondere Vorschriften für Rücksichtnahme und Disziplin erforderte. Gerade darauf sollte im Text eingegangen werden, und zwar besonnen, mit sorgfältigem Abwägen des Für und Wider. Die Vorschläge der Mädchen hatte Fanny in Fragen gekleidet, in Fragen an die Heimleitung, an die FDJ-Leitung, an den Schuldirektor. Die Antworten der FDJ-Leitung lagen bereits vor, Vera hatte sie eingeholt. Aber die Heimleiterin und der Direktor hatten noch nicht geantwortet. Wer wollte hingehen und mahnen?

Dan war bereit dazu. Sie wollte bei der Heimleiterin auf den Tisch schlagen und sagen: Her mit den Antworten, oder wir schreiben, die Heimleitung hat Schiß!

„Nein“, sagte Fanny, „ich als Chefredakteur werde gehen.“

„Trag man die Nase hoch“, rief Dan, „bis du einen Stüber draufkriegst, daß du Sterne siehst!“

„Du kannst mir glauben, ich geh nicht gern.“

„Und wie gern du gehst! Mir machst du nichts vor. Du hast einen Drall nach oben. Ich seh dich schon in ein paar Jahren

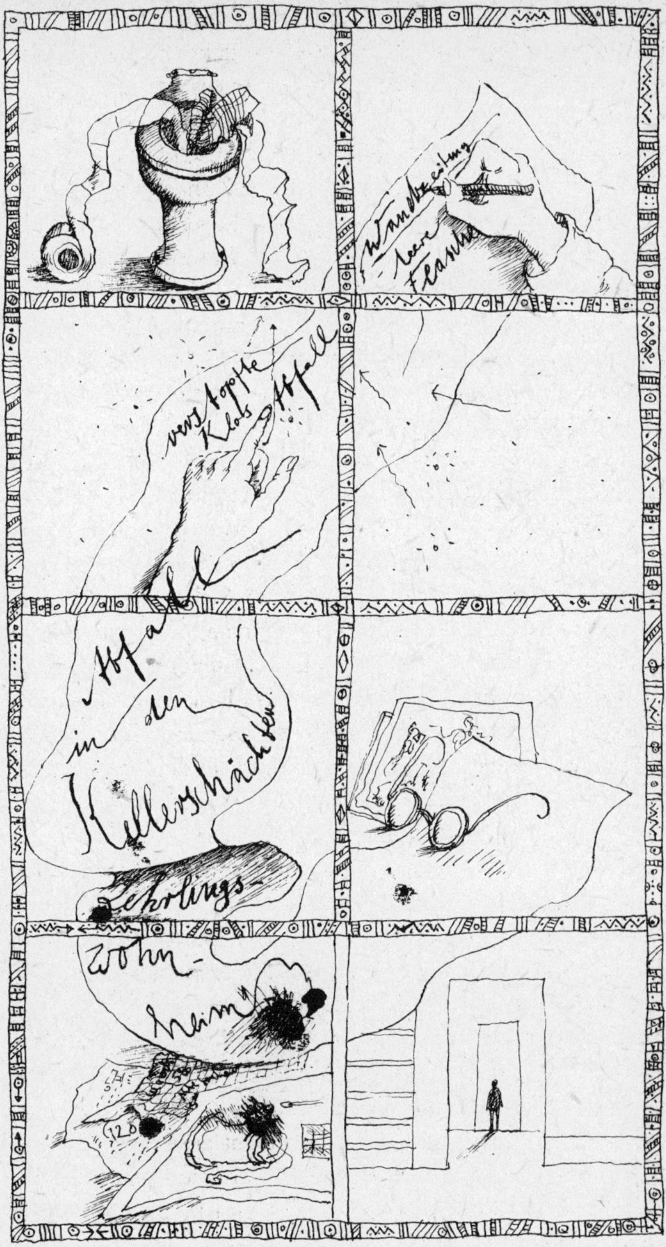
Wandzeitung
leere
Flasche
verstopfte
Klos
Abfall
Abfall
in den
Kellerschächten
Lehrlings-
wohn-
heime

als Produktionschefin durch den Betrieb rennen. Solche Typen erkennt man früh."

„Ich seh Fanny auch durch den Betrieb rennen, aber eher als BGL-Mitglied", erwiderte Vera ungehalten. Sie war in letzter Zeit sicherer und kühner geworden. „Sie hat den Drall, sich für andere abzustrampeln."

Dan lachte. „Du bist ganz schön naiv, Vera."

Fanny schaute auf die Uhr. Frau Hanf verspätete sich. Sie hatte versprochen, an der Redaktionssitzung teilzunehmen. Die Mädchen warteten.

„Brauchen wir sie unbedingt?" murrte Ute. „Wir sitzen hier wie die Geißlein, die auf die Mutter warten, als würde uns der Wolf fressen, wenn wir die Wandzeitung allein fertigmachen."

„Vielleicht bringt sie uns die Antworten vom Direktor mit", gab Fanny zu bedenken.

„Vom Wolf", sagte Ute und blickte sich befriedigt um, weil sie wieder, wie sie es liebte, einen Lacherfolg erntete.

Aber in dem Augenblick trat Frau Hanf zur Tür herein, und da verging ihnen seltsamerweise die Lachlust. Sie sahen sofort, daß etwas nicht stimmte. Frau Hanf nestelte an ihrer Aktentasche, drehte die Ringe an ihren Fingern und zwang sich, während sie die Mädchen begrüßte, ein Lächeln ins Gesicht. Als sie sprach, hatte sie sich gefangen.

„Entschuldigt bitte, daß ihr warten mußtet", sagte sie mit fester Stimme, „der Direktor hat mich aufgehalten, und zwar ging es um die Wandzeitung. Eure Fragen, wie überhaupt die gesamte nächste Ausgabe, haben den Direktor zu einigen Überlegungen veranlaßt. Eigentlich hätten wir uns das schon selber vorher überlegen müssen. Wir haben wichtige Gesichtspunkte außer acht gelassen."

Und sie sprach von den Schwierigkeiten im Betrieb und auch in der Schule. Da fast ausschließlich mit Jungfacharbeitern und Lehrlingen produziert werde, hätten Meister und Lehrausbilder im Kampf um eine wenigstens einigermaßen stabile Planerfüllung schier Unmögliches zu leisten. In anderen Betrieben könne man sich auf einen Stamm erfahrener, persönlichkeitsgefestigter Facharbeiter stützen. Dort wüchsen die Lehrlinge organisch hinein in die Brigaden und Kollektive. Hier jedoch, im VEB Mädchenmode, wie sehe es hier aus? Sie brauche wohl nicht im einzelnen zu erläutern, welche Mißstände gemeint seien. Jeder kenne sie. Aber sei das nun alles? Nein. Gerade gemessen an den schweren Bedingungen, werde täglich Großes vollbracht. Dies nicht zu beachten, es verschwinden zu lassen unter einem Berg von Schwierigkeiten, mit anderen Worten: Pessimismus, Mutlosigkeit, Kleinmütigkeit auszustreuen, sei ein unverzeihlicher Fehler. Natürlich könne das Lehrlingswohnheim nicht von sich behaupten, ein idealer Aufenthaltsort zu sein. Wie überhaupt im ganzen Betrieb, so gebe es auch im Lehrlingswohnheim noch viel zu tun, und alle Verantwortlichen würden sich bemühen, Abhilfe zu schaffen. Das solle geschehen. Aber nicht solle es an der Wandzeitung breitgetreten werden, nicht solle ein Fremder sich vor der Wandzeitung entsetzt fragen: Himmel, wohin bin ich geraten? Nicht sollten die Mädchen bestärkt werden in ihrer Abneigung, in ihrem Unmut, und nicht sollten all jene öffentlich gekränkt werden, die als Erzieher und Ausbilder es ohnehin schon übermäßig schwer hätten.

Frau Hanf hielt inne und sah reihum in die Gesichter der Mädchen auf der Suche nach Zustimmung, zumindest nach Verständnis. „Wohin wollen wir mit der Wandzeitung?" fragte sie. „Haben wir ein klares Ziel? Dieses Ziel kann nur sein, das Positive zu stärken. Zum Beispiel haben sich doch manche Kollektive schon Gedanken gemacht über die Resteverwertung, haben Puppenkleider und Gürteltaschen entworfen für die Messe der Meister von morgen. Das wäre ein schönes Thema für die nächste Wandzeitung. Oder die vierteljährliche Auszeichnung der besten Lehrlinge. Solche Mädchen in Bild und Text vorzustellen wäre eine besonders dankbare Aufgabe."

Wieder machte sie eine Pause. Schließlich fragte sie geradezu: „Fanny, was meinst du?"

Fanny hob den Kopf. „Das sieht man überall, wohin man kommt, in den Betrieben, sogar auf den Straßen, an den Häusern, große Tafeln: ‚Unsere Besten'. Da guckt schon kein Mensch mehr nach hin, und die Zeitungen sind auch voll davon."

„Ja, sollen wir denn Tafeln aufstellen: Unsere Schlechten? Hältst du die bewährte Praxis unserer Tagespresse für uninteressant?"

Fanny nickte.

„So", sagte Frau Hanf irritiert.

„Etwa nicht?" warf Ute ein. „Was die Leute wirklich interessiert, worüber sie überall reden, das steht doch selten in der Zeitung!"

„Gleiten wir nicht ins Allgemeine ab, bleiben wir beim Konkreten, bei unserer Wandzeitung", sagte Frau Hanf, indem sie abwehrend die Hände hob.

Dan lachte. „Das kenn ich", erklärte sie und ließ im dunkeln, worauf sich ihre Bemerkung bezog.

„Ich bin durchaus bereit, bei Gelegenheit mit euch über die Aufgaben der sozialistischen Presse zu diskutieren, wenn ihr darauf Wert legt, in einer FDJ-Versammlung, aber nicht so aus dem Hut."

„Ja, ja, das kennen wir", sagte Dan wieder.

Und Ute sang leise vor sich hin: „Schlag nach bei Lenin ..."

Für gewöhnlich wurde Frau Hanf mit aufsässiger Stimmung in ihrer Klasse relativ leicht fertig. Sie war jung und nervenstark und behielt die Zügel in der Hand, gerade dadurch, daß sie sie bei Gelegenheit scheinbar schleifen ließ. Heute jedoch drehte sie die Ringe an ihren Fingern und rief gereizt: „Was soll das? Geht doch nach Hause, wenn euch die Wandzeitung gleichgültig ist!"

„Das möchten Sie wohl", erwiderte Dan.

„Nein, das möchte ich gar nicht. Alles hat so schön begonnen, und jetzt ..., jetzt stellt ihr euch auf die Hinterbeine, kaum gibt es einen Einwand ..., wie bockige Kinder ..."

„Wir verstehen eben den Einwand nicht", sagte Vera ruhig.

„Du, Vera, du auch nicht? Nun, dann muß ich allerdings deutlicher werden. Seht hier die Fotos auf dem Tisch! Diese Fotos sind für die Öffentlichkeit ungeeignet, weil man sie in böser Absicht falsch interpretieren kann. Natürlich sind deine Absichten, Fanny, die allerbesten, daran zweifelt keiner. Aber stelle dir doch bitte diese Fotos in einer westdeutschen Zeitschrift vor! Vielleicht findest du solche Gedanken abwegig? Sie sind es leider nicht. Wir bieten jedem Jugendlichen eine Berufsausbildung, eine gesicherte Zukunft. Ihr wißt, nicht überall auf der Welt ist das so. Wo Perspektivlosigkeit und Resignation die Jugendlichen zu Rauschgift und Kriminalität treiben, da hat man unser Beispiel nicht gern. Da wird geschürt und verunglimpft und verdreht. Bieten wir diesen Leuten den winzigsten Anhaltspunkt, greifen sie ihn auf. Das dürfen wir keinen Tag vergessen."

Die Mädchen schwiegen. Sie saßen und blickten vor sich auf den Tisch, starr und unbeweglich, und ihr gemeinsames Schweigen war wie eine Wand.

„Fanny!" sagte Frau Hanf.

„Ja?" fragte Fanny leise, aber sie sah Frau Hanf nicht an.

„Hast du dazu nichts zu sagen?"

„Ich weiß nicht. Ich muß mir das alles erst überlegen."

„Was willst du überlegen? Wir müssen zu einem Ergebnis kommen!"

„Sofort?" Fanny hob den Blick. „Wer verlangt das?"

„Wir haben alle wenig Zeit..., ich dachte, auch in eurem Interesse..."

„Ist unser Interesse wirklich gefragt? Sie haben mal anders gesprochen, Frau Hanf. Ihre Meinung war mal ganz anders."

„Das siehst du falsch", antwortete Frau Hanf eilig. „Anders war meine Meinung nicht, nur nicht ... so ausgereift gewissermaßen. Ja, ich gebe zu, wichtige Gesichtspunkte übersehen zu haben. Man kann Fehler machen, aber man muß sie einsehen. Daran ist nichts Ehrenrühriges... Sondern... gewissermaßen..."

Dan sprach aus, was Fanny nur taktvoll hatte durchblicken

lassen. „Gewissermaßen sitzen Sie jetzt zwischen zwei Stühlen.“

Dagegen verwahrte sich die Lehrerin mit aller ihr zur Verfügung stehenden Beredsamkeit. Sie pochte auf den Tisch. „Klipp und klar herausgesagt: Es gibt nicht viel zu überlegen. Über eine Wandzeitung, die hier in der Schule, für jedermann sichtbar, aushängt, kommt euch keine Entscheidung zu. Die Verantwortung tragen andere. Folglich werdet ihr ..., werdet ihr ...“

„Parieren“, kam Ute ihr freundlich zu Hilfe.

„Ein intelligentes Mädchen wie du, Ute, sollte fähig sein zu besserem Verständnis.“

„Wir haben verstanden.“

„Ich meine: zur Einsicht!“

„Wir sehen Ihre Lage ein.“

„Es geht doch nicht um mich, sondern um die Wandzeitung.“

„Es geht ums Mitspracherecht. Wohlgemerkt nicht um eine Erlaubnis, die von Fall zu Fall gegeben wird oder auch nicht. Ich seh das so“, erklärte Ute, wobei sie sich an der Tischkante festhielt, um nicht fuchtelnd aufzuspringen. „Recht bedeutet auch Pflicht. Zum Beispiel haben wir das Recht, zur Wahl zu gehen, dann ebenso die Pflicht, dieses Recht wahrzunehmen. Stimmt das?“

„Natürlich. Die Frage ist aber nicht, ob du dein Recht wahrnimmst, sondern wie, auf welche Weise du es tust. Spitzfindigkeiten führen nur vom Hundertsten ins Tausendste. Wir müssen zu einem Ergebnis kommen!“

Sie muß selber ziemlich in Bedrängnis sein, daß sie dermaßen drängt, dachte Fanny. Sie sagte: „Übers Knie brechen läßt sich das nicht, Frau Hanf. Der Direktor hat das Thema verboten, unser Thema, das Lehrlingswohnheim. Wir wollen mal in der Klasse rumfragen, was die anderen Mädchen dazu meinen.“

„In der Klasse?“ fuhr Frau Hanf auf. „Wozu denn das! Ihr seid die Redaktion.“

„Aber alle wissen inzwischen, was wir vorhaben.“

„Dann werdet ihr eben ein neues Vorhaben ins Gespräch bringen. Ich habe ja Vorschläge gemacht."

„Die Auszeichnung der Besten?"

„Zum Beispiel. Der Direktor findet auch, daß meine Vorschläge gut sind. Warum sperrt ihr euch? Wollen wir noch stundenlang hier sitzen?"

„Nein, wir schließen ab", sagte Fanny.

Irina stand auf. Ihr lag im Grunde herzlich wenig an diesem ganzen Für und Wider, sie fand es lästig, sie wollte nach Hause.

„Und was wird nun?" rief Frau Hanf in den allgemeinen Aufbruch hinein, denn alle Mädchen hatten es plötzlich eilig. „Vera, sag du, was wird nun?"

„Lassen Sie uns ein bißchen Zeit", bat Vera.

Ratlos blieb Frau Hanf zurück.

Draußen waren Irina und Franka sofort verschwunden.

„Auf die beiden können wir verzichten", erklärte Dan, während sie langsam über den Hof gingen, „die gehören sowieso nicht zum harten Kern." Dabei bedachte sie Vera mit einem prüfenden Seitenblick.

Vera aber mußte erst verarbeiten, was sie eben erlebt hatte, und antwortete nicht. Um so lebhafter protestierte Ute. Wie sich das anhöre, rief sie kopfschüttelnd, wobei sie die Brille durch Zwinkern und Naserümpfen in dauernder Bewegung hielt. „Harter Kern" klinge blindwütig und rabiat. Nein, auf die Weise renne man sich den Schädel ein.

„Du hast wohl Angst", erwiderte Dan.

Ute lachte. „Nur Dummköpfe und kleine Kinder kann man damit provozieren, daß man ihnen unterstellt, sie hätten Angst. Hier, Dan", sie tippte sich an den Kopf, „hier wird ein Spiel verloren oder gewonnen. Klug muß man sein."

Schlau, dachte Fanny widerwillig, obwohl sie einsah, daß Ute recht hatte, schlau ist sie. Und ihre Abneigung gerade gegen dieses Mädchen flüsterte ihr zu: Hüte dich, Fanny!

„Was sollen wir also tun?" fragte Dan schroff.

„Ich weiß es nicht, aber mir wird schon was einfallen. Fanny hat ja Zeit für uns rausgeschunden, das war erst mal am wichtigsten. Das ist taktisch geschickt, wenn aus vollen Rohren geschossen wird."

„Die Hanf", warf Vera leise ein, „was hat sie sich bloß dabei gedacht, die Hanf?"

Bisher hatten die Mädchen ihre Lehrerin nicht „die Hanf" genannt. Nun sagte Vera es, nicht eigentlich bewußt, sondern mehr aus ihren Gedanken heraus, und gleich zweimal. Dadurch bekam die Bezeichnung etwas Endgültiges, sie war Ausdruck einer gewandelten Einstellung und würde sich, das war schon jetzt klar, in Zukunft ausbreiten in der ganzen Klasse.

„Ja, Vera", bestätigte Fanny, „die Hanf hat sich von einer Seite gezeigt, einfach unmöglich. Daß sie sich gar nicht schämt!"

„Doch, sie schämt sich", sagte Vera.

„Um so schlimmer", sagte Dan.

Ute nickte. „Hätte sie sich echt umkrempeln lassen, könnte man sie wenigstens für wetterwendisch halten. Das ist vergleichsweise harmlos. Solche Leute haben zwar auch keinen festen Standpunkt, sondern einen wechselnden, aber den zumindest vertreten sie mit innerer Überzeugung. Die Hanf war nicht überzeugt, die Hanf hat Schiß gehabt und weiter nichts. Deshalb die scharfe Attacke. Bei Hunden nennt man solche Typen Angstbeißer. Sie sind gefährlich, weil unberechenbar."

„Aber wenn sie der Direktor unter Druck setzt...", gab Vera zu bedenken.

„Läßt du das als Entschuldigung gelten?"

Vera dachte nach. Dann schüttelte sie den Kopf.

„Auf wen kann man sich verlassen?" fragte Fanny bedrückt. „Ich hab die Hanf gern leiden mögen."

„Da bist du nicht die einzige."

„Wenn die Hanf schon so ist, wie sollen dann erst andere sein?"

„Wir jedenfalls", behauptete Dan und stampfte energisch auf die Steinplatten, „wir bleiben fest. An uns werden sich alle

Angstbeißer die Zähne brechen. Warum machen wir nicht die Wandzeitung fertig und hängen sie hin? Am besten sogar mit einer deutlichen Notiz: Diese Wandzeitung wurde von der Schulleitung verboten!“

Ute lachte nur.

Sie beratschlagten noch eine Weile hin und her, aber als sie sich trennten, waren sie nicht viel klüger als vorher. Vera, Ute und Dan gingen zur Straßenbahnhaltestelle. Fanny ging zu Sascha. Er hatte Spätschicht und war in der großen Werkhalle.

Diese Werkhalle mochte Fanny nicht. Die langen Bänder, an denen die Nähmaschinen surrten, die Berge von Material, die riesige Vorrichtung an der Stirnseite der Halle, wo die Stoffballen in Lagen gelegt und vom Stoßmesser geteilt und zugeschnitten wurden, das dumpfe Getöse, die verbrauchte Luft, schwer vom Dampf in der Büglerei, das Schurren der Materialwagen, das bleiche Licht der Neonbeleuchtung, all das mochte Fanny nicht.

Sie stand und schaute. Sie hatte plötzlich Lust, Aufnahmen zu machen, die zeigten, wie schwer die Arbeit war, wie eintönig, wie kraftraubend. Keine zufriedenen lachenden Gesichter, sondern müde, erschöpfte. Das machte die Menschen groß, daß sie die Arbeit trotzdem leisteten. Und das verband sie. Es war ihnen nicht immer bewußt. Es gab Zank und Neid und Klatsch und boshafte Tratscherei, natürlich. Aber es gab noch mehr, und das war stärker. Fanny, während sie versonnen an der Tür stand, glaubte auf einmal zu verstehen, warum wohl ihr Vater das Rattern der Setzmaschinen liebte, den Blick des Einverständnisses mit seinem Nebenmann, den Geruch von Blei und Druckerschwärze, den Händedruck der Kollegen. Vielleicht, dachte sie, hat sich die Hanf vor dem Direktor allein gefühlt? Vielleicht ist sie deshalb butterweich, weil sie keinen hat, mit dem zusammen sie stark sein kann? Wenn man eins dieser Mädchen hier von der Maschine abrufen würde, um es in einem Büroraum aus irgendwelchen Gründen zurechtzustauchen, wüßte es trotzdem, daß die anderen da sind, in der großen Werkhalle, daß sie nicht inzwischen verschwinden, sondern immer da sind. Aber wie zeigt man dieses nicht Faßbare, wie zeigt man es in Aufnahmen?

Fanny seufzte. Sie stand noch ganz am Anfang. Sie wußte sehr wenig von der Arbeit, von den Gefühlen und Gedanken der Menschen. Verstand sie ihren Vater, die Hanf, die Mädchen, verstand sie Sascha?

Sie sah ihn weit entfernt, am anderen Ende der Halle, an einer Maschine sitzen. Als er mit seinem Werkzeugkasten durch die Halle ging, entdeckte er Fanny, änderte die Richtung, kam auf sie zu.

„Hast du einen Moment Zeit?"

„Für dich immer", sagte er.

Sie gingen hinaus und um die Werkhalle herum zu einer versteckt stehenden Bank.

„Ich seh nicht mehr durch, Sascha, ich seh überhaupt kein Land", begann Fanny, und sie hockte auf der Bank wie ein zerzauster Vogel mit hängenden Flügeln. „Die Hanf war beim Direktor, und nun sagt sie auf einmal, wir sollen die Wandzeitung positiv machen. Sie will das Thema nicht, sie will meine Fotos nicht, alles ist angeblich schädlich und verderblich und richtet Unheil an und wiegelt die Mädchen auf. Vorher hat sie anders geredet, aber jetzt soll Hals über Kopf ein neuer Kurs gesteuert werden, und die Hanf klopft auf den Tisch und fordert eine Entscheidung, und ich weiß nicht, was ich machen soll. Es wär einfach, ich könnte die Wandzeitung mit Erfolgsmeldungen bepflastern und hübsche, sonnige Fotos drankleben. Aber die Mädchen in der Werkhalle, an den Maschinen, am Band, die wissen doch Bescheid, die kennen doch die Wahrheit, denen kann ich doch nicht so einen süßen Brei vorsetzen! Lieber hör ich ganz auf. Vielleicht bin ich blöd und seh alles falsch. Dann will ich lieber keine Wandzeitung mehr machen. Dann sollen sie denken, ich bin ein Versager. Aber sie sollen nicht denken, daß ich ein butterweicher Schönredner bin."

Sascha nickte wissend. Nein, er war nicht sehr überrascht.

Ähnliches hatte er vorausgesehen. Er zog die verstörte Fanny nah an sich heran.

„Man muß ein ziemlich breites Kreuz haben, um solche Sachen durchzustehen", sagte er besorgt. „Das war erst der Anfang. Die werden noch ganz andere Geschütze auffahren, politische."

„Ja, das hat die Hanf schon getan. Als Vera sagte, wir verstehen die Einwände nicht, ist ihr die Hanf politisch gekommen. Ungefähr so, als spielten wir mit meinen Fotos dem Klassengegner Bildmaterial in die Hände. Ich hab vor Schreck nach Luft geschnappt."

„Das war auch die Absicht dabei. Ihr sollt nach Luft schnappen und still sein, damit nicht durch eine unscheinbare kleine Wandzeitung am Ende etwas nach außen dringt, womöglich zu übergeordneten Stellen gelangt, wo man aufhorcht und der Schulleitung unbequeme Fragen stellt."

„Sascha, ich will nicht den Direktor ärgern und die Heimleitung und wen noch alles. Und die Mädchen aufwiegeln will ich auch nicht. Wenn das auf einmal solche Kreise zieht, seh ich kein Land. Es ist bloß so schäbig, wie sich die Hanf entpuppt hat. Wenn ich nachgebe, bin ich wie sie. Vielleicht würde ich dafür sogar ausgezeichnet werden. Aber die Mädchen, die anderen Mädchen alle, die haben ein Recht, von mir zu verlangen, daß ich..., also ... wenn ich für sie rede, daß ich dann die Wahrheit sage."

„Die Erfolgsmeldungen sind, rein für sich genommen, auch wahr", gab Sascha zu bedenken.

„Ja, aber man kann sie eben nicht rein für sich nehmen."

„Und die Mißerfolge?"

„Die auch nicht, nein. Nie im Leben hätte ich mir das so schwierig vorgestellt. Zum Beispiel die Werkhalle, Sascha, in der du eben gearbeitet hast, die große Halle. Ich mag sie nicht, aber als ich da stand und auf dich wartete, mochte ich sie plötzlich doch, irgendwie. Ich denk mir, den Mädchen geht es vielleicht ähnlich. Sie schimpfen und mögen die Arbeit trotzdem."

„Das stimmt“, sagte Sascha.

„Und dieses Trotzdem, wie zeigt man das? Ich weiß oft nicht weiter, zum Beispiel nach dem Tod meiner Mutter, und dann ist da dieses Trotzdem, manchmal nicht mehr, als in einen Fingerhut reingeht. Aber wenn man's hat, reicht es aus, es wächst sogar. Verstehst du das?“

Er sah sie an. Zart, nur mit den Fingerspitzen, strich er über ihr Gesicht. „Laß es wachsen“, sagte er.

„Meinst du, daß mein Kreuz breit genug ist, um mich gegen die Hanf zu stemmen?“

„Am liebsten würde ich sagen: Tu's nicht. Aber das ist ja gerade das Beste an dir, daß du's tust.“

Sie gingen zur Werkhalle zurück, die Arme umeinander gelegt, und einer spürte an der Hüfte den Schritt des anderen. Sascha war nachdenklich und zupfte an seinem Schnurrbart.

Als er Fanny zum Abschied küßte, flüsterte er ihr zu: „Ich werde mich mal umtun, die Lauscher aufrichten, die Antennen ausfahren. Mal sehen, was sich gegen die Hanf ausrichten läßt.“

„Hinter der Hanf steht der Direktor.“

„Und hinter dir steht Sascha“, sagte er.

11

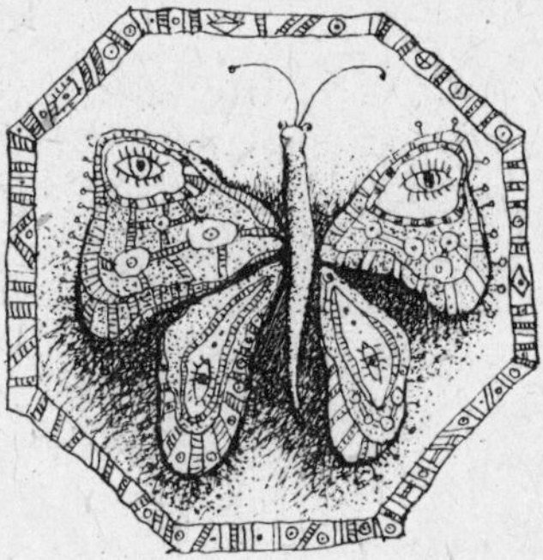

Als Fanny den Klassenraum betrat, winkte Vera sie beiseite und fragte leise: „Was meinst du, Fanny, wollen wir Beate Braune zur nächsten Redaktionsbesprechung einladen?“

Fanny stellte ihre Tasche aufs Fensterbrett. Beate Braune war der hauptamtliche FDJ-Sekretär des Betriebes. Beate einschalten, das hieß, die große Glocke läuten. Konnte dazu eine unbedeutende Wandzeitung Anlaß sein? War das nicht, als hinge sich eine Maus an den Glockenstrang? Andererseits hatte Vera recht, wenn sie mit Beate rechnete. Beate, anders als der Direktor, hatte nämlich die Fragen der Wandzeitungsredaktion ohne weiteres beantwortet, und zwar sachlich und präzise.

„Das hast du dir nicht schlecht überlegt“, sagte Fanny.

Vera errötete. „Ich? Ja, eigentlich hätte ich als Mitglied der FDJ-Leitung den Gedanken haben müssen. Es ist aber Utes Vorschlag.“

„Ach so!“

„Soll ich also zu Beate gehen und sie bitten, daß sie kommt?“

Fanny blickte durchs Fenster auf den Hof hinaus. Sie war verstimmt. Sie dachte, daß es vielleicht doch nicht gut wäre, die Maus am Glockenstrang zu sein, denn Beate, einmal aufmerksam geworden, könnte falsche Schlüsse ziehen. Womöglich würde sie vermuten, Fanny sei ein besonders aktives FDJ-Mitglied, das sich für Funktionen eignete. Aber Fanny wollte keine Funktionen, sie wollte nicht noch mehr auf sich aufmerksam machen, als es nun ohnehin schon geschehen war. Eigentlich passierte alles gegen ihre Absicht, sie wurde vorgeschoben und weitergedrängt und vor Entscheidungen gestellt, denen sie nicht ausweichen konnte.

Auf einmal sah sie unten auf dem Hof Ute und Sascha. Er trug Utes Tasche. Nicht durch den Haupteingang kam Ute zum Unterricht, sondern von hinten über den Hof, wo der Eingang zu Saschas Werkstatt war. Sie ließen sich Zeit. Eifrig sprach Sascha auf Ute ein, und sie nickte und lachte und hatte ihm ihre Tasche zum Tragen überlassen. Hatte er auf sie gewartet? Kam sie jeden Morgen, wenn er Dienst hatte, über den Hof? Trafen sie sich auch woanders?

Fanny trat mit finsterer Miene vom Fenster zurück. „Meinetwegen", sagte sie zu Vera, „kannst du Beate Braune einladen. Es ist mir gleich."

„Was hast du auf einmal?"

„Ich finde die Art, wie Ute sich aufführt, anmaßend. Sie will unbedingt den Ton angeben."

„Den Ton angeben will Dan."

„Dan ist harmlos im Vergleich zu Ute."

„Warum?"

„Dir werden noch die Augen aufgehen", prophezeite Fanny mürrisch.

Vera schwieg verwundert.

Franka hatte sich zu ihnen gesellt. „Wollt ihr tatsächlich die FDJ-Leitung gegen die Schulleitung ausspielen?" fragte sie neugierig.

„Wer sagt das?" fragte Fanny.

„Da kommt Ute", sagte Franka, indem sie zur Tür äugte und dann wieder Fanny ansah.

„Also Ute sagt es?"

Franka lächelte.

Es läutete zur Stunde. Fanny setzte sich auf ihren Platz. Das

Fach Erzeugnislehre hatte sie sonst ganz gern. Zwei Modelle aus der neuen Kollektion des Betriebes wurden vorgestellt. Fanny aber war verstimmt. Kaum war die Stunde zu Ende, stand sie auf und ging zu Ute.

„Komm mal kurz mit raus!"

Ute, überrascht von dem befehlenden Ton, folgte Fanny auf den Flur.

„Vera erzählt mir, du willst Beate Braune einschalten. Das können wir natürlich tun. Aber warum verbreitest du, daß wir Krawall provozieren wollen?"

Ute stand an die Wand gelehnt, gegen ihre Gewohnheit still und konzentriert, und sah Fanny forschend durch die großen Brillengläser an. Fanny spürte, wie merkwürdig und unmotiviert ihr Angriff war. Um so wütender war sie auf Ute.

„In der Klasse wird geredet, wir wollten mit unserer Wandzeitung Wolken von Staub aufwirbeln", behauptete sie. „Damit bin ich nicht einverstanden. Warum sprichst du nicht zuerst mit mir? Oder willst du der Chefredakteur sein?"

Ute schüttelte den Kopf. „Wer hat dir das eingeredet?"

„Ich hab Augen, ich seh mehr, als dir lieb ist!"

„Komisch bist du."

„Franka!" rief Fanny in den Klassenraum. „Franka, komm mal her!"

Franka kam sofort, mit eilfertiger Bereitwilligkeit, denn sie hatte die beiden beobachtet.

„Also, Franka, folgendes", begann Fanny hastig. Sie war nicht imstande, Vernunft walten zu lassen, weil sie immerzu nur dachte: Was hat Ute mit Sascha zu schaffen? Aber gerade diese Frage mußte unausgesprochen bleiben. Sie fragte: „Hat Ute gesagt, wir wollten die FDJ-Leitung gegen die Schulleitung ausspielen? Ist dieser Kohl auf Utes Mist gewachsen, ja oder nein?"

„Nein", antwortete Franka, und ihr Blick huschte hin und her, „der ist auf Saschas Mist gewachsen."

Fanny erstarrte.

„Halt den Mund", sagte Ute verdrossen.

„Nein, warum?“ fuhr Fanny dazwischen. „Rede!“

„Na ja“, sagte Franka, „ich weiß ja nicht, ich will ja nicht klatschen. Ich hab gehört, Sascha ist bei der Wandzeitung die graue Eminenz.“ Das Wort zerging ihr förmlich auf der Zunge, und als sie Fanny einen Schritt zurückweichen sah, wiederholte sie: „Die graue Eminenz! Ich hab gehört, Sascha zieht die Fäden, er bestimmt, was geschieht.“

Ute verdrehte die Augen. „Lauter Quatsch hast du gehört!“

„Wieso?“ verwahrte sich Franka. „Das hast du selber erzählt, Ute.“

„Ich? Nie im Leben!“

„Ich hab's von dir gehört, jawohl.“

„Weiß der Himmel, was du gehört hast. Jedenfalls hast du es in den falschen Hals gekriegt. Und jetzt verschwinde. Verschwinde!“ befahl Ute scharf.

Zögernd und gekränkt zog Franka sich zurück.

Ute wandte sich zu Fanny um. „Da hast du's. Du hättest Franka nicht rufen sollen. Wir kennen sie doch. Neugierig horcht sie hinter Türen und bläst dann falsch verstandene Weisheiten in den Wind.“

„Nein.“ Fanny starrte vor sich auf das Linoleum. „Nein, sie hat es richtig verstanden. Woher sollte sie diese ausgefallene Bezeichnung ‚graue Eminenz‘ haben, wenn nicht von dir? Und du hast sie von Sascha. Er hat sich mal im Scherz so genannt.“

„Ja, im Scherz, Fanny! Im Scherz hat er sich auch vor mir so genannt, als er mit mir über die Wandzeitung sprach.“

„Mit dir!“

„Warum nicht? Er macht sich Gedanken. Es stimmt, die Idee, Beate Braune einzuladen, hat er gehabt. Und ich hab sie aufgegriffen. Ich versteh dich nicht, Fanny.“

„Aber ich versteh dich. Du bist ein ganz falsches Aas.“

Ute nahm vor Verblüffung die Brille ab und rieb sich die Augen.

„Ja“, wiederholte Fanny, „ein falsches Aas bist du. Das hab ich immer gewußt, gleich vom ersten Tag an. Ich durchschau dich, du kannst dich verstellen, soviel du willst. Du schleichst umher ... mit deiner Tasche und mit deinen Zigaretten ..., du falsches Aas!"

Ihrem Widerwillen endlich mal freien Lauf zu lassen, empfand Fanny als Genugtuung ohnegleichen, ob es nun vernünftig war oder nicht.

Ute schnitt ihr das Wort ab. „Es reicht. Daß du ein bißchen verdreht bist, war mir schon vorher klar. Jetzt seh ich, daß du nicht bei Trost bist!" Und sie fügte hinzu: „Ich möchte wissen, wie Sascha es mit dir aushält."

„Frag ihn doch!" rief Fanny. „Und freu dich, daß du selber nicht verdreht bist, sondern superschlau und gerissen. Geh doch zu ihm!"

„O Gott", sagte Ute. Sie tippte sich an die Stirn und ließ Fanny stehen.

Fanny sah ihr nach. Sie ärgerte sich, daß sie sich hatte hinreißen lassen. Andere Menschen folgten der Vernunft. Sie aber, Fanny, sie packte Rainer und rannte mit ihm die Treppe hinauf, sie stellte sich gegen Oma und Tante Lisa und gegen Frau Hanf, und wenn es um Sascha ging, geriet sie vollends außer Rand und Band.

Während des Unterrichts saß sie eingesponnen in ihre Gedanken. In der Frühstückspause fragte Vera, was denn zwischen ihr und Ute los gewesen sei.

„Ach", wehrte Fanny verlegen ab, „nichts Besonderes."

„Franka hat gesagt..."

„Franka sagt viel."

„Aber Ute sagt auch, du hättest einen Rappel."

„Einen Rappel hat jeder mal."

„War es wegen Beate Braune?"

Fanny nickte. „Ich hatte ja gleich den Verdacht, daß Ute die Sache bloß hochspielen will, aus Sensationslust."

„Und nun bist du dagegen? Weißt du denn was Besseres?"

„Nein, und ich bin auch nicht direkt dagegen. Lade Beate man ruhig ein. Kennst du sie gut?"

„Ganz gut. Ich glaub, mit Sensationslust kann man ihr nicht kommen. Das merkt sie."

„Na schön, versuchen wir's", sagte Fanny.

Sie hielt Ausschau nach Sascha. Wenn er Frühschicht hatte, kam er immer in der Frühstückspause. Als sie ihn aus der Tür treten sah, lief sie über den Hof und fing ihn ab, bevor er sich zu den rauchend und schwatzend herumstehenden Mädchen gesellen konnte. Die Mädchen wärmten sich in der Märzsonne. Fanny und Sascha standen an zugiger und schattiger Stelle nah bei der Tür.

„Die Sonne blendet", erklärte Fanny.

Sie brannte darauf, mit Sascha zu sprechen und Klarheit zu schaffen, aber nicht hier vor aller Augen und Ohren. Sie sagte, daß sie heute Aufnahmen machen würde, draußen bei Zinsdorf, am See und im Wald, in der späten Nachmittagssonne, wenn die Bäume im Märzlicht lange Schatten warfen und die Silhouette der Stadt hinter dem immer noch vereisten See vor dem klaren Himmel stand. Sascha war sofort einverstanden, sie zu begleiten. Er überlegte, ob er Charlie mitnehmen sollte.

„Nein", sagte Fanny, „das ist zu weit für Charlie, das hält er nicht aus."

Sie sah nämlich voraus, daß Sascha den ermüdeten Charlie auf den Arm nehmen würde, was bedeutete, daß sie, Fanny, nicht Saschas Hand halten könnte.

„Wir fahren doch mit der Straßenbahn", wandte Sascha ein.

„Nein, wir gehen über die Schloßbrücke und weiter zu Fuß am See entlang."

Er fügte sich wie gewöhnlich. Diese Gutmütigkeit war ihr zwar willkommen, aber da er zu allen Mädchen gutmütig war, sah sie darin eine seiner Schwächen.

Zu Hause holte sie ihre Exa aus der Mansarde. Sie eilte durch die Wohnung, kontrollierte, ob eingekauft worden war, und stieß einen Schreckensruf aus, als Rainer, der gerade seine Schultasche packte, ihr einen entsetzlich verschmierten Tuschkasten vorwies. Der Vater lag im Wohnzimmer auf der Couch und schlief. Fanny weckte ihn, obwohl er Nachtschicht hatte. Sie sah nicht ein, warum immer nur sie für alles zuständig sein sollte.

Unwillig in seiner Benommenheit, hörte der Vater, daß Rainers Tuschkasten gereinigt und mit neuen Farben bestückt werden müsse, und zwar heute noch, und daß einer gehen müsse, um neue Farben zu kaufen.

Der Vater richtete sich auf. „Sag das Rüdiger."

„Ich hab was vor. Sag du es ihm, wenn er kommt."

Plötzlich war der Vater hellwach. Er griff auf den Tisch nach einem Brief. „Oma hat geschrieben!"

„Ja, das les ich heute abend. Ich geh jetzt los."

„Schon wieder zu Kahlbom? Deine Großmutter kann der Schlag treffen, wenn du nur zu Kahlbom kannst!"

„Wieso? Ist Oma krank?" fragte Fanny bestürzt.

„Noch nicht, aber sie wird krank werden vor Sorge, weil du ihr nicht mehr schreibst."

„Ich hab jede Woche geschrieben."

„Letzte Woche nicht."

„Ja, ja", sagte Fanny ungeduldig, „man kann's doch mal vergessen."

„Nein, das kann man nicht!" Er hielt den Brief hoch, gereizt, weil er Kahlboms wegen aus dem Schlaf gerissen worden war. „Denkst du eigentlich außer an Kahlbom noch an andere Menschen? Deine Großeltern warten auf Post, alt und krank, wie sie sind, warten sie jeden Tag auf Post, sorgen sich, grämen sich und weinen. Von mir ganz zu schweigen. Ich alter Sack kann ja ruhig hier sitzen und die Wände anstarren, meine Tochter kennt mich nicht mehr. Ich bin völlig unwichtig und überflüssig."

„Ach, Vati, nun mach mal einen Punkt. Du bist kein alter Sack und überflüssig schon gar nicht. Was soll das? Gönnst du mir kein bißchen Abwechslung? Du hast selber gesagt, daß es dir nicht recht wäre, wenn mich der Haushalt auffressen würde."

„Von mir aus amüsiere dich! Ich alter Sack kann ja sehen, wo ich bleibe."

Fanny seufzte. Sie brachte es nicht fertig, jetzt zu gehen. Der Vater würde sich immer mehr hineinversteigen in Anklagen und Selbstmitleid, und dann, aus Trotz, würde er wieder trinken. Sie setzte sich zu ihm auf die Couch. Sie schämte sich, weil sie den Vater geweckt hatte. Die Mutter hätte das nicht getan. Aber auch dem Vater war es peinlich, wie er sich aufgeführt hatte.

„Geh man“, sagte er, „du hast schon recht. Du bist viel zu jung, um dauernd nur Haushalts- und Familienkram um die Ohren zu haben. Daß du überhaupt damit fertig wirst, ist ja ein Wunder. Ich werde Oma schreiben, was für ein tüchtiges Mädchen du bist.“

„Sascha hilft mir.“

„Kann sein, er hat Qualitäten, die ich nicht kenne“, gab der Vater zögernd zu. „So engstirnig bin ich nun auch wieder nicht. Es muß ja was dran sein an ihm, daß er euch alle, dich und die Jungen, dermaßen von sich einnehmen kann. Er hat mehr Einfluß auf euch als ich.“

„Nein, Vati, er ist nur fröhlicher. Du grübelst immer und denkst an früher.“

„Denkst du denn nie an früher?“

„Oft! Am schlimmsten ist nicht das Rechnen mit dem Wirtschaftsgeld oder die Wäsche oder das Saubermachen, am schlimmsten ist, daß ich keinen habe, mit dem ich reden kann.“

„Worüber?“

„Über alles, was so anfällt, über Sascha, die Schule, die Wandzeitung, die Mädchen und über mich selber, über meine Gedanken und Gefühle.“

„Ich zähle wohl gar nicht?“

„Du gehst nicht richtig auf mich ein, Vati. Du polterst, oder du bist vergnatzt oder gekränkt, und oft bist du weit weg. Du sitzt da im Sessel, aber du bist weit weg. Du urteilst über Sascha, aber du hast dich noch nie mal länger mit ihm unterhalten. Und dann das Trinken, Vati, das ist mir so unheimlich. Kommst du wirklich nicht ohne Schnaps aus?“

Der Vater schob mit kauenden Bewegungen den Unterkiefer vor und zurück. Er rauchte. Nach einer Pause, die Fanny endlos schien, sagte er: „Ich trinke nicht viel.“

„Aber jeden Tag."

„Früher habe ich auch getrunken."

„Aber selten. Wenn ihr aus wart, Mutti und du, oder wenn ihr Besuch hattet oder bei Brigadefeiern, da hast du getrunken. Nie allein."

„Es hilft mir."

„Das glaub ich nicht. Denkst du an Mutti, wenn du trinkst?"

„Immer."

„Was sie dazu sagen würde?"

Er zog gepeinigt die Brauen zusammen.

„Ich will dir nicht weh tun, Vati. Ich hab Angst. Eigentlich ist nicht Sascha für uns zuständig, sondern du. Es stimmt, du kümmerst dich. Du hast ein Heizprogramm entworfen, du siehst nach den Hausaufgaben, du gehst mit Rainer Schwäne füttern, du machst die Zimmer sauber, du verdienst Geld. Aber wir merken trotzdem, daß du weit weg bist, erst recht, wenn du trinkst."

„Das verstehst du noch nicht."

„Ich bin kein Kind mehr, ich bin eine Frau."

Er begriff sofort, was sie meinte. „Also doch!"

„Ja", sagte sie, während sie seinem Blick standhielt. „Ich mag nichts vertuschen oder verheimlichen. Wir beide, Vati, müssen offen zueinander sein."

Der Vater stand auf und ging im Zimmer umher. „Na ja", sagte er schließlich, „wenn du ihn heiraten willst..."

„Heiraten?" fragte Fanny erstaunt.

„Oder taugt er dazu nicht?"

„Doch", versicherte sie schnell, um seinen Argwohn zu zerstreuen. Sie dachte, daß ihn der Gedanke an eine Heirat beruhigen mochte. Aber sie war verwirrt, und so fuhr sie fort: „Natürlich müßte ich Sascha erst noch ein bißchen erziehen."

Im selben Augenblick ärgerte sie sich, daß ihr dies herausgerutscht war. Der Vater neigte den Oberkörper vor.

„Haben seine Eltern ihn so schlecht erzogen?"

„Das nicht. Es ist... mehr allgemein, wie er sich verhält..."

„Zu dir?"

„Und zu anderen.“

„Könntest du dich nicht konkreter ausdrücken?“

Sie schüttelte den Kopf. Es war völlig ausgeschlossen, dem mißtrauischen Vater einzugestehen, was ihr an Sascha nicht gefiel.

„Erziehen, du willst ihn erziehen!“ Der Vater reckte sich, er lachte sogar. „Das wird nie was, das schlag dir aus dem Sinn. Kannst du ihn nicht nehmen, wie er ist, laß die Finger von ihm. Du sagst, wir sollten offen zueinander sein. Dann hör auf deinen Vater. Ich sage dir: In der Liebe erzieht man nicht. Man liebt kein festgefügtes Ideal, keine Schablone, sondern einen lebendigen Menschen. Versuche um Gottes willen nicht, einen Mann in die Schablone zu pressen, die dir vorschwebt. Das läßt sich keiner gefallen.“

„Aber man kann doch lernen“, erwiderte Fanny eingeschüchtert, „wie man den anderen nicht dauernd vor den Kopf stößt.“

Der Vater war merklich aufgelebt. „Wodurch stößt er dich denn vor den Kopf? Dadurch, daß er eine eigene Meinung hat? Daß er anders ist als du? Liebes Kind, wär er wie du, wär er ein Mädchen, könntest du ihn gar nicht lieben.“

„Er soll nicht wie ein Mädchen sein“, verteidigte sich Fanny. „Aber er soll auch nicht dauernd nach anderen Mädchen schielen.“

Nun hatte sie sich doch verraten.

Der Vater lachte nur. „Solange er sich aufs Schielen beschränkt, tust du gut daran, ihn schielen zu lassen.“

„Hast du jemals in deinem Leben nach anderen Frauen geschielt?“

Der Vater stutzte. Er wiegte den Kopf nach links und rechts. „Ich? Tja ..., es gibt ja manchmal Situationen ...“

„Was für Situationen?“ fragte Fanny empört. „Hör mal, das hätte ich nie von dir gedacht!“

„Meine kleine Fanny, du hast ein Vaterbild, du hast ein Mutterbild, du hast ein Saschabild. Diese Bilder müssen nicht unbedingt richtig sein.“

„Sag mir nicht, daß sie falsch sind, Vati. Sonst versteh ich gar nichts mehr."

Er lächelte nachsichtig, rauchte und kniff die Augen im Rauch zusammen. Dann streckte er den Arm aus und zog Fanny zu sich heran. „Dir fehlt noch viel zu einer Frau", murmelte er zärtlich, „sehr viel, meine Kleine." Er küßte sie, was er lange nicht getan hatte. „Und jetzt geh. Der Junge mit den Samtaugen wartet. Denk aber dran, was dein Vater, der alte Sack, dir gesagt hat." Er lachte leise.

Daß er lachte, daß er sie im Arm hielt, daß er mit ihr sprach, ohne in Gedanken weit weg zu sein, machte Fanny glücklich. Sie sah einen Hoffnungsschimmer. Nach und nach würde der Vater wieder so werden, wie er früher gewesen war, durch ihre Hilfe, vielleicht sogar auch durch die Saschas. Dann würde er in ihm keinen Störenfried mehr, sondern einen Sohn sehen. Das wäre schön. Weniger schön waren seine rätselhaften Äußerungen über gewisse Situationen. Sie fand es unerhört. Nie hätte sie ihren Vater für leichtfertig gehalten, und sie hielt ihn auch jetzt nicht dafür. Sicher hatte er sie durch seine lockeren Reden provozieren wollen. Sie würde sich davon nicht beirren lassen. Gerade weil sie Sascha liebte, war es ihre Pflicht, ihm seine Flausen abzugewöhnen, damit er ein Mensch werden würde, auf den sie sich verlassen könnte.

Mit diesem Vorsatz fuhr sie ins Stadtzentrum, wo Sascha schon seit einer halben Stunde auf dem Leninplatz wartete. Er machte Fanny aber keine Vorwürfe. Er strahlte, er freute sich, daß sie da war, und legte den Arm um sie. Sie gingen auf der Straßenseite, die im Sonnenschein lag, und unterhielten sich. Auf dem großen Platz beim Theater fotografierte Fanny, erst Sascha, frühjahrsmüde auf den Stufen der Museumstreppe sitzend, dann weiter oben die steinernen Löwen. Bei der Schloßbrücke schwang Sascha sich auf die Steinbrüstung und saß dort, eine Hand ausgestreckt, so daß die Möwen, Fütterung erhoffend, ihn schreiend umflogen. Saschas dunkler Kopf und die weißen Möwen um ihn her... Fanny drückte den Auslöser.

Sascha blieb auf der Brüstung sitzen. Ihm gefiel das wilde Gekreisch, die gierige Zudringlichkeit der Vögel. Er winkte Fanny zu sich herüber. Sie hatte auf der anderen Seite der Brücke gestanden.

In gespielter Besorgnis fragte er: „Überlegst du nun auch jedesmal, was deine Fotos bewirken könnten, wenn ein feindliches Auge sie sieht? Zum Beispiel mit der Unterschrift ‚Möwen füttern – einziges Vergnügen der DDR-Jugend'."

Fanny hauchte in die Hände und zog ihre Handschuhe an.

„Manche Leute", sagte er kopfschüttelnd, „wittern Unrat auf Schritt und Tritt. Dabei sind sie es, die Unheil stiften, weil sie alles unsicher und verdächtig machen, die beste Absicht ins Gegenteil verkehren. Zum Glück gibt es auch andere."

„Wen meinst du?" fragte sie.

„Beate Braune. Kennst du sie?"

„Vom Sehen." Sie holte Luft und sagte: „Und vom Hören neuerdings. Sie wurde bei uns ins Gespräch gebracht, im Zusammenhang mit der Wandzeitung."

„So?"

Sie sah ihn an, aber er saß ganz ruhig auf der Brüstung und lächelte.

„Du weißt natürlich", sagte sie, „wer sie ins Gespräch gebracht hat. Oder nicht?"

Er nickte.

„Ist das alles?" fragte sie in strengem Ton, was eigentlich nicht ihre Absicht war. „Hast du mir denn weiter nichts zu sagen?"

Er schob die Lippen vor und schwieg. Obwohl er nicht mehr lächelte, hatte Fanny den Eindruck, daß er sich im stillen amüsierte.

„Du steckst mit Ute zusammen", rief sie, „ihr flüsterst du Vorschläge zu, die du mir machen müßtest, mir! Aber mich hältst du wohl für dumm."

„Ja", sagte er.

Auf diese Dreistigkeit war Fanny denn doch nicht gefaßt gewesen. Sie warf den Kopf zurück, wobei sich ihr Haar im

Halsriemen des Lederetuis verhedderte, und das brachte sie noch mehr auf. Sie riß sich die Kamera vom Hals.

„Du hast nämlich gegen Ute eine Wut im Bauch, eine ganz dumme", erklärte er gelassen. „Die mußt du dir abgewöhnen."

„Ich soll mir was abgewöhnen?"

„Die Wut. Du kannst doch die Sache nicht allein durchboxen. Ich hab meine Antennen nach allen Seiten ausgefahren. Dabei bin ich auf Beate Braune und eben auf Ute gekommen. Ute hat nämlich Verstand."

„Und ich bin dumm!"

„Weil du zu Eis wirst, sowie man bloß Utes Namen nennt."

„Und darüber wunderst du dich? Rauchst ihre Zigaretten, trägst ihre Tasche, triffst dich mit ihr ... und wunderst dich! Wenn sich einer was abgewöhnen muß, dann bist du es. Dies Herumscharwenzeln, das hasse ich. Antennen ausfahren ..., ich weiß schon, warum! Nach allen Seiten, sehr schön. Mach man so weiter. Aber ohne mich!"

„Du wirst noch mal platzen vor Eifersucht, Fanny."

„Und du vor Eitelkeit! Vielleicht gehst du nur deshalb mit mir, weil ich Fotos mache, Fotos vom schönen Sascha, die verschenkst du dann mit Widmung ... nach allen Seiten. Seh ich dich noch ein einziges Mal mit Ute, ist es aus zwischen uns. Hast du verstanden?"

„Nein."

„Wie?"

„Nein, und ich will's auch nicht verstehen."

„So, du willst nicht!"

„Nein!"

Er, der Gutmütige, Nachgiebige, er leistete Widerstand. Dafür war nur eine einzige Erklärung denkbar.

„Du liebst sie also", stellte Fanny fest.

Er lachte.

In dem Augenblick fiel etwas von der Brüstung, es rutschte nach hinten und schlug kurz darauf mit dumpfem Klatschen ins Wasser. Sie sahen es rutschen, sie hörten es klatschen, und dann erst begriffen sie, daß es die Kamera war.

„Meine Exa", flüsterte Fanny.

„Die hat hier gelegen?" fragte Sascha entsetzt.

Er sprang von der Brüstung, neigte sich vor und starrte ins Wasser.

„Du hast sie reingestoßen!" schrie Fanny. „Du hast die Exa genau gesehen und aus Gemeinheit reingestoßen!"

Er stand da, blaß, mit geweiteten Augen, und sagte nichts.

„Was guckst du? Hol sie raus!" Fanny beugte sich nun auch über die Brüstung, aber von der Kamera war nichts zu sehen. Fanny begann zu weinen. Sie fühlte Saschas Arm, seinen Atem an ihrer Wange, und sie schlug nach ihm. „Rühr mich bloß nicht an, nie wieder! Jetzt weiß ich, wie du bist, gemein!"

„Nein, das denkst du nicht wirklich von mir", bat er tonlos.

„Doch!" sagte sie, und sie schrie in sein ungläubiges Gesicht hinein immer wieder: „Doch, doch!"

„Ich hol sie raus."

„Die liegt längst auf dem Grund, die ist hin. Und wenn du nach ihr tauchen würdest, bis du totgefroren bist, sie ist trotzdem hin. Jetzt kannst du mit Ute gehen, jetzt macht's mir nichts mehr aus."

„Ist dir denn die Exa mehr wert als ich?"

„Da fragst du noch! Wenn's einen Sinn hätte, würde ich sagen: Hol sie raus. Und wenn du auch erfrierst dabei!"

Sie erschrak. Was war mit ihr los? Sie schluckte an ihren Tränen, drehte sich um und lief davon. Einmal, als sie schon beim Theater war, blickte sie sich um. Da sah sie Sascha immer noch auf der Schloßbrücke stehen. Die Möwen kreisten über ihm.

12

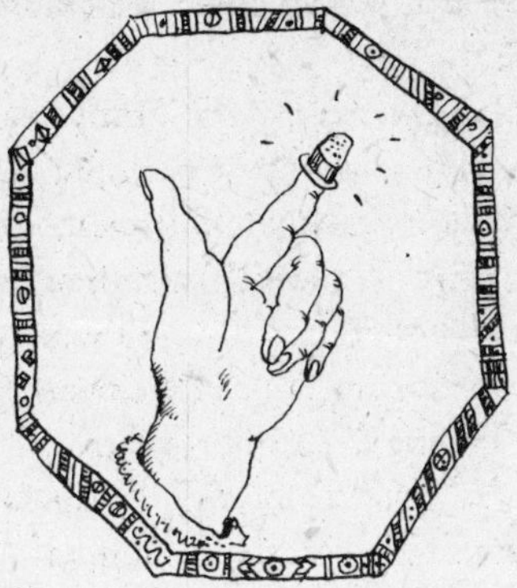

Fanny saß und nähte. Nach der Frühschicht war sie in der Lehrwerkstatt geblieben. Ein Mädchen in der Spätschicht fehlte, und so war eine Maschine frei, an der Fanny nachmittags nähen konnte. Sie nähte eine Latzhose für Rainer, die verschiedenen Arbeitsgänge hatte sie inzwischen gelernt. Anfangs hatte sie nur mal ausprobieren wollen, ob sie schon imstande war, ein Stück ganz allein zu nähen, und außerdem war es ein Vorwand gewesen, um nicht nach Hause gehen zu müssen, denn dort fragten die Brüder dauernd nach Sascha. Dann aber, zu ihrer Verwunderung, war sie von Ehrgeiz gepackt worden. Es genügte ihr nicht, einfach eine Hose zu nähen. Sie setzte Taschen und Täschchen auf, brachte Schnallen an, und die Mädchen staunten über den modischen Schick, den Fanny entfaltete. Rainer würde begeistert sein.

Frau Zickhus bat sich die Hose aus und zeigte sie überall herum bei Meistern und Lehrausbildern, und ihr Stolz war fast größer als Fannys Befriedigung. Sie sagte, eines Tages würde Fanny in der Abteilung arbeiten, wo die Entwürfe gemacht werden, sogar studieren würde sie vielleicht noch!

Fanny lächelte matt. Der Erfolg konnte sie nicht trösten. Eher fürchtete sie, sich wieder ins Gerede gebracht zu haben. Eben erst hatte sich gezeigt, daß sie ein kompletter Versager war. Sie hatte die Wandzeitung aufgegeben. Ohne Sascha hatte alles keinen Sinn mehr.

Beate Braune war zur Redaktionssitzung gekommen, eine junge Frau, Anfang der Zwanzig bereits Mutter kleiner Kinder. Mit den hautengen Jeans und dem lang auf den Rücken fallenden Haar unterschied man sie kaum von den Mädchen. Sie saß da, das Kinn auf die Hand gestützt, und ließ den Blick von einer zur anderen wandern, aufmerksam abwartend, was sich nun ereignen würde.

Am Anfang beherrschte Frau Hanf das Feld. Dan war aus Protest nicht erschienen. Fanny, die als Chefredakteur den Vorsitz hatte, schwieg. Sie konnte Ute nicht in die Augen sehen, Ute, mit der sie sich hätte verständigen müssen, anstatt ihr eine alberne Szene zu machen. Je mehr sie nachdachte, und sie kam leider keine Stunde davon los, desto mehr war ihr bewußt geworden, daß sie sich getäuscht hatte, ob sie es nun wahrhaben wollte oder nicht. Auf der Suche nach Bundesgenossen für Fanny hatte Sascha sich an Ute gewandt, sie aber, Fanny, sie war mit Blindheit geschlagen gewesen und hatte jetzt keinen mehr, der zu ihr stand.

Ute rechnete auch gar nicht mit Fanny. Sie als einzige überließ Frau Hanf nicht kampflos das Feld. Als Frau Hanf erklärte, die Mädchen hätten ein falsches Thema gewählt, ein unausgegorenes, noch nicht spruchreifes Thema, fragte Ute: „Was heißt eigentlich ‚spruchreif‘?“ Und sie antwortete gleich selbst: „Worüber alle sprechen, das ist spruchreif. Ich wohne zu Hause, aber ich höre dauernd die Mädchen vom Wohnheim sprechen. Wer sich die Ohren zuhält, der hört's natürlich nicht, der bildet sich ein, es würde nicht gesprochen, wenn er sich die Ohren zuhält. Ist damit das Problem aus der Welt? Im Gegenteil, es wird nur um so mehr gesprochen. Wenn wir aber offen sagen: So und so ist es, das und das sind die Gründe, dies werden wir ändern, und jenes können wir noch nicht ändern, wenn die Mädchen das ehrliche Bemühen erkennen, dann werden sie sich selber auch mehr bemühen. Und sie werden weniger auf solche hören, die bloß meckern.“

Beate Braune nickte. Sie wollte alles ganz genau wissen, die Fotos sehen, die Texte lesen. Zuletzt nahm sie die Mappe an sich. Sie sagte, sie werde die Meinung der FDJ-Leitung einholen, und danach werde sie mit dem Direktor sprechen. Sie hatte Pläne, viel weitreichendere Pläne, als die Mädchen vermutet hatten.

„In der Schule seid ihr bloß noch bis Juli", sagte sie. „Die paar Monate würden den ganzen Aufwand nicht lohnen. Ab September übernehmen wir die Wandzeitung nach drüben, in die Werkhalle. Dann wird sie der FDJ-Leitung unterstehen, und von euch hängt es ab, ob eine gute Sache daraus wird. Überlegt mal, was ihr aufziehen könnt, wenn ihr am Ball bleibt."

Vera stieß Fanny an. „Hör, Fanny, hör zu!"

Beate, im Begriff zu gehen, die Mappe unter dem Arm, sah sich nach Fanny um. „Wüßte ich nicht von verschiedenen Seiten, wer du bist, ich hätte dich nicht erkannt", sagte sie nachdenklich. „Unter dem Namen Fanny Schill hab ich mir ein ganz anderes Mädchen vorgestellt, einen vitalen Typ."

Von verschiedenen Seiten, dachte Fanny, das heißt natürlich: auch von Saschas. Sie schüttelte den Kopf. „Ich hab keine Lust mehr."

Betroffen kamen die Mädchen näher. Frau Hanf, erschrocken, weil ihr pädagogisches Gewissen sich rührte, legte den Arm um Fannys Schultern und rüttelte sie leicht. „Aber woher denn!" rief sie in gemachter Fröhlichkeit. „Unsere Fanny ist jetzt nur ein bißchen niedergeschlagen und müde, stimmt's?"

„Nein. Ich mag nicht mehr."

„Ausgerechnet jetzt läßt du uns im Stich?" fragte Vera.

„Nennt es, wie ihr wollt. Ich kann euch sowieso nicht mehr nützlich sein. Meine Exa ist kaputt."

„Ich hab eine Kamera zu Hause, die leih ich dir gern", sagte Ute.

Fanny fühlte, wie sie rot wurde. Utes Vorschlag beschämte sie. Es war ein Angebot, eine großmütige Geste der Versöhnung, die ihr erst recht zum Bewußtsein brachte, wie plump und töricht sie sich aufgeführt hatte.

„Nein, vielen Dank“, murmelte sie. „Ich hab schon genug fremde Hilfe in Anspruch genommen. Zum Entwickeln und Vergrößern bin ich immer zu einem meiner ehemaligen Lehrer gegangen, in die Schule, wo früher mein Zirkel war. Im Zirkel hat's Spaß gemacht, da war's schön. Jetzt hör ich auf damit.“

„Na gut, Fanny, das mußt du natürlich selbst entscheiden“, stimmte Beate zu, überraschend für die anderen. An der Tür verharrte sie, als habe sie etwas vergessen. „Übrigens, da fällt mir gerade ein: Macht euch mal Gedanken, Mädchen, für welche Art von Zirkelarbeit ihr eventuell Interesse hättet. Vielleicht hat Vera euch schon erzählt, daß die FDJ-Leitung in unserem Betrieb einen Jugendklub schaffen will. Sie schlägt es nicht nur vor und bringt es gelegentlich in Erinnerung, nein, sie will es mit aller Kraft und boxt sich herum mit einem Haufen Schwierigkeiten. Ihr wißt ja, wie es bis jetzt noch in unserem Betrieb aussieht, aber der Jugendklub muß unbedingt vor anderen Projekten den Vorrang haben. Sobald die Wandzeitung drüben in der Werkhalle hängt, solltet ihr euch den Jugendklub als Thema einer Ausgabe vornehmen, mit Hinweisen für Disko, Geselligkeit, Zirkelarbeit, möglichst konkret und so, daß viele Mädchen anbeißen und nicht vorbeigehen und denken: Ach, das ist wieder Zukunftsmusik. Man schenkt uns nichts. Wir brauchen Mädchen, die bereit sind, sich für den Jugendklub voll zu engagieren. Wir sitzen der Betriebsleitung im Nacken und lassen uns nicht vertrösten.“

Mit entschlossener Kopfbewegung warf Beate Braune die langen Haare auf den Rücken und ging. Fanny sah ihr nach. Unwillkürlich hatte sie aufgehorcht. Sie erinnerte sich, daß ihre Mutter auch mal von einem Jugendklub gesprochen und daß sie, Fanny, damals gedacht hatte, wie abwegig ein solcher Vorschlag wäre. Nun auf einmal schien er gar nicht abwegig.

Aber was soll's, dachte Fanny. Sie wandte sich ab und ergriff ihre Tasche. Sie hatte keine Kamera mehr, und überhaupt würde sie nach der Lehre den Betrieb verlassen, um Sascha zu vergessen. Hier lief er ihr täglich über den Weg, sie sah ihn von fern und konnte den Blick nicht von ihm lassen, solange sie meinte, er merke es nicht. Er wich ihr aus, er ging beiseite, wenn sie kam. Die Mädchen fragten, warum das so war. Zu Hause fragten die Brüder nach Sascha und hier die Mädchen. Nur beim Nähen, nachmittags während der zweiten Schicht, wurde Fanny in Ruhe gelassen, denn diese Mädchen kannte sie kaum, die wußten nichts von ihr.

So saß Fanny denn und nähte, erst eine Hose für Rainer, dann auch noch eine passende Weste dazu, und als die Schicht wechselte, ging sie vormittags zum Nähen. Frau Zickhus erkundigte sich besorgt, ob das nicht zuviel werde, aber Fanny behauptete, es mache ihr Freude, und das stimmte sogar. Die Arbeit lenkte sie ab und wurde, da sie gelang, zu einer Ersatzfreude.

Sie schrieb an Oma: „Wenn Ihr uns im Mai zu Volkers Jugendweihe besucht, werdet Ihr sehen, wie hier bei uns alles klappt. Ich kann jetzt nähen, Oma, Du wirst staunen. Anfangs fand ich ja die Arbeit im Betrieb öde und stumpfsinnig, da habe ich mir keine Mühe gegeben. Ich habe nicht verstanden, was Herr Kühn, ein ehemaliger Lehrer von mir, meinte, als er sagte, eine Arbeit verschließt sich, wenn man sie ablehnt, und kommt einem entgegen, wenn man sie annimmt. So ungefähr hat er gesagt, und jetzt verstehe ich ihn ein bißchen besser. Es war gar nicht mein Ziel, zu den Besten zu gehören, aber jetzt gehöre ich trotzdem dazu. Die Jungen reißen sich mächtig zusammen, sie wollen auch, daß bei uns alles klappt. Einmal, nach den Weihnachtsferien, war eine Lehrerin bei uns, um sich über Rüdiger zu beschweren, seitdem nie mehr. Bloß mit dem Wirtschaftsgeld, Oma, habe ich immer noch Schwierigkeiten. Du mußt mir mal ganz genau erklären, wie man das einteilt, damit man auskommt. Ihr fragt, was ich mir zu meinem Geburtstag wünsche? Eine neue Tasche könnte ich brauchen, aus Leder, aber was Flottes, liebe Oma, mit Schulterriemen, ja? Sonst habe ich mir immer Fotokram gewünscht. Das ist vorbei. Mit dem Fotografieren habe ich aufgehört. Meinen

Geburtstag will ich, zwei Wochen vor Volkers Jugendweihe, nicht extra feiern. Ich lade keinen ein. Ich wüßte auch gar nicht, wen.

Herzliche Grüße von Eurer Fanny."

Sie las den Brief durch und steckte ihn in einen Umschlag. Oma würde zufrieden sein. Die Mutter allerdings wäre bei den letzten Sätzen hellhörig geworden und hätte beunruhigt überlegt, ob ihre Fanny etwa einsam und unglücklich war. Aber die Mutter war nicht mehr da, wie sehr man sie vermißte und nach ihr fragte, sie war nicht mehr da, und Fanny mußte sich allein zurechtfinden.

Sie mußte auch lernen, ohne Sascha zu sein. Sie schämte sich fast, weil es ihr so vorkam, als entbehre sie ihn noch mehr als die Mutter. Sie wollte nicht an ihn denken, und doch hallte immerzu in ihren Ohren nach, was sie zu ihm gesagt hatte. Diese unglaublichen, lieblosen, kaltherzigen Worte verfolgten sie und ließen sie nachts aus dem Schlaf schrecken. Dann saß sie aufrecht im Bett und flüsterte vor sich hin, dann weinte sie, dann bat sie Sascha um Verzeihung. Aber am Tage wußte sie, daß er ihre Worte so wenig vergessen und vergeben konnte wie sie selber, und sie wagte sich nicht in seine Nähe.

Einmal hörte sie von den Mädchen, Sascha explodiere neuerdings bei jeder Kleinigkeit. Er habe ein Mädchen fast auf den Mund geschlagen, um ein Haar, nur weil es einen Witz gemacht habe, der ihm nicht paßte, das müsse man sich mal vorstellen, und seinen Meister habe er angeschrien und vor aller Ohren einen Scheißkerl genannt. Fanny stand dabei, sie hörte es, aber sie glaubte es nicht.

Später jedoch, zu Hause, hörte sie plötzlich auch Volker und Rüdiger davon sprechen. Die beiden wußten sogar noch mehr, zum Beispiel, daß Sascha bei einer Diskothek an einer Schlägerei beteiligt gewesen sei und mit der Polizei zu tun gehabt habe. Wer hatte ihnen solche Lügen erzählt?

„Er selbst", sagte Volker, „er hat uns das erzählt."

„Ihr seht ihn also?" fragte Fanny.

Rüdiger gab seinem Bruder ein Zeichen mit den Augen und

antwortete schnell: „Wir haben ihn zufällig auf der Straße getroffen."

„Ach so", sagte Fanny enttäuscht.

Sie hatte zu Hause erzählt, die Exa sei ihr beim Fotografieren auf der Schloßbrücke ins Wasser gefallen. So merkwürdig diese Darstellung auch erscheinen mochte, von Sascha hatte sie kein Wort gesagt. Es stellte sich aber heraus, daß die Jungen durchaus im Bilde waren. Sie fragten nicht länger nach dem Grund für Saschas Fernbleiben, sie fragten nun immer, ob Fanny ihm noch böse sei, und eines Tages platzte Volker heraus: „Wegen der Exa..."

„Wieso wegen der Exa? Woher weißt du das?"

Hilfesuchend sah er sich nach Rüdiger um. Der schnitt eine ärgerliche Grimasse. „Man kann sich's doch zusammenreimen", erklärte er. „Seitdem die Exa weg ist, bist du mit Sascha auseinander."

Mehr bekam Fanny nicht aus ihnen heraus. Sie wunderte sich, zog es aber vor, die Sache auf sich beruhen zu lassen, denn kaum kam die Rede auf Sascha, horchten die Jungen gespannt auf jedes ihrer Worte, als wollten sie es sich genau merken.

Auf täppische Art waren sie um Fannys Wohlergehen besorgt. „Komm mit auf den Rummel", schlugen sie vor. Es fand nämlich auf einem Platz in der Stadt ein Ostermarkt statt mit Buden und Karussells. Danach stand Fanny gar nicht der Sinn. Die Jungen drängten sie und schilderten ihr die Vergnügungen in leuchtenden Farben. Am liebsten hätten sie ihre Schwester wohl gewaltsam dorthin verschleppt, und als sie schließlich allein gehen mußten, zogen sie schiefe Gesichter. Hinterher waren sie wie ausgewechselt. Was sie erlebt hatten! Sie grienten, zogen die Schultern hoch und nickten bedeutungsvoll, und da sie Rainer mitgehabt hatten, machten sie ihm dauernd warnende Gebärden, daß er den Mund hielte.

Fanny hatte sich allmählich abgewöhnt, auf jeden dummen Streich der Jungen zu achten, in die Hände zu klatschen und zu kommandieren. In Ruhe und Sachlichkeit kam sie viel besser mit ihnen aus. Sie erinnerte sich auch, daß die Mutter früher über vieles einfach hinweggegangen war und übersehen hatte, was ihr belanglos erschien. Daran hielt sich Fanny nun ebenfalls. Sie fing aber Andeutungen auf, die ihr zu denken gaben, Geflüster, verheißungsvolle Blicke, als stünde etwas bevor. Da nahm sie Rainer beiseite und fragte ihn aus.

„Was war auf dem Rummel? Was habt ihr da erlebt?"

„Ich soll's nicht sagen."

„Ich weiß. Aber ich bin doch deine liebe Fanny, wir sind doch zusammen die Treppe hochgelaufen, als Tante Lisa dich mitnehmen wollte. Ist es denn so was Schlimmes, daß ich's absolut nicht wissen darf?"

„Nichts Schlimmes, was Schönes!"

„Dann möchte ich's erst recht wissen. Warum soll ich mich nicht freuen?"

„Du wirst dich freuen."

„Ja? Wann denn?"

„Bald."

„Und was war auf dem Rummel?"

„Sascha", flüsterte er, „Sascha war da."

Sein Gesicht verklärte sich, denn Sascha hatte ihn so oft mit dem Karussell fahren lassen, wie er nur wollte, und die drei anderen, Volker, Rüdiger und Sascha, hatten währenddessen beraten. Was sie beraten hatten, wußte er nicht. Es würde aber was Wunderbares sein.

Hoffnung flammte in Fanny auf, ein kurzes Glücksgefühl, das sie gleich wieder verdrängte. Natürlich hatten die Jungen mit Sascha nicht beraten, sie waren auch nicht verabredet gewesen. Irgendwie hatte Rüdiger wohl in Erfahrung gebracht, daß Sascha an einem bestimmten Tag auf dem Rummel sein würde. Deshalb, in plumpem kupplerischem Bemühen, hatten Volker und Rüdiger eine Begegnung herbeizwingen wollen. Glücklicherweise war ihnen das mißlungen. Sie hatten mit Sascha gesprochen, und er in seiner Gutmütigkeit hatte sich irgendeine Unverbindlichkeit abringen lassen.

An ihrem Geburtstag hatte sie Frühschicht. Sie stand um vier Uhr auf, es war noch dunkel. Immer fiel ihr so früh das

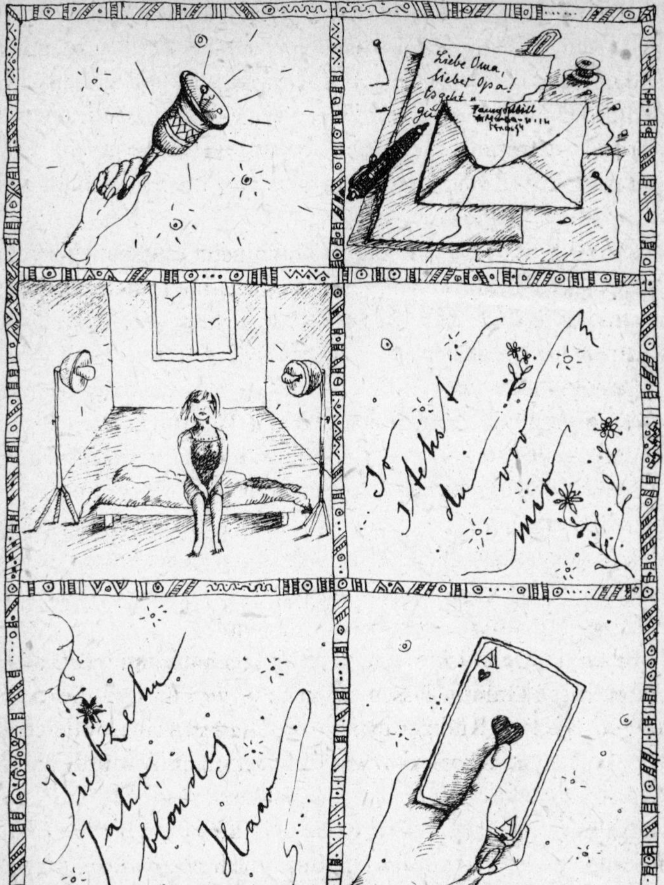
Liebe Oma,
lieber Opa!
Es geht
So stehst du vor mir
Siebzehn Jahr, blondes Haar

Aufstehen schwer. Als sie die Treppen von der Mansarde in die Wohnung hinunterlief, dachte sie an ihre Mutter. Lag der Tag, an dem sie sechzehn geworden war, wirklich erst ein Jahr zurück? Damals hatte die Mutter den Tisch für sie gedeckt und Kerzen angezündet. Sie hatte Fanny in die Arme geschlossen und ihr ein fröhliches, erfolgreiches neues Lebensjahr gewünscht.

Fanny wollte gerade die Wohnungstür aufschließen, da wurde die Tür von innen geöffnet. Gesang erschallte: „Siebzehn Jahr, blondes Haar, so stehst du vor mir..." Volker und Rüdiger schmetterten laut, Rainer krähte mit, der Vater brummte im Baß dazu. Alle vier waren sie zu nachtschlafender Zeit aufgestanden. Nicht etwa im Schlafanzug erwarteten sie Fanny, sondern gewaschen, gekämmt und angezogen, und im Wohnzimmer flackerten siebzehn Kerzen, Kaffee dampfte in den Tassen, und jeder hielt ein Geschenk in den Händen. Fanny weinte beinahe. Sie als einzige war ungekämmt, mußte ins Bad stürzen, konnte weder den Kaffeetisch noch die Geschenke richtig würdigen.

In der Lehrwerkstatt sah sie gleich, daß Blumen auf ihrem Arbeitstisch standen. Dafür hatte Frau Zickhus gesorgt. Obendrein lag da ein verschnürtes Päckchen. Die Mädchen hatten Geld gesammelt für ein Geschenk. Das war üblich, das wurde an Geburtstagen immer so gemacht. Fanny biß sich auf die Lippen. Sie hatte keinen Kuchen mitgebracht, keine Süßigkeiten. Mit leeren Händen stand sie und schämte sich, weil sie an die Großeltern geschrieben hatte, sie wüßte keinen, den sie einladen könnte. Die Mädchen umringten sie und gratulierten ihr. Alle hatten sie gute Worte für Fanny, unverdiente gute Worte, auch Vera, als hätte Fanny sie nicht mit der Verantwortung für die Wandzeitung allein gelassen, auch Ute, als hätte Fanny sie nie ein falsches Aas genannt.

„Ich lade euch alle ein", sagte Fanny spontan, „am Sonntag, wenn wir Zeit haben."

„Wen? Uns alle?"

„Ja, alle zehn vom Lernaktiv."

Vera und Ute wechselten einen Blick und lachten.

„Schön, wir kommen. Du wirst aber wohl zulassen müssen, daß wir dir helfen und daß jede von uns was mitbringt, Kaffee und Kuchen, Cola und Wodka, das teilen wir unter uns auf", erklärte Vera.

Und Ute fügte hinzu: „Du übernimmst dich wieder mal, Fanny." Sie sagte es ohne Spott und Schärfe, freundlich, mit einem Zwinkern durch die Brillengläser, so wie eine Freundin der anderen zu verstehen gibt, daß sie ihre Stärken und Schwächen kennt. Es stimmte, Fanny hatte kein Geld, sie hätte den Vater bitten müssen, ihre Geburtstagsfeier zu finanzieren, und das jetzt, kurz vor Volkers Jugendweihe. Auch die Vorbereitungsarbeiten wären ihr über den Kopf gestiegen, hätten sie tagelang in Atem gehalten und ihr den Spaß vergällt. Daß die Mädchen dies bedachten und für sie regelten, noch ehe sie, Fanny, überhaupt zum Nachdenken gekommen war, erinnerte sie plötzlich an früher, an eine Zeit, da sie sich von Fürsorge umgeben wußte. Sie lächelte verlegen und setzte sich auf ihren Platz an der Maschine.

Nach der Schicht, auf dem Heimweg, kaufte sie für die Brüder ein. Sie wollte ihnen Freude bereiten und sparte nicht. Das Loch in der Wirtschaftskasse würde sie notfalls vom Lehrlingsgeld stopfen. Alle meinten es gut mit ihr, und sie, was tat sie? Sie schleppte an ihrem Kummer. Aber dafür konnten die anderen nichts, die Jungen zu Hause, die Mädchen in der Lehrwerkstatt, die konnten nichts dafür.

So gut es ging, spielte sie das fröhliche Geburtstagskind. Die Brüder freuten sich immer, wenn es einen Grund zum Feiern gab. Alltags mußte man sich dauernd mit irgendwelchen Ärgernissen herumschlagen, da hatte keiner Zeit, da lief jeder seinen Weg, da plagte man sich mit Pflichten und Aufgaben und Versäumnissen. Sonntags war es schon etwas anders, und wie dann erst an besonderen Festtagen. Die Jungen liebten Besuch, Lärm und Trubel. Sie liebten aber auch die stillen Stunden, die Besinnlichkeit in der Familie, das ungestörte Gespräch, bei dem wirklich zugehört wurde, ohne daß einer auf dem Sprung saß, weil dies und das noch erledigt werden mußte. Selten genug war es leider, seitdem die Mutter fehlte, und doch so wichtig, wichtiger als Ordnung und Sauberkeit.

Ich darf mich vom Haushalt nicht unterpflügen lassen, dachte Fanny, während sie reihum in die Gesichter ihrer Brüder sah. Was mag Volker bewegen? Worüber denkt Rüdiger nach, wenn er allein ist? Was geht in Rainer vor, wenn er andere Kinder mit ihren Müttern sieht? Eigentlich weiß ich gar nichts von ihnen. Sascha weiß mehr...

Sie zwang sich, nicht an Sascha zu denken. Hier war ihr Platz, hier bei den Brüdern, und hier sollten auch ihre Gedanken sein. Aber sie vergaß Sascha keinen Augenblick.

Sie saßen beisammen, aßen und tranken, was Fanny mitgebracht hatte, und erzählten, mal von der Schule, von Lehrern und Freunden, dann wieder von allerlei Wünschen und Plänen, mit denen sie sich trugen, manche davon waren höchst ausgefallen. Zum Beispiel wollte Volker sich ein Stehpult zimmern, ein Stehpult fand er schön.

„Das verstehst du nicht", sagte er. „Aber Sascha findet ein Stehpult auch schön."

Fanny schwieg.

Nach und nach verstummten die Jungen. Zurückgelehnt lagen sie in den Sesseln, ihre Augen glänzten wach. Rainer aß die ganze Schokolade auf. Mehrmals setzte er zu einer Frage an, er guckte auf die Uhr. Dann wurde ihm jedesmal der Mund gestopft. Volker und Rüdiger schoben ihm in ungewöhnlicher Großmut ihre Schokolade zu.

„Was hast du?" fragte Fanny schließlich. „Wartest du auf was?"

„Aufs Fernsehen", sagte Rüdiger, ehe Rainer antworten konnte. „Da kommt gleich ein Film."

„Und warum schaltet ihr den Fernseher nicht ein?"

„Weil viel was Schöneres kommt!" rief Rainer. Das Geheimnis noch länger zu wahren ging über seine Kraft. Er sprang auf und rannte zur Tür und schrie: „Weil Sascha kommt!"

„Wann?“ flüsterte Fanny.

„Er ist schon da!“

„Wo denn?“

„Draußen, hörst du’s nicht?“

Auf einmal hörten sie alle vier, daß im Hausflur ein Hund bellte. Sie hatten das Bellen wohl vorher gehört, aber Rainer als erster erkannte Charlie.

Mit Getrampel und Gepolter stürmten die Jungen ins Treppenhaus. Fanny folgte langsam. Angst vor einem Irrtum hielt sie zurück, und auch Angst vor Sascha. Sie hatte keine Ahnung, was sie sagen und tun sollte, wenn Sascha wirklich gekommen war.

Beklommen trat sie aus der Wohnungstür. Sie sah aber nicht Sascha, sie sah nur Charlie, der bellte wild und kratzte an der Haustür, denn sein Herr hatte ihn zurückgelassen, hatte ihm ein Päckchen auf den dicken Rücken geschnallt und war weggegangen, ohne ihn. Die Jungen lockten ihn. Er starrte sie feindselig an, schüttelte sich, um das Päckchen loszuwerden, fletschte die gelben Zähne und heulte vor Verzweiflung laut auf.

Rainer lief die Treppe hinunter. Furchtlos lief er an Charlie vorbei und riß die Haustür auf. Da stand Sascha, den Kopf zur Seite geneigt, die Hände in den Hosentaschen. Auch er wußte wohl nicht, was er tun und was er sagen sollte. Charlie ließ ihm keine Zeit zum Überlegen. Er rollte ihm vor die Füße und wälzte sich. Das Päckchen rutschte, das bunte Geschenkpapier löste sich, die Schmuckschleife zerknautschte.

Sascha erschrak. Er hockte sich hin und sprach auf Charlie ein, er gab ihm sogar einen Klaps, was Charlie vielleicht noch nie erlebt hatte. Wie von Sinnen schnappte er um sich, allerdings nicht in Saschas Hände, sondern in die Luft, und dann, als Rüdiger hilfsbereit herbeieilte, in Rüdigers Hausschuh. Den hielt er fest, knurrend und keuchend, und weil er nun ein Opfer gefunden hatte, gelang es Sascha, ihn zu fassen und das Päckchen von den Schnüren zu befreien. Das Papier war schon ganz zerfetzt. Sascha betastete den Karton und atmete auf.

„Gott sei Dank! Wenn es kaputt wär, lieber Himmel! Wenn es kaputt wär…"

Rüdiger hatte seinen Fuß aus dem Hausschuh gezogen. Jammernd hüpfte er auf einem Bein, während Charlie sich den Hausschuh um die Ohren schlug. Sascha betastete das Päckchen.

„Komm doch rauf", sagte Fanny so leise, daß nur Volker, der neben ihr stand, es hörte und laut wiederholte: „Komm rauf, Sascha!"

Sascha hob den Kopf und sah fragend zu Fanny auf. Sie nickte. Er lächelte und zupfte an seinem Schnurrbart. Dann entschloß er sich. Er stieg die Treppe hinauf. Charlie ließ den Hausschuh fallen und folgte ihm.

„Er ist ein Dummer", erklärte Sascha. „Weißt du, ich hab mir das so gedacht: Charlie bellt, du hörst ihn, kommst raus und nimmst ihm das Päckchen ab. So hab ich mir das gedacht. Aber er ist ein Dummer."

„Nein", sagte Fanny, „er hat's ganz richtig gemacht."

„Meinst du?"

„Ja."

„Dann stimmt es also?"

„Was?"

Er deutete mit dem Kopf unbestimmt in Richtung von Volker und Rüdiger. „Was sie gesagt haben."

Rüdiger, da er nicht gleichzeitig jammern und lauschen konnte, hatte sich, während er hinter Sascha die Treppe heraufkam, auf stummes Hinken beschränkt. Nun sagte er schnell: „Daß du auf Sascha gewartet hast, das stimmt doch!"

„Ja", sagte Fanny, „das ist wahr."

Fanny hielt die Türklinke fest, Sascha das Päckchen. So standen sie in ratloser Befangenheit.

Rainer guckte zwischen ihnen hin und her. „Zeig doch mal, was da drin ist", forderte er. „Zeig mal das Geschenk für Fanny."

Sascha belebte sich. „Wenn das kaputt wär!" sagte er wieder.

„Hol's raus, zeig's ihr, los!" rief Rüdiger. Offenbar wußte er, worum es sich handelte, und brannte vor Neugier, wie Fanny dieses Geschenk aufnehmen würde.

Aber Volker, so rauh und poltrig er war und so oft angewiesen auf Rüdigers geschicktes Manövrieren, Volker bewies auf einmal das bessere Gespür für die Situation. „Wir gehen jetzt in unser Zimmer", bestimmte er in männlichem Ton. Er nahm Rainer an die Hand und winkte Rüdiger. „Komm! Das Geschenk ist für Fanny und nicht für uns."

Er schob Rüdiger vor sich her in die Wohnung. Recht war es Rüdiger nicht. Er fügte sich nur widerstrebend, besann sich auf seinen Fuß und hinkte stark. Wenigstens hatte er den Trost, daß er sich in den nächsten Tagen bei jeder ihm zugemuteten Arbeit auf den schlimmen Fuß würde berufen können.

Die Tür war offengeblieben. Fanny ging hinein, rückwärts, damit sie Sascha keinen Moment aus dem Blick verlor, und als sie im Wohnzimmer waren, sagte sie: „Ich hab einen Wunsch, aber der ist nicht in dem Päckchen."

„Ja?" fragte er. „Was für einen?"

„Vergiß, was ich auf der Schloßbrücke zu dir gesagt habe. Vergiß es, Sascha."

„Ach", er winkte ab, „du warst in Rage. Ich kenn das. Wenn man in Rage ist, möchte man manchmal die Welt in Stücke schlagen. Ich zum Beispiel hab meinen Meister angeschrien und neulich bei einer Disko wie verrückt um mich gekeilt, alles bloß, weil ich so eine Rage in mir hatte, die mußte raus."

„Eine Rage gegen mich?"

Er lachte leise. „Hast du vorhin Charlie beobachtet? Wie der gebissen hat? In die Luft und dann in Rüdigers Hausschuh. Viel leichter hätte er meine Hände erwischen können, aber mich zu beißen ist ihm nicht möglich, das geht ihm gegen die Natur. Siehst du, so ist es auch mit mir. Ob ich will oder nicht, ich kann nicht wütend auf dich sein."

„Aber ich hab's gekonnt", sagte Fanny bedrückt. „Hinterher hat's mir leid getan, all die Tage. Ich wollte dir das gern sagen und hab mich nicht getraut."

„Ich versteh schon. Das war ja auch ein Riesenärger, daß die Kamera ins Wasser geklatscht ist.“

„Die Kamera! Die war mir völlig Wurscht, Sascha, die war bloß der Anlaß. Als die Kamera fiel, ist der Ärger aus mir rausgeplatzt, die Wut, die vorher da war, weil ich dich ändern wollte und weil du dir das nicht hast gefallen lassen. Mein Vater hat mich gewarnt, aber ich hab nicht hören wollen. Ich hab bloß immer gedacht, wie ich dich ändern könnte.“

„Mich ändern?“

„Du bist gutmütig und freundlich, das wollte ich ändern.“

„Soll ich etwa gehässig und unfreundlich sein?“

„Du sollst sein, wie du bist. Wärst du sonst gekommen? Ich hab nicht zu hoffen gewagt, daß du kommst. Trotzdem hab ich gewartet. Weil ich weiß, wie gutmütig du bist.“

„Hm“, machte Sascha. Er legte das Päckchen auf den Tisch, setzte sich in einen Sessel, streckte die Beine weit von sich und verschränkte die Hände im Nacken. „So kann ich am besten nachdenken“, erklärte er. „Ich bin also aus Gutmütigkeit gekommen...“ Er lachte laut auf und schlug auf den Tisch, auf dem das Päckchen lag. „Sieh nach“, verlangte er energisch, „sieh dir an, was ich aus Gutmütigkeit mitgebracht habe.“

Fanny gehorchte, obwohl ihr das Geschenk jetzt gar nicht wichtig war. Sie löste die Papierfetzen und hob den Deckel der Verpackung. Sie fuhr zurück, sie stand starr. Eingebettet in schützende Schaumstoffteile lag eine neue Kamera. Wäre sie beim Auspacken mit ihren Gedanken nicht woanders gewesen, hätte sie schon auf dem Karton lesen können, was er enthielt. Es stand mit großen Buchstaben drauf: „Praktica MTL 3“.

„Mit eingebautem Belichtungsmesser“, flüsterte Fanny, denn das wußte sie sofort, da brauchte sie nicht erst nachzusehen. Sie kannte alle Kameratypen. Auf den ersten Blick erfaßte sie den Wert, und sie holte mühsam Luft.

„Na?“ fragte Sascha, gespannt vorgeneigt, „was sagst du?“

„Ich bin platt.“

„Meinst du immer noch, daß ich aus reiner Gutmütigkeit gekommen bin?“

Sie schüttelte den Kopf.

„Ich mag nicht drüber reden“, sagte er, „aber du sollst wissen, daß ich kaputt bin ohne dich. Ich hab gedacht, ich mach’s wieder gut. Hab ich die Exa ins Wasser gestoßen, kriegst du von mir eine neue Kamera. Das bin ich dir schuldig.“

Fanny fiel ihm ins Wort: „Du bist mir nichts schuldig. Du hast ja die Exa gar nicht ins Wasser gestoßen!“

„Doch, aus Versehen. Aber wenn ich’s auch nicht gewesen wär, hätte ich trotzdem eine neue Kamera gekauft. Willst du wissen, warum?“

„Ich weiß es schon.“

„Aus Gutmütigkeit?“

„Nein.“

„Aus Freundlichkeit?“

„Nein.“

„Warum also?“

„Du liebst mich.“

„So ist es“, stellte er befriedigt fest. „Und damit ist das Thema abgeschlossen.“

Sie hatte noch viel zu sagen, aber er wollte nichts hören, er küßte sie. Dann bat er sie, die Kamera aus der Verpackung zu nehmen und sie zu prüfen. Er fürchtete, Charlie könnte einen Schaden verursacht haben oder es läge vielleicht irgendein Werkfehler vor, er selber verstand ja nichts davon. War sie in Ordnung, die Praktica, war sie so, wie Fanny sich eine Kamera wünschte?

„O Gott, Sascha“, sagte sie, „die ist mehr als gut, die ist Spitze! Wo hast du sie überhaupt her, so knapp, wie die sind?“

„Eingetauscht“, erklärte er kurz.

„Eingetauscht? Wogegen?“

„Gegen meine Bohrmaschine, mit Wertausgleich.“

Fanny schwieg.

„Ja“, sagte er, „das ist jetzt üblich. Man tauscht eben.“

„Brauchtest du denn deine Bohrmaschine nicht mehr?“

„Die brauch ich wie’s liebe Brot.“

„Und jetzt ist sie weg? Ganz weg?"

„Die Hälfte würde wohl keiner nehmen."

Fanny saß still im Sessel. „Danke", sagte sie. „Du bist unwahrscheinlich, Sascha, du bist einmalig."

Er lächelte verlegen, aber er freute sich. Mit unbewußter Gebärde strich er sich das Haar hinter die Ohren, und in seine Augen trat ein dunkler Glanz. Lob und Dank und Anerkennung waren für ihn wie Sonnenschein.

„Da war eine", berichtete er, „die hat einen Bruder, und der suchte eine Bohrmaschine, und weil sie im Fotogeschäft arbeitet, hat das alles geklappt."

„Wo war die eine?"

„Na, im Fotogeschäft." Er sah Fanny an, verwundert, daß sie den Zusammenhang nicht begriff. Dann plötzlich besann er sich und sagte schnell: „Es war ihr Sohn! Der Sohn von der Frau suchte eine Bohrmaschine. So war das."

So war das natürlich nicht, dachte Fanny. In dem Fotogeschäft war keine Frau, sondern ein Mädchen, und Sascha hat sich das Haar hinter die Ohren gestrichen und seine Augen glänzen lassen und hat lang und breit mit ihr erzählt, denn wie sonst hätte er von dem Bruder und allem Drum und Dran erfahren können? Aber nun lügt er. Das hab ich erreicht, daß er lügt oder verschweigt oder verdreht, daß er vielleicht in Zukunft immer erst überlegt, ob und was und wie er mir etwas erzählen soll. Nein, dachte sie, das will ich nicht.

Und sie sagte: „Ist ja gut, Sascha."

Er räusperte sich, er setzte zu erneuten Erklärungen an, aber sie legte ihm die Hand auf den Mund.

„Sei still, ich will gar nichts wissen und nicht mehr fragen. Und wenn ich doch mal wieder frage, dann legst du mir die Hand auf den Mund. Versprich es!"

Er zog erstaunt die Schultern hoch. „Wann zum Beispiel? Wann soll ich dir den Mund zuhalten?"

„Wenn wir zum Beispiel im Jugendklub mitarbeiten, du als einziger Junge mit uns Mädchen, und wenn ich dann meine Touren kriege, wenn ich eifersüchtig bin und giftig."

Er bedachte eine Weile mit gerunzelten Brauen, was sie gesagt hatte.

„Im Jugendklub?“ fragte er schließlich.

„Ja! Oder weißt du noch nicht, daß Beate Braune bei uns im Betrieb einen Jugendklub aufziehen will? Da werden wir beide mitarbeiten, du und ich. Da werden wir einen Fotozirkel organisieren. Erst müssen wir natürlich genug Mädchen dafür interessieren. Das machen wir, du und ich. Ich hab mir auch schon überlegt, ob es nicht ein Gemeinschaftsprojekt werden könnte.“

„Für dich und mich ein Gemeinschaftsprojekt?“

„Ach Unsinn. Für unseren Betrieb und für den Landmaschinenbau. Das Werk ist doch gleich nebenan. Beim Landmaschinenbau arbeiten lauter Jungen, mit denen zusammen haben unsere Mädchen mehr Spaß. Und außerdem ist es rein handwerklich praktisch. Wir brauchen Jungen zum Bauen, Zimmern und Malern. Wir müssen alles selber machen, geschenkt wird uns nichts. Wir sitzen der Betriebsleitung im Nacken und lassen uns nicht vertrösten.“

Genau wie Beate Braune warf sie mit entschlossener Kopfbewegung das Haar zurück. Sie sah den Jugendklub schon vor sich, ein gut ausgerüstetes Fotolabor, einen Modezirkel für Mädchen, die schneidern möchten, Diskoabende, Faschingsfeiern, und die Wandzeitung sah sie, jeden Monat hochaktuell, mit Berichten, Kritik und Vorschlägen, mit Fotos von Fanny Schill und Texten von Alexander Kahlbom.

Sascha schwieg.

„Was ist?“ rief Fanny. „Weißt du wirklich noch nichts davon?“

„Doch, gehört hab ich's schon. Aber du redest, als könnten wir morgen anfangen. Wir werden alt und grau, Fanny, bis es bei uns einen Jugendklub gibt.“

„Du bist schon alt und grau, wenn du so denkst.“

Er lachte.

„Hast du keine Lust?“ fragte sie enttäuscht.

„Lust! Wen kümmert es, wozu wir Lust haben?“

„Keinen. Deshalb müssen wir uns selbst drum kümmern.“

„Du und ich ... Beate Braune hat mir erzählt, du hättest zu nichts mehr Lust. Sie wollte wissen, warum nicht, und bohrte bei mir nach, aber auf Granit, denn das geht sie einen Dreck an. Und auf einmal redest du so. Wie kommt das?“

Fanny stand auf und ging ins Nebenzimmer. Als sie zurückkehrte, verbarg sie etwas in der geschlossenen Faust. Sie streckte Sascha die Hand hin. Er bog ihre Finger auseinander. Auf ihrer Handfläche lag ein Fingerhut.

„Jetzt paß mal auf“, sagte sie, während sie sich zu ihm auf die Sessellehne hockte. „Jetzt verrat ich dir was. Als meine Mutter gestorben war, hab ich meinen kleinen Bruder an die Hand genommen und bin mit ihm die Treppe hoch in die Mansarde gelaufen, denn meine Tante wollte ihn mitnehmen. Mein Vater, meine Großeltern, alle Erwachsenen waren sich einig. Ich hab getan, als wär ich stark wie ein Bär. In Wirklichkeit war ich eine Ameise. In Wirklichkeit hatte ich man gerade so viel Mut, wie in einen Fingerhut reingeht, und davon hab ich jeden Tag einen Tropfen genommen, der mußte reichen. Später kamst du ... und alles, du weißt ja. Als es aus war mit uns, war der Fingerhut fast leer, nur ein Tropfen war noch drin, und mit dem einen Tropfen hab ich auf dich gewartet. Du bist gekommen. Nun ist der Fingerhut wieder randvoll. Kann sein, wir werden alt und grau, bis wir einen Jugendklub haben. Kann sein, die Arbeit ödet uns an. Manchmal kommt einem das Leben ja wie eine Wüste vor, und man weiß nicht, wie man da durchkommen soll. Als ich noch zur Schule ging und glaubte, ich könnte Fotografin werden, und als meine Mutter lebte, hab ich nie so gedacht. Aber seitdem öfter ...“

Sascha hob den Kopf. Er sah in ihr nachdenkliches Gesicht, und er zog sie von der Sessellehne auf seine Knie.

„Weißt du, warum ich dich mag? Weißt du es?“

„Ich würd’s gern wissen.“

„Also genau deswegen, siehst du. Ich hab dich nie für einen

Bären gehalten. Ich hab gesehen, daß du eine Ameise bist, und hab gedacht: Wie macht sie das bloß? Du mußt in deinem Fingerhut ein besonders starkes Konzentrat haben. Andere haben vielleicht ein Faß voll Zuversicht, aber kaum wird es angestochen, läuft es aus. Dir reicht ein Fingerhut voll, das ist das Besondere an dir. Ich kann's nicht so erklären..."

„Doch, Sascha, du erklärst es sehr schön."

„Und warum magst du mich?" fragte er.

„Weil du freundlich und gutmütig und großzügig bist."

„Ist das alles?"

Er schob die Lippen vor. Fanny hatte Mühe, ernst zu bleiben. Er sah aus wie ein schmollendes Kind.

„Und intelligent und schön bist du", fügte sie hinzu.

„Schön?" wiederholte er.

Da lachte Fanny. „Und eitel! Ich hab mich in einen Pfau verliebt."

Er zog es vor, nur das letzte Wort zur Kenntnis zu nehmen. „Verliebt..."

„War es das, was du hören wolltest?"

„Ja", sagte er, „das war's."

Peter Abraham

Kaspar oder Das Hemd des Gerechten

2. Auflage · Illustriert von Burckhard Labowski
256 Seiten · Pappband mit Schutzumschlag 6,30 M

Was wäre, wenn die Hauptgestalt eines Buches, das Sie kennen, plötzlich lebendig werden würde und in Ihr Alltagsleben eingriffe? Dem Schriftsteller Wenzel Ploch in Peter Abrahams Geschichte widerfährt ebendas, noch dazu von einer Figur, die er selbst geschaffen hat. Kaspar, so heißt das Phantom, angetan mit dem roten Kattunhemd des Gerechten – dies eine Erinnerung an Wenzel Plochs Jugendzeit –, sucht rigoros, Gerechtigkeit zu stiften. Er greift auf naiv-verblüffende Art in das Alltagsleben ein, organisiert einen Hut für einen Schneemann, regelt den Berufsverkehr, bricht alle Normen beim Verladen von Kohle, kümmert sich um des Schriftstellers Geliebte ... Leidenschaften außer der Gerechtigkeit kennt er nicht. Da ändert sein geistiger Vater das Manuskript und verleiht ihm Leidenschaften. Doch er ist nun noch viel abstrakter gerecht, und alle Sympathien seiner Mitmenschen „entfliegen" ihm. Aber die Eskapaden der Figur bewirken auch Gutes: Der Schriftsteller Wenzel Ploch wird angeregt, über seinen bisherigen Lebensweg nachzusinnen.

Schweriner Volkszeitung

Horst Beseler

Tule Hinrichs' Sofa

2. Auflage · 376 Seiten · Ganzleinen 9,70 M

Im Dorf bleibt nichts unbemerkt, auch nicht, daß die sechzehnjährige Milli den Sohn des Tierarztes mag. „Du ziehst jetzt mit diesem Marcel herum?" fragt forschend die Mutter. „Wer behauptet das?" – „Tu nicht ahnungslos. Die Leute reden darüber. Das kennt man ja zur Genüge ..., diese übliche Reihenfolge von Schule, Kumpelei, Händchenhalten, Tanzboden. Und dann?" – „Was dann?" – „Soll ich dir erzählen, wie rasch man ein Kind erwischt und einem dann alles kaputtgeht, was man machen wollte?" Milli ist empört. Ja, sie liebt Marcel. Auf jenem legendären Sofa, das bei der Oma Wulff steht, sind sie Mann und Frau geworden. Nichts kann sie mehr trennen, auch wenn es schwer sein wird, einen gemeinsamen Weg zu finden. Das muß die Mutter doch verstehen.
Verwirrungen erster Liebe, Fragen des Vertrauens zueinander, zu den Eltern, Schwierigkeiten bei der Berufswahl sind Inhalt dieses spannenden Buches.

Benito Wogatzki

Ein goldener Schweif am Horizont von Thumbach

Roman mit Kindern und Erwachsenen

2. Auflage · 208 Seiten · Ganzleinen 7,90 M

Bedauerlich ist es schon, daß in Thumbach nun wieder alles beim alten ist, daß nur noch die Erinnerung an die Geschichten des Schülers Satti, der eigentlich Jürgen-Wolfgang Satrapichanowski heißt, weiterlebt, daß mit seinem Verstummen ein goldener Schweif am Horizont erlosch.
Dennoch, ganz so bedauerlich ist es wiederum nicht, hat doch der Schriftsteller Benito Wogatzki erzählt, wie das plötzliche Auftauchen Sattis in der kleinen Stadt aufgenommen wurde, mit welch üppigem Sprachfluß er sein Lügengarn spann und die Leute von Thumbach in Bewegung setzte, welche Spuren er am Ende hinterließ. Mit dem Halbwüchsigen Satti hat der Autor einen modernen Münchhausen geschaffen, der das Wort zu führen weiß wie kaum einer, dessen Vorrat an Phantasie unerschöpflich ist.

Stimme der DDR

Verlag Neues Leben Berlin

ISBN 3-355-00750-1

Verlag Neues Leben Berlin
3. Auflage, 1989
Lizenz Nr. 303 (305/333/89)
LSV 7501
Einband: Regine Schulz
Typografie: Ingo Scheffler
Schrift: 10 p Sabon
Lichtsatz: (140) Druckerei Neues Deutschland, Berlin
Druck und buchbinderische Weiterverarbeitung:
Karl-Marx-Werk Pößneck V 15/30
Bestell-Nr. 643 020 9
00570